북상기

지은이 동고어초
역 주 안대회 · 이창숙
1판 1쇄 인쇄 2011. 10. 21
1판 2쇄 발행 2011. 11. 27

발행처_김영사 • 발행인_박은주 • 등록번호_제406-2003-036호 • 등록일자_
1979. 5. 17 • 경기도 파주시 교하읍 문발리 출판단지 515-1 우편번호 413-756
• 마케팅부 031)955-3100, 편집부 031)955-3250, 팩시밀리 031)955-3111 •
저작권자 ⓒ 2011, 안대회 · 이창숙 이 책의 저작권은 저자에게 있습니다. 저자와
출판사의 허락 없이 내용의 일부를 인용하거나 발췌하는 것을 금합니다.

값은 뒤표지에 있습니다. ISBN 978-89-349-5518-4 03810 • 독자의견
전화_ 031) 955-3200 • 홈페이지_ http://www.gimmyoung.com • 이메일_
bestbook@gimmyoung.com • 좋은 독자가 좋은 책을 만듭니다 • 김영사는
독자 여러분의 의견에 항상 귀 기울이고 있습니다.

19세기 조선을 뒤흔든 최고의 스캔들

北 북
相 상
記 기

동고어초 지음 ⊙ 안대회·이창숙 역주

김영사

'북상北廂'이란 북쪽 뒤채 즉 처녀의 처소를 일컫는 말로
순옥이 거처하는 방이다. '북상기'란 순옥의 처소에서
일어난 일을 뜻한다.

차례

올해 겨울, 나는 일이 생겨 서쪽 마을 와룡암(臥龍巖)을 찾아간 적이 있다. 가는 길에 동고(東皐)를 만나보고 싶어 들렀더니 주인은 등산한다고 외출하여 없고, 책상 위에는 《북상기》란 이름의 책 한 권이 덩그러니 놓여 있었다. 동고어초(東皐漁樵)가 나그네가 되어 관동땅 홍천(洪川) 객지에 머물 때 지은 책이었다.

동고는 책에 문외한은 아니나 그렇다고 본래 책을 쓰는 사람도 아니다. 본래 책을 쓰는 사람이 아님에도 책을 저술한 것이 이상해서 무슨 이야기를 썼는지 생각 없이 뒤적여 보았다. 책을 훑어보고 나자 동고에 대해 몹시 개운치 않은 생각이 들었다. 도대체 이유가 무엇일까?

동고는 일찍이 매봉(梅峰)¹ 문하에서 학업을 연마하였다. 그가 평소에 읽은 서적은 시서(詩書) 따위의 경서이거나 역사서, 혹은 여러

---

1. 매봉은 《북상기》의 저자 동고어초를 가르친 스승의 아호(雅號)임이 틀림없으나, 현재로서는 그의 본명을 확인하기 어렵다.

사상가의 저서들이었다. 그가 남들과 더불어 주고받은 대화나 때때로 읊조린 시와 지은 글은 시인묵객의 테두리 밖을 벗어난 일이 전혀 없었다. 오로지 그런 사람이라고 지금까지 나는 알고 지냈다. 그런데 이 작품을 보니 전혀 딴판이었다. 전체가 19개의 장으로 엮어진 이 저술은 설령 구름을 흐릿하게 그려 달을 드러내고[2] 바람으로 들썩이게 하고 꽃으로 치장한[3] 부류의 작품은 아닐지라도, 정녕코 이런 정도라면 이 사람은 말과 실상이 서로 어긋난다고 하겠다. 그렇다면 어떻게 내가 이 사람을 제대로 안다고 말하겠는가.

책을 덮고 나서 한참이 지나서도 의문을 떨쳐버리지 못했다. 곧 그에게 한번 캐물어봐야겠다고 했다가 또 거듭 곰곰이 생각해보았다. 슬프다! 이 사람이 이런 작품을 짓다니! 이 작품을 보고나서야 비로소 이 사람이 이런 사람인 줄을 알아차렸다. 그러다가 자신을 타일러 이렇게 말했다.

'문자를 근거로 사람을 평가할 때, 단지 글귀의 맑고 탁함이나 사화(詞華)의 곱고 미움만을 기준으로 삼을 뿐, 문자에 담긴 내용과 의미가 어디에 있는지를 따져보지 않는다면, 결국에는 용을 좋아한 섭

---

2. 원문은 홍운탁월(烘雲托月)로, 달을 직접 그리지 않고 주변의 구름을 어렴풋이 그려서 달이 있는 것처럼 보이게 만드는 동양화의 기법이다. 후에는 주변의 사물을 묘사하여 주대상을 드러냄으로써 강렬한 느낌을 자아내는 수사법을 가리킨다. 김성탄(金聖嘆)은《서상기(西廂記)》〈경염(驚艶)〉의 비평에서 이 홍운탁월법을 자세히 설명하였다.
3. 원문은 교풍장화(喬風粧花)로서, 풍화(風花)를 교장(喬粧)했다는 뜻이다. 풍화는 화려한 문체로 경물을 묘사한 시문을,교장은 억지로 분장한 것을 가리킨다. 따라서 화려하게 수사를 가한 작법을 가리키는 것으로 보인다.

공(葉公)⁴의 처지를 벗어나지 못한다.'

　동고라는 사람은 외지고 허름한 촌구석에 사는 사람이다. 남에게 인정을 받지 못하고 나이가 들어서는 물고기 잡고 나무하는 사람 틈에 자취를 숨겼다. 내가 이 사람과 알고 지낸 지가 지금까지 40년이 되었다. 그러나 40년 동안 이 사람이 이 사람이라는 것과 그가 읽은 책이 어떤 것인가를 알았을 뿐이지, 40년 동안 이 사람이 품은 마음과 간직한 생각이 무엇인지를 몰랐다. 이제 이 작품을 보고 나서야 비로소 이 사람을 알게 되었다. 만약 이 작품을 보지 않았다면 나도 동고를 몰랐고, 동고도 분명 내가 40년 동안 동고에 대해 알고 있던 심경으로 나를 알고 있었을 것이다.

　무릇 꽃송이(연화(煙花), 해어화(解語花)로 기생을 의미)가 세상을 살아가는 법이란, 비바람에는 휩쓸리고 흔들리며, 비단과 패물에는 따뜻해지고 달게 변한다. 그런 것들에 의지가 꺾이고 마음이 빠지지 않는 기생은 만에 하나 있을까 말까 하다. 이 이야기는 기생 한 사람이 수많은 곡절을 골고루 겪고서도 끝내 본래 간직한 의지를 바꾸지 않는다는 사연을 우언(寓言)으로 말하고 있다. 이 사람은 아마도 이런 사연 때문에 책을 쓰지 않겠다는 본연의 마음을 저버리고 과감히 이 책을 지었을 것이다.

〜〜〜〜〜〜〜

4. 섭공은 용을 아주 좋아하여 곳곳에 용을 그려놓았다. 하늘의 용이 그 소문을 듣고 지상으로 내려와 그의 집에 찾아갔더니 용을 본 섭공은 넋이 빠져 달아났다. 섭공은 용을 좋아한 것이 아니라 용과 비슷하기는 하지만 용이 아닌 것을 좋아한 셈이다. 이 사연을 유향(劉向)의 《신서(新序)》에서 전하고 있다. 후에는 겉으로는 어떤 물건을 좋아하지만 실제로는 좋아하지 않음을 비유한다.

이 책은 우언이다. 나 같은 사람을 기다려서 자신이 품은 마음과 간직한 생각이 무엇인지를 드러내 보이려는 의도가 아닐까? 설마 저 같은 사건과 이 같은 지나친 해학을 가지고 이 사람의 마음과 붓끝을 굳이 고생시키려 했겠는가.

나는 본래 책을 잘 알지 못하는 사람이고, 또 남의 말을 잘 분간하는 사람이 아니다.[5] 그러므로 시의 격조나 어휘가 청신하고 기교가 있는지 없는지를 비평할 능력을 갖추지 못했다. 그렇지만 동고의 마음과 생각이 무엇인지를 입을 다문 채 지나쳐버리지는 못하겠다. 동고로부터 허락도 받지 않고 붓을 찾아서 책의 앞머리에 서문을 썼다. 서문을 쓰고 나자 집에 돌아온 동고가 보고서 한 번 웃고 만다.

경자년 양월(陽月, 10월)에 봉곡(鳳谷) 친구가 용강(龍岡)의 청거서실(淸渠書室)에서 쓴다.[6]

---

5. 원문은 지언(知言)으로 다른 사람의 말이나 글을 듣고 정확하게 그 의중을 분간해내는 능력을 말한다. 《맹자(孟子)》〈공손추상(公孫丑上)〉에서는 "'무엇을 일러 지언이라 합니까?' 맹자가 답했다. '편벽된 말에서는 치우친 점을 알고, 음탕한 말에서는 잘못에 빠진 줄을 알며, 간사한 말에서는 정의에서 이탈한 점을 알며, 피하는 말에서는 군색한 점을 안다'"라고 기록되어 있다.
6. 경자년이 원문에는 상장곤돈(上章困敦)이란 고간지(古干支)로 쓰였다. 이 해를 1840년으로 추정한다. 서문을 쓴 저자의 친구가 구체적으로 누구인지는 알기 어렵다. 봉곡이란 호와 용강이란 지명, 청거서실이란 서재명만으로는 실명을 찾아내지 못하였다.

도(道)를 제대로 실어 담지 못한 서책은 진(秦)나라가 불태워 없앤다고 해도 죄악이 되지 않을 것이다.[7] 초(楚)나라 사람이 한창 왁자하게 떠드는 곳에서는 아무리 제(齊)나라 말을 배우려고 애써도 소용없다.[8]

　더구나 진나라 한(漢)나라 이래로 시대가 내려가면 갈수록 엄지손가락으로 꼽을 만한 대가를 제외하곤, 작가들은 서로를 이끌어 궁벽지고 공허하고 천박하고 음란한 지경으로 찾아들었다. 심한 경우에는 벙어리가 폭포수가 쏟아지듯 술술 말을 잘하기를 바라고, 절름발

---

7. 문학은 도를 실어 담는 그릇이라는 재도지기(載道之器)의 사유에 바탕을 두어 논지를 전개하였다. 진시황은 실용서를 제외한 모든 서책을 불태운 분서갱유(焚書坑儒)를 자행하였다.
8. 《맹자》〈등문공하(滕文公下)〉에 나오는 내용이다. "여기에 초나라 대부가 있다고 치자. 그 아들이 제나라 말을 배우기를 원하여 (……) 제나라 사람 하나를 스승으로 삼았다. 그런데 수많은 초나라 사람들이 곁에서 떠들었다. 그러니 제아무리 날마다 채찍질하여 제나라 말을 하도록 유도한다고 해도 배울 수 없었다." 처한 환경이 좋지 않으면 아무리 혼자 잘하려고 해도 이룰 수 없음을 비유한다.

이가 번개를 뒤쫓아 가려고 덤비는 꼴이었다. 그때마다 붓을 잡고 종이를 앞에 펼쳐놓고는 '나는 문장을 지을 때 제 아무리 쉬려고 해도 이렇듯이 쉼 없이 지어진다'라고 뻐긴다. 얼마 시간이 지나지 않아 소잔등과 수레로는 원고의 무게를 지탱하지 못할 처지요, 실오라기로는 원고의 많은 수효를 이루 다 계산하지 못할 지경이다. 이야말로 참으로 한바탕 피를 토하고 통곡할 일이자, 그런 작가의 눈알을 파내고 모가지를 조를 일이지만 그렇게까지는 하지 못하고 있다.

게다가 온 천하를 헤매고 먼 후세 사람까지 찾아가 한 사람 한 사람 가르치고 집집마다 깨우쳐서, 만 마리의 소에서 털끝 하나만큼이라도 막아보려고 애쓰는 짓거리를 할 수는 없다. 그럴지언정 차라리 심장을 도려내고 붓을 분지름으로써 온 천하와 먼 후세 사람에게 죄인이 되지 않는 것이 정녕코 이 분야에 종사하는 사람으로서 다행스러운 일이다. 무엇 때문에 그릇된 짓을 본받고 남의 발자국을 뒤따라다니며 이 따위 이야기를 쓰는 짓거리를 하겠는가?

이 책은 이야기이지 글이 아니다. 대지 위에는 지위가 높은 자와 낮은 자, 지혜로운 자와 모자란 자를 따질 것이 없이, 산대놀음〔괴뢰(傀儡)〕과 잡극(雜劇)을 보거나 천박한 풍화(風話, 음담패설)를 들으면 모두들 입을 딱 벌려 잇몸까지 드러내며 웃는다. 심지어는 권태와 피곤, 옳음과 그름까지도 잊도록 만든다. 인간 심리가 똑같이 그렇고, 풍속이 본래 그렇다.

지금 이 이야기를 짓지 않을 수 없었던 사연이 또 있다. 실은 나그네가 되어 수심과 적막 속에 지내면서 마침 이런 화본(話本)이 나타나 그 자초지종을 이렇게 기록하고, 사이사이에 이렇게 풍화를 끼워 넣었다. 사람들로 하여금 마치 꼭두각시를 보거나 천박한 풍화를 듣는 것처럼 한바탕 입을 딱 벌리고 웃게 만들어 수심과 적막을 깨뜨리려는 심사였다. 다시 말하지만 이야말로 이야기이지 글이 아니다. 작가에게야 이것이 있고 없은들 무슨 대수이겠는가?

꼭두각시를 보기 즐겨 하고, 천박한 이야기 듣기를 좋아하는 것은 참으로 세상 풍속이다. 그리고 패관(稗官)의 많은 이야기는 문자 가운데 꼭두각시요 천박한 이야기이다. 세상 풍속이 그런 이야기 보기를 즐겨 하고 듣기를 좋아하기 때문에 작가들이 시간이 흐르면 흐를수록 그 수가 많아진 것이며, 이는 정말 그럴 수밖에 없는 추세이다.

오늘날 지은 이 이야기가, 오늘날 선비들이 옛글에 대해서 하듯이, 후세의 작가들이 한바탕 피를 토하고 통곡할 대상이 될지 어찌 알겠는가? 동고어초가 이 이야기를 짓고 난 다음 또 이와 같이 스스로에게 트집을 잡는다.

사이당신편 제칠외서 북상기

四而堂新編 第七外書 北廂記

첫대목

청 중[9] : (노래한다)

【행향자行香子】[10]

붉은 까마귀 아직 쫓겨 가지 않은 대낮에[11]

누런 기장밥 익는 동안 단꿈을 꾸고 있구나![12]

묻노라! 인생에선 무엇이 영화이고 무엇이 욕된 일인가?

---

9. 원문은 '간관(看官)'이다. 간관은 일반적으로 화본과 소설의 청중과 독자를 가리키는데, 연극의 관객도 간관이라고 부를 수 있다. 중국의 희곡에는 간관이 등장인물로 설정된 예가 없다. 《북상기》는 무대 구조가 매우 특이하게 상정된 듯하다. 간관을 등장인물로 설정한 것과 작품 전반부의 등장·퇴장 지시가 무대극 및 중국 희곡의 관례와는 다른 데가 여럿 있다. 중국 전통극의 극본에서는 '상(上)'과 '하(下)'로 등장과 퇴장을 지시한다. 중국 전통극의 무대에서, 희대(戲臺)는 전대(前臺)와 후대(後臺)로 구분하고, 전대는 상연 공간, 후대는 배우들의 분장 및 대기 공간으로 이용한다. 전대와 후대 사이에는 휘장을 치고 좌우에 등장문과 퇴장문을 설치한다. 이 문을 통하여 배우들이 등장 혹은 퇴장하는 것이다. 《북상기》는 중국 희곡의 형식을 채용하여 등장·퇴장을 '상'과 '하'로 지시하지만, 중국 희곡의 관습에 부합하지 않는 경우가 많다. 아마 조선에는 희대 건축이 없이 마당이나 대청, 누마루 등에서 탈춤과 판소리 등 극예술을 공연하였기 때문에 이 조건이 《북상기》의 창작에 암암리에 작용한 듯하다. 배우들은 마루 아래와 위에서 연기할 수 있다. 마루 위에 올라 연기하라는 지시는 '상', 내려가라는 지시는 '하'로 할 수 있으며, 마루아래서 연기하는 경우는 별도의 지시가 없을 수 있다. 마루 아래는 객석이기도 하다. 원문의 '상'과 '하'를 무대극의 등장·퇴장 원리에 맞게 삭제 수정할 수도 있다. 그러나 일단 원문을 해치지 않고 상연조건을 무대가 아닌 마루로 설정하고, '상'과 '하'는 마루를 오르내리는 지시로 보기로 한다. '상'은 마루에 '오른다'는 지시로, '하'는 마루를 '내려간다'는 지시로 이해하고 번역한다. 이 장면은 마루 아래에 간관이 배치되고, 그들 가운데 한 명 또는 소수가 마루 아래에서 노래하는 상황으로 이해한다.

식어버린 재에 겻불 쬐어본들

따뜻해지긴 어렵고 손해만 볼 뿐일세.

그 좋던 금곡(金谷)¹³에서 허송세월하고 되돌아보며 웃노니

장자의 꿈속에 본 나비요,¹⁴

느티나무 옆에 난 개미굴이요,¹⁵

성벽 아래의 사슴이로다.¹⁶

옥 자루 달린 주미(塵尾)¹⁷를 혹 들자

입안에서 향기가 돋아나네.

오늘밤 여러분들 맑은 이야기 듣고자 하오.

뜨락의 나무에는 달빛이 비치고

10. 《북상기》는 중국 희곡, 그 가운데서도 명청대에 유행한 전기(傳奇)의 체재를 따라 지었다. 중국 희곡은 주요 대사를 노래로 전달하는 음악극이다. 노래의 곡조는 오페라처럼 작곡가가 새로이 창작하는 것이 아니라 이미 유행하고 있는 곡조에서 적합한 것을 골라 그대로 또는 약간 고쳐서 쓴다. 즉 이미 있는 곡조에 가사를 새로 붙이는 형식이다. 【 】부호로 표시한 문자는 그 노래의 곡조를 사용하라는 지시이며, 이를 곡패(曲牌)라고 부른다. 【행향자(行香子)】는 원래 사패(詞牌)로서 후대에는 곡패로도 쓰였다. 사에서는 위와 같이 상편과 후편으로 구성되지만, 곡에서는 상편만 쓴다. 《북상기》는 희곡이므로 【행향자】는 곡패로 쓰였다고 봐야 하지만, 실제로는 사패의 격률을 따라 썼다. 이와 같이 《북상기》에 쓰인 곡패는 원래의 곡패의 격률과는 달리 쓰인 예가 많다. 극본을 실제로 상연할 수 없는 조선의 현실에 바탕을 두어 작가가 창작의 편의를 도모한 탓으로 보인다. 【행향자】처럼 격률이 상편과 후편으로 구성된 노래는 상편과 하편 사이를 한 줄 띄워 표시한다. 원문에서는 하편 앞에 ○ 부호를 달아 구분한다.

11. 고대 신화에 태양 속에는 세 발 달린 까마귀[三足烏]가 있다고 하여 까마귀는 태양의 비유로 널리 쓰였다.

12. 한단지몽(邯鄲之夢), 또는 황량지몽(黃粱之夢)의 고사를 가져왔다. 인생의 덧없음과 영화(榮華)의 허망함을 비유한다. 당나라 현종 때 도사 여옹(呂翁)이 한단의 주막에서 쉬고 있는데 행색이 초라한 젊은이 노생(盧生)이 신세 한탄을 하다가 졸기 시작했다. 여옹이 보따리 속에서 양쪽에 구멍이 뚫린 도자기 베개를 꺼내 주자 노생은 그것을 베고 잠이 들었다. 노생은 꿈속에서 온갖 부귀영화를 누리다가 깨어 보니 꿈이었다. 옆에는 여전히 여옹이 앉아 있었고 주막집 주인이 짓

높은 다락에서는 물시계소리 재촉하네.

그대여 새로 나온 노래 한 곡 불러주오!

이야말로 산은 높고 높고,

물은 넘실넘실 흐르며,

바람은 대숲에 부는 격이지.[18]

(청중들[19]이 듣는다. 해설자가 호응한다[20])

해설자: (호응하여 노래한다)

고 있던 기장밥은 미처 다 익지 않았다. 노생을 바라보고 있던 여옹은 웃으며 "인생이란 다 그런 것이라네"라고 하였다.

13. 중국 진나라의 석숭(石崇)이 조성한 대규모의 별장 금곡원(金谷園)을 말한다. 석숭은 여기서 녹주(綠珠)란 기생과 환락을 즐겼다.

14. 장자(莊子)의 호접몽(蝴蝶夢) 고사를 가리킨다.

15. 당나라 때 이공좌(李公佐)의 〈남가태수전(南柯太守傳)〉에 나오는 남가일몽(南柯一夢) 고사의 배경이다. 순우분(淳于棼)이라는 사람이 오래된 느티나무 아래서 술에 취해 꿈을 꾸었다. 괴안국(槐安國)에 들어가 왕의 부마가 되고 30년 동안 남가 태수를 맡아 부귀영화를 다 누리고 깨었더니 자기가 노닐던 곳이 바로 뜰 앞의 큰 느티나무 아래였고, 그곳에 개미굴이 있어 개미들이 드나드는 것이 보였다. 인생의 허무함을 비유한다.

16. 《열자(列子)》〈주목왕(周穆王)〉편에 나오는 고사이다. 정(鄭)나라 사람이 들판에서 나무를 하다가 사슴과 맞닥뜨려 몽둥이로 내려쳐 죽였다. 그는 남들이 볼까봐 서둘러 성벽 아래에 죽은 사슴을 숨기고 풀더미로 덮어놓고 좋아서 어쩔 줄을 몰라 했다. 그러다 갑자기 사슴을 숨겨놓은 장소를 잃어버리고는 꿈인가 보다 하며 포기하였다. 하지만 길을 가면서 그가 뇌까리는 소리를 들은 어떤 사람이 그가 말한 대로 찾아가 보았고, 결국 그 사슴을 차지하였다. 후에는 허망한 꿈과 인생을 비유하는 고사로 쓰인다.

【청강인淸江引】

인간 만사는 물거품과 같은 것,

훗날 돌아보면 이 순간도 옛날이리라.

괜한 시름만 일만 겹 쌓여서

백발만 삼천 길로 길어졌네.

턱을 고이고 곰곰이 따져보아도

모든 것이 뒤죽박죽 낙서장일세.

고산유수곡(高山流水曲)에 기분을 풀고

창 아래 보글보글 술이 익는다!

---

17. 주미는 고라니 꼬리털로 만든 먼지떨이를 말한다. 중국에서는 옛날 청담(淸談)을 하는 사람들이 이것을 많이 손에 들었고, 승려들이 설법할 때 흔히 사용한 뒤로는 명사들의 일상도구가 되었다. 이 대목은 주미의 자루를, 해설자가 손에 들고 등장하는 모습을 묘사한 것으로 보인다. 주미의 자루는 백옥으로 만든 것이 많다.

18. 〈고산유수곡(高山流水曲)〉에 나오는 내용이다. 춘추시대 백아(伯牙)가 타고 그의 벗 종자기(鍾子期)가 들었다는 거문고 곡조를 〈고산유수곡〉 또는 〈아양곡(峨洋曲)〉이라고 한다. 백아가 거문고를 연주하면 종자기는 그 음악을 잘 알아들었다. 백아가 마음속에 '높은 산[高山]'을 생각하며 거문고를 타면 종자기는 알아듣고서 "훌륭하다! 높고 높기가 태산과 같다[善哉, 峨峨兮若泰山]"라고 하였고, 백아가 마음속에 '흐르는 물[流水]'을 생각하며 거문고를 타면 종자기는 알아듣고서 "훌륭하다! 넘실넘실하기가 강하와 같다[善哉, 洋洋兮若江河]"라고 하였다. 둘의 관계를 지음(知音)이라 하여 친구 사이에 상대의 포부와 경륜을 알아줌을 비유하였다. 《열자(列子)·탕문(湯問)》

19. 원문은 '중(衆)'이다. 노래하지 않는 다수의 청중을 가리킨다.

20. 원문은 '응과(應科)'이다. 청중 가운데 한 사람이 노래에 호응하며, 다음 노래를 부르면서 해설자 역할을 한다. 중국 희곡에서는 부말(副末) 각색이 이 역을 맡는다. 명청대의 장편희곡 전기(傳奇)에서는 제1막에 해당하는 제1척(齣)은 부말이 혼자 등장하여 무대 옆 뒤의 악사들과 문답을 주고받으며 상연할 작품의 대강을 관중에게 알려준다. 따라서 전기의 제1척을 흔히 '부말개장(副末開場)'이라고 부른다. 《북상기》의 〈제강(提腔)〉도 문자의 의미와 무대 위 극의 전개가 부말개장과 같다.

그대들 이 술잔 죽 비우시고
내가 부를 새 노래를 들어주오!
전기(傳奇) 이야기 하나 할 테니
이런저런 잡념에 들뜨지 마오.

해설자:(호응하여 오른다) 청중 여러분! 들어보세요.

원앙새를 수놓은 자수는 마음껏 보여줘도
바늘만은 남에게 건네줘선 안 되지요![21]

오늘 공연하려고 하는 멋진 일은 다른 게 아니랍니다.

청 중:(오른다) 그게 무엇이요?

해설자:(호응한다) 바로 이것이오!

아름다운 순옥이 관동에서 명성을 독차지하고
봉래산에 사는 여자가 서쪽 이웃에게 중매를 섰네.
전임 부사는 남초 담배 내기 바둑에서 이겼고
늙은 선생은 시를 지어 《북상기》를 이었네.

---

21. 중국 금(金)나라 시인 원호문(元好問)의 〈시를 논한 시[論詩]〉의 한 구절이다.

명성을 날리다

순　옥(舜玉) : (노래한다[22])

　　【만정방滿庭芳】

　　복사꽃도 시샘하는 붉은 뺨,

　　버들처럼 휘어진 검은 눈썹.

　　산들산들 옥 같은 모습은 서시(西施)하고나 겨뤄볼까?

　　목구멍에서 흘러나오는 교태는

　　꾀꼬리 새끼가 봄 나뭇가지에서 우는 듯.

　　너울너울 옷소매를 펼쳐 춤을 춰볼까?

　　낙수(洛水) 위를 여신이 살풋살풋 걸어가듯.[23]

　　비파를 곁에 끼고 수놓은 보료는 울긋불긋,

　　향기로운 땀은 연지에 스며드네.

순　옥 : (오른다) 소첩의 성은 김이요, 이름은 순옥이랍니다. 나이는 이

---

22. 마루 아래에서 연기하는 것으로 상정한다.
23. 중국 위(魏)나라 조식(曹植)이 지은 〈낙신부(洛神賦)〉에 나오는 내용으로, 낙수의 여신인 복비(宓妃)가 수면을 거니는 모습이다.

구십팔 열여덟이고요, 화산(花山)²⁴ 사람이지요. 부모님을 일찍 여의고 외할아버지 밑에서 자랐습니다. 일찍이 장악원(掌樂院) 옥선재(玉善才)님을 만나²⁵ 멋진 춤과 노래를 모조리 배웠습니다. 그뿐 아니지요. 시도 연주도 잘할 줄 알지요. 모두들 소첩을 초산운(楚山雲) 새화예(賽花蘂, 꽃잎과 경쟁할 정도로 아름답다는 뜻)라 부른답니다. 관동땅 스물여섯 고을의 교방(教坊)²⁶에는 춤과 노래로 명성을 날리는 기생이 많지만 첩을 능가하는 기생은 없지요. 타고난 성품이 조용하여 기박한 운명을 안고 태어난 것이 한스럽습니다. 저는 비록 교방에 이름을 올리고 있어도 두 남자를 섬기지 않겠다고 뜻을 굳히고 삼종(三從)의 도리²⁷를 행하려 합니다. 그래서 감사와 수령들의 잔치 자리나 귀공자와 호걸들의 모임에서 대가로 받은 비단과 가락지가 손꼽아헤아리지 못할 지경입니다만, 지금껏 몇 해가 흘렀는데도 붉은점[紅點]²⁸을 잘 지켜왔지요. 참 잘한 일이 아닌가요?

24. 화산은 강원도 홍천의 옛 이름이다.

25. 장악원은 조선시대에 음악에 관한 일을 맡아 보던 최고기관이다. 옥선재는 여기에 소속된 악사로서 허구적 인물인지 실제 인물인지 분명치 않다.

26. 조선시대에 강원도는 모두 26개 지방 관아로 구성되었고, 원주에 있는 감영에서 관리하였다. 고을은 원문에 태방요란(兌坊拗攔)으로 되어 있는데, 태방은 전당포를 가리킨다. 《북상기》 전체에서 요란으로 사용하고 있는 글자는 구란(句欄)을 잘못 쓴 것이다. 구란은 기생방을 뜻한다.

27. 과거 사회에서는 여성이 결혼하기 전에는 아버지, 결혼해서는 남편, 남편이 죽은 뒤에는 아들을 따라야 한다는 삼종의 도리를 지킬 것을 강요받았다.

28. 붉은 점은 앵혈(鶯血) 또는 비홍(臂紅)으로도 쓴다. 옛날에는 꾀꼬리 피를 여자의 팔뚝에 떨어뜨려서 묻으면 처녀, 묻지 않으면 처녀가 아니라고 생각하였다. 붉은 점이 처녀성을 상징한다고 보아서 조선시대 소설에서는 아주 흔하게 보인다.

《고당부(高唐賦)》를 한번 짓고 난 뒤로는

구름과 비만 보면 언제나 싱숭생숭.[29]

붉은 문에 비스듬히 목을 빼고 서 있으면

오가는 사람들 애끓는 이 얼마련가.[30]

저는 이 따위 여자가 아니랍니다. 달은 지고 등불은 사위어 수 놓은 휘장 안으로 불빛은 쓸쓸히 어른거리기도 하고, 제비가 재잘대고 꾀꼬리가 노래하여 비단창이 요란스럽기도 하군요. 이럴 때 남모를 걱정과 숨겨진 한이 유달리 솟구쳐 오르지요. 하지만 그런 줄을 그 누가 알겠어요? (손으로 고운 뺨을 받치고 말없이 내다본다. 내려간다)

봉래선(蓬萊仙): (노래한다)

29. 《고당부》는 전국시대의 송옥(宋玉)이 지은 작품으로 초나라 양왕(襄王)이 '높은 대'인 고당(高唐)에 놀러왔다가 무산신녀(巫山神女)를 꿈에서 보고 그녀와 동침하고서 떠났다는 사연을 묘사하였다. 신녀는 양왕을 떠나면서 "첩은 무산에 살면서 아침에는 구름이 되었다가 저녁에는 비가 되어 내릴 것입니다"라고 하였다. 그래서 후에는 운우(雲雨)를 남녀 간의 육체적 사랑을 뜻하는 말로 사용하였다. 이 시는 당나라 시인 이상은(李商隱)의 칠언절구 〈유감(有感)〉의 제3·4구이다.

30. 이 구절은 《전등신화(剪燈新話)》에 수록된 전기소설 〈연방루기(聯芳樓記)〉에 실려 있는 〈소대죽지곡(蘇臺竹枝曲)〉 제9수의 3·4구이다. 이 소설은 난영(蘭英)과 혜영(蕙英) 두 자매의 사랑을 다루었는데, 같은 내용이 《정사(情史)》에도 실려 있다. 번화한 도시인 소주(蘇州)에서 님을 그리는 여인의 자태를 표현하였다.

【전강前腔】[31]

연밥송이에는 이슬이 내려 싸늘하고

꽃가지 끝에는 달빛이 기웃거리네.

얼마나 많은 봄을 홀로 보냈는지 그대는 아는가?

아침에 화장대 앞에 앉았다가

거울 속에서 가을서리가 내린 머리카락을 보았네.

고운 풀과 푸른 버드나무를 내다보나

청춘 시절의 행락은 다시 하기 어려워라.

그대 어느 곳 아득한 향기로운 구름을 꿈꾸는가?

비단창에는 산들산들 바람만 부네.

봉래선: (오른다)

찾아오는 말[馬]도 드물어 문 앞은 스산하고

나이 들어 시집가서 장사꾼 아내 되었다네.[32]

이 늙은것은 성은 김씨요, 이름은 봉래선이랍니다. 어려서부터 원주 교방에 소속되어 옛 노래에 새 곡조 하며, 구슬픈 가야금 소리와 호쾌한 피리 소리를 어느 것이든 모르는 것이 없고, 어

---

31. 앞의 곡패를 다시 사용할 때 【전강】이라고 쓴다. 물론 【만정방】이라고 곡패 이름을 중복하여 쓸 수도 있다.
32. 당나라의 시인 백거이(白居易)가 비파를 잘 타던 여인이 장사꾼 아내가 되어 사는 것을 보고 지은 〈비파행(琵琶行)〉의 한 구절이다.

느 것이든 잘하지 못하는 게 없었지요. 하나 봄이 가고 가을 오니 얼굴도 시들고 재주도 줄더군요. 그래서 문을 닫아걸고 손님을 사양했지요. 하늘 같은 남편은 행상하러 타지로 떠도느라 해를 넘겨도 돌아오지 않네요. 드디어 궁벽한 마을에 처박혀 향 사르고 염불하는 할망구 신세가 돼 버렸구려. 또 슬하에는 사내고 계집이고 자식이라곤 반쪽도 없답니다. 늘그막에 기대어 먹고살 거라곤 그저 중매쟁이 산 밑에 뚜쟁이 밭 몇 뙈기뿐이라오. 암만 곰곰이 생각해봐도 몹시도 처량한 꼬락서니지요. (내려간다)

순 옥:(오른다) 세상에 태어나서 하루도 부모님으로부터 보살핌을 받지 못하다니! 다리 밑에서 주어온 몸도 아니고, 게다가 훌륭한 용모와 재주를 갖고 있지 않은가! 남들이 부모님을 모시고 색동옷 입고 춤추며 음식을 살펴드리는 모습을 볼 때마다 저도 모르는 새 눈물이 흘러 손수건을 적십니다. 제가 생각하니 어머님은 대를 이을 자식이 없으시고, 이 어린것은 친부모가 없어요. 오늘부터 어머님 슬하에서 수양딸이 되어 한 세상에 모녀 간으로 지낸다면 좋은 일이 아닐까요? 어머니! 이 아이의 절을 네 번[33] 받으세요! (절한다)

---

33. 원문은 사배(四拜)로, 고대에 엄숙한 예의를 차릴 때 네 번 절하였다. 《수호지》에서도 의형제를 맺을 때 네 번 절하였다.

봉래선:(오른다) 아이쿠! 하느님! 이게 뭔가요? 하느님! 이게 무슨 말

인가요? 이게 무슨 아축국(阿閦國)³⁴ 선재보살(善才菩薩)인가요?

(기뻐한다)

봉래선:(노래한다)

【봉장추鳳將雛 **－개조행향자신강**改調行香子新腔**】**³⁵

옛날에는 등유(鄧攸)가 있고³⁶

오늘날에는 사고(師皐)가 있듯이³⁷

~~~~~~~~

34. 아축국은 아축파(阿閦婆)로서 동방에 있는 부처의 이름이다.

35. '개조'라는 말은 기존 곡조를 변주한다는 뜻이다. '개조행향자'는 앞의 【행향자】 곡조를 변주
하여 사용한다는 뜻이며, '신강'은 새 곡조라는 뜻이다. 따라서 【개조행향자신강】은 【행향자】
곡조를 변주하여 만든 새 곡조라는 뜻이며, 이 새 곡조에 【봉장추】라는 이름을 붙였다는 의미가
된다. 그러나 【봉장추】는 중국 음악에 이미 존재하는 곡조이며, 원명은 【전전환(殿前歡)】이다.
【전전환】과 【행향자】는 같은 쌍조(雙調)에 속하는 노래이지만, 두 곡조는 전혀 다른 노래이다.
이 노래와 앞 【행향자】의 원문을 비교해보면 구식이 같다. 따라서 【봉장추-개조행향자신강】은
작가가 【행향자】의 격률대로 가사를 지으면서 【봉장추】라는 이름을 사용하기 위하여 일부러
갖다붙인 이름이다. '봉장추'는 봉새가 새끼를 거느린다는 뜻으로 '순옥'과 '봉래선'이 모녀
관계를 맺는 극적 상황을 비유하는 명칭이다. 《동상기(東廂記)》의 작가도 명칭의 문자 의미가
극적 상황을 대표하는 곡패를 골라 썼다. 《북상기》의 작가도 곡패를 이런 기능으로 골라 쓴 데
가 많다. 중국 희곡에서는 곡패를 음악을 지시하는 부호로 사용할 뿐 명칭의 문자 의미에 착안
하여 사용하는 경우는 극히 일부를 제외하고는 없다. 실제 무대에서 상연할 수 있느냐 없느냐
의 차이가 극본 창작에 나타나는 결과라고 볼 수 있다.

36. 등유는 진(晉)나라 사람으로서 전쟁에서 석륵(石勒)에게 포로로 사로잡혔다. 그 뒤 강남으로 도
망갈 때 아들과 조카를 업고서 걸어갔다. 둘 다 살리기는 어렵다고 판단하여 친아들을 버리고
조카를 데리고 갔다. 그 뒤에 다시 아들을 두지 못해 죽을 때까지 후사를 잇지 못했다. 그가 죽
자 조카가 3년상을 치렀고, 이에 당시 사람들이 그의 행동을 의롭게 여기고 불쌍히 여겼다. 그
리하여 후에는 아들이 없는 것을 지칭하는 말로 '등유의 근심' 또는 '등유가 아들이 없다'는 말
을 즐겨 사용하였다.

하늘은 자식 기르는 길을 끊지 않는 법.

밤중에 선녀님이 반도 복숭아를 내 품에 던지시더니

아침에 보니 바다의 진주로구나!

넘치도록 기쁘고, 짝이 없이 귀여우며, 진진하게 즐겁구나!

순 옥:(노래한다)

【후강後腔】[38]

어미 까마귀가 먹이를 못 먹이니

새끼 자규새가 울부짖네.

한 소리 또 한 소리에 내 마음 슬퍼지네.

어머니 계신 뜰에 해는 길어

---

37. 북송(北宋) 초의 안덕유(安德裕, 940~1002)를 가리키며, 사고는 그의 자이다. 그의 아버지는 후진(後晉)의 성덕군(成德軍) 절도사 안중영(安重榮)이다. 그가 태어나 돌이 되기 전에 안중영이 거병하였다가 실패하자 유모가 그를 안고 도망하여 물구덩이에 숨었다. 경비병이 그를 잡아서 군교(軍校) 진습(秦習)에게 바쳤다. 안중영과 친분이 있던 진습은 그를 숨겨주고 성을 진씨로 바꿔 길렀다. 사고는 장성한 뒤 진습이 죽자 3년상을 마친 후 본성을 되찾았으며, 후에 진사에 급제하여 여러 관직을 역임하였다. 등유는 아들 대신 조카를 길렀고, 사고는 남의 집에서 양자로 자라났다. 봉래선과 순옥이 친생 모녀는 아니지만 하늘이 부모와 자식으로 맺어줌을 비유한다.

38. 【후강】은【전강】과 같은 의미로 썼다. 김성탄이《제육재자서서상기(第六才子書西廂記)》에서 중국 희곡의 잡극 극본에서 사용하는 '幺' 또는 '厶'를 '後'자의 약자로 읽어 '幺(厶)篇'을 '後篇'이라고 표기하였다. 그러나 '幺' 또는 '厶'는 다른 글자의 약자가 아닌 본자로서 '작다' '사소하다' '一' 등의 의미를 가진다. 잡극에서 '幺(厶)篇'은 앞의 곡조를 다시 사용하라는 뜻으로 전기의 【전강】과 같다.《북상기》의 작가 역시《제육재자서서상기》의 작법을 참고하였음을 알 수 있다. 앞【행향자】에서는 사패의 격률을 따라 한 곡조 안의 상편과 후편으로 나눠 지었지만, 여기서는 다시 곡패의 격률대로 같은 곡조 두 편으로 나눠 지었다. 작가의 극작 체재의 기준이 완전히 정립되어 있지 않았음을 알 수 있다.

새끼 제비는 절로 즐겁네.

대청 앞으로 몇 번이나 즐겁게 갔던가!

넉넉하게 사이좋고, 기쁘게 화답하고, 진심을 바친다네.

봉래선:내 딸아! 구슬이냐? 에미가 손바닥으로 감싸마! 황금이냐? 에미가 가슴에 품으마! 피곤하냐? 에미가 팔베개 해주마! 어디 가느냐? 에미가 등에 업어주마! 얘야! 조심하거라! 네 몸을 힘들게 하지 말고 너무 근심하지 말거라! 이 에미 산문(産門) 옆, 아무리 해도 빠지지 않던 음모가 예닐곱 개나 빠지도록 온 세상을 뛰어다니마! 우리 딸이 머리에 쓰는 것, 발에 신는 것, 몸에 걸치는 것, 입에 넣는 것을 조금도 부족하지 않도록 해주마! (모녀 간에 서로 즐거워한다)

환갑잔치

낙안선생(樂安先生) : (노래한다)

【수룡음水龍吟】

십 년 세월 등불 아래 시서(詩書)를 공부하여

달나라 계수나무 꽃을 꺾으려 했건만[39]

세월만 북처럼 흘러가고

이제껏 공명을 못 이룬 채

구름 아래 갈 길만 만 리에 뻗었구나!

허름한 골목에서 맹물이나 떠 마시니

붉은 대문 복사꽃 오얏꽃은 꿈도 안 꾸네.

영욕을 모조리 잊고 사노니

세상사가 서푼이라면

한 푼은 뜬구름,

두 푼은 흐르는 물이로다.

---

39. 신화에 따르면, 달 속에는 500길 높이의 계수나무가 있고, 그 아래 오강(吳剛)이란 유배 온 선비가 도끼로 나무를 찍고 있다고 하였다. 뒤에는 계수나무를 꺾는 것을 과거에 급제하는 고사로 썼다.

낙안선생: (오른다)

거문고와 서책을 싸서 옛 집에 돌아오니
들꽃 피고 새 울어 옛날처럼 봄이로다.

오늘 아침 술 있으니 오늘 아침 취하고
문 밖의 시시비비는 상관하지 말자꾸나.[40]

소생 김낙안(金樂安)은 화산에서 대대로 살아온 사람입니다. 일찍부터 과거 공부에 전념하여 시부(詩賦)를 대충 깨쳤으나 여러 차례 진사시에 낙방하였다오. 출세에는 더 이상 뜻을 잃어 결국 급제의 꿈을 접고 고향에 돌아와 선대로부터 물려받은 가업을 잇고 있습니다.

세상사는 몇 오라기 흰 머리털만 남겨놓고
생애를 한 조각 청산에 붙이네.[41]

타고난 성품이 조용하여 번잡한 세상사에는 심드렁하고, 유독

40. 당나라 나은(羅隱)의 〈시름을 풀며[自遣]〉의 두 구절이다.
41. 당나라 시인 장계(張繼)가 지은 〈산에 돌아와서 짓다[歸山作]〉의 한 구절이다. 거기에는 세상사가 심사(心事)로 되어 있다.

기생들에게는 무덤덤합니다. 톡 쏘는 푸성귀 반찬에 대끼지 않은 좁쌀밥을 먹고, 검은 가죽옷에 거친 삼베옷을 입지요. 그래도 마음 편하게 먹고 산답니다. 그런 소생을 남들은 다들 낙안당(樂安堂)이라 부릅니다. 그야 뭐 도를 즐기고 가난을 편안히 여긴다는 안빈낙도(安貧樂道)의 뜻을 취한 게 아니겠소! (내려간다)

낙안선생:(오른다) 아! 오늘은 바로 소생의 예순한 살 환갑날입니다. 싱거운 술이라도 한바탕 차려놓고 친척들과 친구들을 불러 모아 축하잔치를 벌여 실컷 마실 생각입니다.

(자제들이 오른다. 친척들이 오른다. 친구들이 오른다. 잔을 올린다)

자제, 친척, 친구들:(노래한다)

【개조제천락改調齊天樂】
남극성(南極星)[42]이 빛난다! 남극성이 빛나!
기자(箕子)님 오복 가운데 장수가 제일이지.[43]
오늘 밤은 어떤 밤일까? 오늘 밤은 어떤 밤이야?

---

42. 남극성 또는 남극노인성(南極老人星)은 인간의 수명을 주관하는 별로서 오래 살기를 바랄 때 사용하는 말이다.

한편으론 즐겁고 한편으론 두려운 생신날이지.

친한 벗과 동료들이 모인 잔치라

오늘 하루는 인간세상 백 년보다 더 좋다네.

이상하도다! 따스한 기운이 시골에 가득하여

뜰 앞에는 옥 같은 나무요[44]

대청 위에는 거북과 연꽃[45]이로다.

술을 남산(南山)만큼 드리오니

수명은 북두칠성에 버금가소서.

더 원하옵기는 풍년이 들어서

풍악에 취하소서!

풍악에 취하소서!

(잔치한다. 술을 마신다)

본관사또: (오른다) 오늘은 서쪽 마을에 사는 오랜 친구 낙안선생의 환

　　갑날이니 하관(下官)이 축하주 한잔 올려야겠소이다. 내가 관장

---

43. 기자의 말을 서술한 《서경(書經)》 〈홍범(洪範)〉에 '다섯 가지 복은 첫째는 오래 사는 것이요, 둘
　　째는 부자로 사는 것이요, 셋째는 건강한 것이요, 넷째는 훌륭한 덕이 있는 것이요, 다섯째는 천
　　수를 누리는 것이다'라고 하였다.

44. 옥 같은 나무는 훌륭한 자제를 비유한다.

45. 거북과 연꽃은 상서로운 사물이다. 《사기(史記)》 〈구책열전(龜策列傳)〉에 '거북이 천년 묵으면
　　연꽃 위에서 노닌다'고 했다.

하는 교방에서 악사와 기생을 성대하고 화려하게 치장시켜서 일제히 낙안당 북쪽에 있는 방화수류정(訪花水流亭)⁴⁶에 대기하라 일러두었습니다.

(모두 오른다. 많은 악기가 오른다. 피리, 해금, 하적(荷笛), 호고(匏鼓), 칠현금(七絃琴), 열두 줄 가야금, 노을빛 치마를 떨치고 복숭아를 바치며 화려한 무리를 이끈다. 농작무(弄雀舞)와 능파채련곡(凌波採蓮曲), 요량영신가(繞梁永新歌)⁴⁷를 부르며 하나하나 갖가지 음악을 연주한다. 술잔과 안주접시가 잡다하게 벌여 있다. 본관사또가 오른다)⁴⁸

본관사또 : 오늘 이 잔치는 오로지 친구의 환갑을 축하하기 위한 자리라오. 하관이 직접 지은 〈헌수제민락(獻壽齊民樂)〉 한 수를 용모와 재간이 모두 출중한 기생을 골라 부르게 하여 술을 권하리라.

(기생을 고른다. 기생들이 오른다)

---

46. 정자(程子)의 시에서 따온 운치 있는 이름의 정자로 정조가 화성에 세운 궁궐에도 같은 이름의 정자가 있다.
47. 이상 모두 가곡명이다. 그 가운데 영신가는 당 현종 때의 궁정가기인 영신(永新)이 불렀다는 노래이다.
48. 원문은 '이상(二上)'이다. 내용상 위에 나오는 '본관상(本官上)'으로 보인다. 앞에서 '本官'이 마루에 오른 다음 마루를 내려간다는 지시가 없으나 빠진 것으로 보인다.

기녀들: 우리 관동의 교방에서 용모와 재간을 겸비한 기생으로는 오로지 봉래선 한 사람이 있었는데 이제는 늙고 병들었답니다. 그 딸 초산운 순옥이 어미를 배워서 못하는 게 없지요. 관동 스물여섯 고을에서 제일간다는 명성을 독차지합니다. 오늘 뽑힐 기생이 없다고 하진 못하지요. (순옥을 재촉한다)

(순옥이 오른다. '군옥산(群玉山)에서 보지 않았다면, 요대(瑤臺)의 달빛 아래서 만났을' 미인이다.[49] 먼 산 같은 눈썹, 가을물같이 맑은 눈동자. 입술은 벽도(碧桃)가 시기하고, 치아는 수정과 견줄 만하다. 태화산(太華山) 봉우리의 옥빛 우물에 핀 붉은 연꽃[50] 같은 뺨에다 위성(渭城) 객사의 아침 비에 젖은 파릇파릇 버들가지[51] 같은 허리요, 검은 구름 같은 머리에는 꽃을 머금은 쌍봉(雙鳳) 도금 비녀를 비스듬히 꽂았다. 그 비녀 중동에는 '님 그린 밤에 매화가 피어, 창가로 다가섰다 님인 줄 착각했네'[52]라는 옛 시인의 시를 새겨 놓았다. 안에는 몸에 찰싹 달라붙은 대홍갑사(大紅甲紗) 친의(襯衣)를 입었고, 밖에는 금릉(金陵)의 일개사단(一箇四端) 연록색 상사문사(相思紋紗)

49. 이백(李白)의 칠언절구 〈청평조(淸平調)〉 제3수의 두 구절이다.
50. 이 묘사는 한유(韓愈)의 〈고의시(古意詩)〉에 나오는 '태화산 봉우리의 옥빛 우물에는 열 길 연꽃이 배처럼 피었네[太華峰頭玉井蓮, 開花十丈藕如船]'에서 가져왔다.
51. 이 묘사는 왕유(王維)의 〈송원이사안서(送元二使安西)〉의 제1·2구 '위성 아침 비 먼지를 적시고, 객사에는 파릇파릇 버들빛 싱그럽네[渭城朝雨浥輕塵, 客舍靑靑柳色新]'에서 가져왔다.
52. 노동(盧仝)의 〈유소사(有所思)〉 중 두 구절이다.

좁은 소매 속저고리를 걸쳤다. 위에는 항주(杭州)산 금실로 짠 팔보단(八寶緞) 긴소매 저고리를 입었고, 소매 끝에는 봄파 같은 열 손가락이 살짝 드러났다. 왼쪽 엄지손가락에는 자금벽전환(紫金碧鈿環)을 꼈는데 가락지 위에는 은으로 '쌍으로 손가락을 둘러서, 님의 손에 영원히 걸려 있고파요'라는 시구를 새겨 넣었다. 아래에는 청주(青州)산 견사와 모시로 섞어 짠 설화백쌍문초(雪花白雙紋綃) 앞뒤 잠방이를 입었고, 위에는 성성대홍단(猩猩大紅緞) 석류를 수놓은 치마를 입었다. 치마 밑에서는 세 치 되는 금련백화단(金蓮白花緞) 능파(凌波) 버선이 살짝 드러났다. 버선은 메밀꽃과 버들가지가 그려진 비운수혜(飛雲繡鞋)로 감싸 안았다.

손에는 소상강(瀟湘江) 열두 마디 대나무로 만든 팔첩 태사지(太史紙) 부채를 쥐었는데 부채에는 조맹부(趙孟頫) 서체로 '대나무 사이로 맑은 바람 불어오니, 바람이 불 때마다 나를 떠올려주오'라고 씌어 있다. 별빛 같은 눈동자로 눈길을 던지면서 연꽃 같은 걸음걸이로 살포시 걸어 잔치 자리로 다가선다. 무릎 꿇고 머리 조아려 두 번 절하고 문안한다. 팔을 살짝 들어서 축수하는 잔을 받쳐 올린다. 앵도 같은 입술을 살짝 열어 축수의 노래를 부른다)

순 옥:(본관사또가 짓고, 순옥이 노래한다)

【개조제민락改調齊民樂】
육십 년 만에 다시 맞는 오늘은

바로 친구의 환갑날일세.

강현노인[53]의 환갑이자

태평성세의 일민(逸民)일세.

이 사람 오래오래 살아서

백 년이 봄 한철 같기를 바라네.

그대는 어디서 이런 다복함을 얻었는가?

아무래도 의(義)를 키우고 인(仁)을 심어서겠지.

반도복숭아와 물소 술잔

동산에는 당체나무, 뜰에는 기린[54]

금전과 단 것은 모두 스스로 불러들인다고

세상 사람들에게 말하노라.

(노래를 마치고 내려온다)

낙안선생: (오른다[55]) 오늘은 이 못난 사람이 태어난 날인데 노형께서 왕
  림하셨으니 참으로 감사합니다. 더욱이 축수의 노래 한 곡을,
  분에 넘치게도 가인을 모셔서 권주가로 들었습니다. 소생이 무

---

53. 강현노인(絳縣老人)은 《좌전(左傳)》 양공(襄公) 30년에 나오는 장수한 노인이다. 후대에는 나이
  가 아주 많은 노인을 가리키는 말로 쓰인다.
54. 네 가지 물건 모두 만수무강을 상징한다.
55. 앞에서 마루에 오른 다음 내려간다는 지시가 없다. 역시 빠진 것으로 본다.

슨 능력이 있다고 이런 성대한 예우를 받겠습니까? 미인이여!
방금 전에 부른 화사한 노래는 연형(年兄)[56]께서 축수하려고 증
정한 것이오. 미인의 새 노래 한 곡을 다시 청하노니 여흥을 돋
우어주시오!

순 옥:(올라서 노래한다)

【점강순點絳脣】
달이 둥글면 기울기 쉽고
꽃이 떨어지면 봄은 사라지네.
고금의 얼마나 많은 이들이
달콤한 술을 입술에 적셨던가?

좋은 시절 아름다운 풍경은
서쪽 해에 벌써 기울었네.
님이여! 사시사철 봄빛을 잃지 않는
키 큰 소나무와 잎 푸른 대나무를 보소서!

순 옥:(올라서 아뢴다[57]) 선생님! 오늘 같은 날은 얻기도 어렵거니와

56. 보통 연형은 같은 과거시험에 합격한 사람을 부르는 호칭인데, 여기서는 친한 친구를 부르는
    호칭으로 사용하였다.

머물게 하기도 어렵지요. 바라건대 이 술잔을 가득 채우셔요!

(낙안선생이 올라서 마신다.[58] 눈동자를 돌리지 않고 순옥을 바라본다. 순옥은 얼굴을 돌리고 주렴 밖을 본다)

순　옥 : (노래한다)

【팔성감주八聲甘州】

주렴 너머로 저녁햇살 넘어가고

느린 가야금 빠른 피리 소리 마당을 메우네.

멀리서 불어오는 맑은 바람 옷깃을 당기니

이 몸은 절로 청량한 세계에 와 있구나!

글 솜씨로는 공명을 못 이뤘으니

누가 패물과 가락지를 두위낭(杜韋娘)에게 주려나![59]

태양이 떨어져 지친 새가 돌아올 시간

---

57. 노래를 마치고 내려갔다가 다시 올라간다. 노래를 마치고 내려간다는 지시가 없다.

58. 역시 앞에서 마루를 내려간다는 지시가 없으나, 마루를 내려갔다가 다시 오르는 것으로 본다.

59. 두위낭은 당나라의 기생. 당나라 유우석(劉禹錫)이 화주자사(和州刺史)에서 면직되어 서울로 돌아오자 사공(司空) 이신(李紳)이 그를 위해 자기 저택에서 연회를 베풀어주었다. 노래 부르는 가기(歌妓)에 마음이 이끌린 유우석이 "궁중 미녀처럼 머리를 꾸미고, 봄바람 같은 노래 들려주는 두위낭! 사공께선 실컷 들어 시큰둥하지만, 강남의 자사는 애간장 끊어지네[髻髮梳頭宮樣妝, 春風一曲杜韋娘, 司空見慣渾閑事, 斷盡江南刺史腸]"라고 그 자리에서 시를 지었다. 그러자 이신이 그녀를 유우석에게 내주었다. 사연이 《본사시(本事詩)》에 실려 있다.

두견새 울음 속에 나그네는 방황하네.

눈이 어지러워 우물에 빠지고[60] 귀밑머리는 희끗희끗,

청산은 유난히도 허둥대는 이를 비웃네.

(내려간다. 모두 내려간다. 잔치 자리가 흩어진다)

60. 두보(杜甫)의 〈음중팔선가(飮中八仙歌)〉에 '하지장은 배를 타듯 말을 타고 눈이 어지러워 우물
에 빠져 물 밑에서 잠자네[知章騎馬似乘船, 眼花落井水底眠]'라는 구절이 있다.

4
시를 부치다

낙안선생: (오른다) 어제 잔치 자리에서 다른 것은 그리 상관할 게 없으나 그 순옥이란 아이의 감주사(甘州詞)[61] 노래 하나는 정말 얄밉네그려. 노래의 의미를 풀어봐야겠다. (뜻을 풀이한다) 저녁햇살과 느린 가야금 두 구절은 내가 하루 종일 술에 취해 있는 것을 고약하게 보고 지루하다고 싫증낸 내용이군. 이 몸은 청량한 세계에 있다는 구절은 저만은 한가롭고 마음 편하다고 자랑한 내용이고. 글 솜씨 구절은 내가 일찌감치 과거에 오르지 못하고 머리가 희도록 경서나 읽는다고 조롱한 내용이고, 패물 구절은 내가 저에게 은근히 관심을 둔 낌새를 눈치 채고서 내게 마음이 없음을 보이는 내용이구나. 두견새 한 구절은 차라리 집에 돌아가는 것이 낫겠다고 말했고, 눈이 어지러워 우물에 빠졌다는 구절과 귀밑머리 구절은 내가 술에 곤죽이 된 노쇠한 늙은이라고 꼬집었으며, 청산 한 구절은 내가 늙수그레해서도 세상을 향한 뜻을 잊지 못했다고 비웃었네그려. 이 노래야말로 행실은 용서해도 마음은 용납하기 어렵다는 경우로다. 다만 그날 한 일을 참작하여 문제 삼질랑 말자! 이상

---

61. 앞의 【팔성감주(八聲甘州)】 노래를 말한다.

하단 말이야! 이상해! 내 이제까지 육십 평생을 살아오면서 하고 많은 기생들과 노는 년들을 두루두루 거의 다 겪었지. 제일 증오하는 것이 '골수를 녹이는 호색(好色)'이란 글자였고[62], 가장 사모했던 말은 '마음속에는 기생이 없다'는 정부자(程夫子)의 말씀이었지.[63] 향(香)이니 옥(玉)이니 하는 기생년들을 사랑하는 놈들을 볼 때마다 두루미를 삶고 거문고를 불태워 시비를 일으킬[64] 생각은 적이 없었지. 그런데 어라! 순옥을 만나 얼굴을 보고 노래를 들은 뒤로는 눈앞이 어른어른하고 마음이 뒤숭숭하네. 귀를 기울이면 꾀꼬리 소리요 눈을 감으면 제비 모습이야. 생각하지 않아도 절로 생각이 나고, 잊으려 해도 잊기가 어렵구나.《시경》의 '얼굴이 무궁화 같은, 그 사람은 옥 같구나〔顏如舜華 玉如其人〕!'라는 두 구절을 가져다 눈에 잘 뜨

---

62. 원문은 유골수(溜骨髓)로서 이 말은《수호전》32회에서 주인공인 송강(宋江)이 한 말이다. 송강이 "무릇 사내 대장부가 유골수 세 글자를 범하게 되면 남들로부터 비웃음을 사게 되어 있어"라고 말하는 대목이 나온다.

63. 풍몽룡(馮夢龍)의《고금담개(古今譚槪)》〈오부부(迂腐部)〉에 다음과 같은 이야기가 실려 있다. '두 분의 정자(程子)가 사대부의 잔치에 갔는데 기생이 술을 따랐다. 그러자 이천(伊川)은 옷을 떨치고 일어났고, 명도(明道)는 잔치를 다 즐기고 자리를 떴다. 다음날 이천이 명도의 서재를 찾아갔는데 아직도 화가 다 풀리지 않았다. 그러자 명도가 "어제 술자리에 기생이 있을 때에도 내 마음에는 기생이 없었다. 오늘 내 서재에는 기생이 없건마는 네 마음에는 아직도 기생이 있구나!"라고 말했다. 그 말에 이천은 도저히 따라가지 못하겠다고 인정했다.'

64. 당나라 시인인 이상은(李商隱)이 맑은 샘물에 발을 씻는 것, 꽃 위에 속옷을 말리는 것, 산을 등지고 누각을 짓는 것, 거문고를 불태우고 두루미를 삶는 것, 꽃을 마주하고서 차를 마시는 것, 솔숲길에서 길잡이가 벽제하는 것 등을 살풍경(殺風景)이라고 했다. 송(宋)의 호자(胡仔)가 편찬한《초계어은총화(苕溪漁隱總話)》에서 인용한《서청시화(西淸詩話)》에 실려 전한다.《수호전》(120회본) 제38회에 "향기 사랑하고 옥을 아끼는 데는 마음이 없고, 두루미 삶고 거문고 태워 시비를 일으킨다〔憐香惜玉無情緖, 煮鶴焚琴惹是非〕"라는 구절이 있다.

이는 곳에 붙여놓고 좌우명으로 삼아도 봤지. 그래도 그림 속 떡을 보고 배부르길 바라는 꼴이요, 매실을 바라보며 갈증을 없앤다[65]는 격일세. 이런 때에는 어쩌면 좋단 말이냐? (혼잣말 하며 노래한다)

【의난망意難忘】
까마득한 고당(高唐)은 전과 다름이 없건마는
비도 그치고 구름도 사라졌네.
장자(莊子)의 동산에서 꿈을 깨자 나비는 흩어져버렸고
은하수 오작교에는 까치들 날아가버렸구나.
봄도 벌써 저물어 가련하구나, 이 밤이여!
그리운 님은 지척에 있어도 멀고
뜨락의 꽃가지에는 달그림자만 무료하구나.

아! 네까짓 거야 기방의 꽃송이에 지나지 않으니 내가 천천히 끌어당기면 고분고분 따라오겠지. 동정호(洞庭湖)에 떠 있는 밑창 없는 한 조각 배[66]에 불과하므로 늙은 뱃사공이 키를 조종하는 솜씨를 당해내기

---

65. 《세설신어(世說新語)》〈가휼(假譎)〉에 나오는 이야기이다. 조조가 출정했을 때 물길을 찾지 못해 군사들이 모두 갈증에 시달렸다. 조조가 명을 내려 "앞에 커다란 매화나무 숲이 있다. 그 열매가 달고 시니 갈증을 풀 수 있을 것이다"라고 하자 사졸들이 그 말을 듣고 모두 입에 침이 고여 갈증을 풀었다.

66. 밑창 없는 한 조각 배는 《서유기(西游記)》 98회에 나오는 무저선(無底船)에서 가져왔다.

어렵지. 먼저 정시(情詩) 한 수를 지어서 그 애가 움직이는지 안 움직이는지 두고 보자. (시를 짓는다. 편지를 봉한다) 서동(書童)아! 긴요하게 할 이야기가 있으니 동쪽 거리 두 번째 골목 왼편의 푸른 버드나무 아래 자그마한 각문(角門) 안에 사는 봉래선 할망구 좀 불러오너라! 무슨 일이냐고 묻거들랑 가보면 안다고 말하거라!

(서동이 간다. 봉래선이 오른다)

봉래선 : 선생께서 무슨 하실 말씀이 있으셔서 이 할망구를 부르셨나요?

낙안선생 : (오른다[67])

문에 들어와 영고성쇠를 묻지 마오.
얼굴을 보면 바로 알 수 있나니.[68]

일전에 내 집에서 연 환갑잔치에서 자네 딸자식이 노고가 많았네. 하나 대가는 고사하고 한마디 고맙다는 인사도 아직 하지

---

67. 역시 앞에서 마루를 내려간다는 지시가 없다.
68. 《수호전》·《금병매》 따위의 통속물에 자주 등장하는 구절로, 관상을 보면 바로 사정을 파악할 수 있다는 말이다.

못했으니 사리에 전혀 맞지 않네. 내가 감사편지를 한 통 써서 미안한 심경을 표하려 하네. 자네가 직접 귀여운 딸에게 전해 주는 게 좋겠네. 믿지 못할 자에게 부탁하기가 어려워서지.

봉래선: 잘 알았습니다. 저 갑니다.

(편지를 전해준다) 얘야! 딸애야! 좀 전에 서쪽 이웃 낙안선생께 서 나를 오라고 하더니 말하더구나. 자기 회갑연에서 네가 수 고가 너무 많았는데도 번잡한 일이 연거푸 생겨 여태껏 감사 인사를 표하지 못해서 몹시 미안하다고 하시더라. 그래서 먼저 감사편지 한 통을 에미에게 주어 전해달라고 하더라. 한번 읽 어봐라. 들어보자꾸나.

순 옥: (오른다. 편지를 개봉한다) 어머나! 편지는 칠언절구 한 수로구 나. 이건 오로지 제게 고마워한다는 편지이니 별것 아니어요. 어머니! 들어서 뭐 하시게요?

(봉래선이 내려간다. 순옥이 오른다)

순 옥: 서쪽 이웃에서 온 편지가 감사편지라고 어머니가 했지요. 그래 서 열어보았더니 감사편지가 아니라 연애편지여요. 어머니가 그 내용을 물으시기에 사실대로 대답하면 나쁜 일로 들으실까 봐 그냥 대충 얼버무렸지요. 다시 편지를 자세히 살펴봐야겠어

요. (다시 본다) 편지를 다시 보니 이렇게 쓰여 있네.

사랑에 푹 빠진 임공(臨邛)의 재자(才子)는
시집가기 전 탁문군(卓文君)을 만나지 못했네.
거문고를 홀로 안고 한밤중에 앉아서
암 봉황이 오동나무에서 존다고 비웃네.[69]

흥! (버들 같은 눈썹을 슬며시 찌푸리고 별빛 같은 눈동자를 휘둥그
레 뜨고서 탄식한다) 부모님께서 나를 팔아 돈을 갚았기에 할 수
없이 기방에 갇힌 몸이 되었지. 몸을 깨끗이 하고 붉은 점을 지
켜서 한 가지 숙원을 이루려고 애썼어. 아무도 소첩의 마음속
에 간직한 뜻을 모르고서 이렇듯 희롱하기가 한두 번이 아니
야. 하지만 어쩔 수 없지 뭐. 그저 욕됨을 참고 조신하면서 지
금까지 살아왔지. 이 시를 봤더니 사마상여처럼 〈봉구황곡(鳳求
凰曲)〉을 연주할 테니 날더러 탁문군이 되어달라는 말이군요.
이런 처지에 이르다니 정말 진퇴양난이군요. 차라리 백릉(白綾)

---

69. 임공의 재자는 한(漢)나라의 문장가인 사마상여(司馬相如)를 가리킨다. 사마상여가 임공령
(臨邛令)으로 있던 친구 왕길(王吉)을 찾아갔다가 임공의 부호인 탁왕손(卓王孫)의 집에 초대를
받아갔다. 마침 음악을 좋아하는 탁왕손의 딸 탁문군이 청상과부가 되어 집에 와 있었다. 사마
상여가 〈봉구황곡(鳳求凰曲)〉이란 거문고 곡을 타서 은근히 탁문군의 마음을 떠보았는데, 탁문
군도 사마상여에게 반하여 밤중에 도주하여 사마상여에게로 갔다. 사마상여는 탁문군을 데리
고 성도(成都)로 돌아갔다. 하지만 가난하여 살길이 막막하자 목로집을 차려 탁문군에게는 술
을 팔게 하고 사마상여 자신은 시중에서 품팔이를 하며 지냈다.

비단 땀수건 한 장을 원적(圓寂) 열반왕(涅槃王)의 진언(眞言)으로 삼아 옥이 가라앉고 구슬이 부서지듯 옷시렁에 목을 매는 게 상책이겠구나! 하지만 겉만 번드르르한 스물여덟 글자를 가지고 염라대왕 삼라전(森羅殿)에서 넋을 거두는 주문으로 삼는다면, 술잔 속의 활 그림자를 보고서 술을 마시기 꺼려하는 격[70]이니 단연코 할 짓이 아니야. 그렇다고 평소의 다짐을 바꿔서 그의 풍정(風情)을 따르자니 한평생 신세를 망칠까봐 걱정이고, 따르지 말자니 이웃어른의 체면을 깎아내릴까봐 염려네. '어부가 바늘과 낚싯줄을 드리워, 인간세상 크나큰 시비를 낚았다'[71]던 옛말이 틀리지 않구나. 만약에 회갑연이 없었더라면 내가 못생기고 예쁜지를 그가 어떻게 알았을까? 이런저런 잡생각일랑 그만하고 그가 보낸 시구에 화답하여 내 본심을 보여주자. 한번 시험하여 부끄러워하는지 어떤지를 보고 나서 다시 대처해야겠다. (시를 짓는다)

---

70. 원문은 '배궁사영(杯弓蛇影)'으로 술잔 속에 비친 활 그림자를 뱀으로 착각한다는 뜻이다. 쓸데없는 의심을 품고 지나치게 근심하는 것을 비유하는 고사성어이다. 《진서》 〈악광전(樂廣傳)〉에 나온다.

71. 《봉신연의(封神演義)》 제1회에 나오는 시구로서 원래는 '만강에서 어부가 바늘과 낚싯줄을 드리웠으니 이제부터 시비를 낚아내겠네[漫江撒下鉤和線, 從此釣出是非來]로 되어 있다. 《서유기》 제93회에도 같은 시구가 실려 있다.

72. 송(宋) 전이(錢易)의 《남부신서(南部新書)》에 노랑 이야기가 실려 있다. 당나라 때 노씨 집 자제가 늙어서 교서랑이 되고 문장력이 있는 최씨에게 장가를 들었다. 최씨는 혼인 후 남편이 마음에 들지 않았다. 노랑이 시를 청하자 속마음을 읊어 남편을 놀렸다. "노랑 나이 많음 원망치 않고, 노랑 관직 낮음 원망치 않네. 이 몸 늦게 태어나 노랑 젊을 때 만나지 못한 것만 한스러워요[不怨盧郞年紀大, 不怨盧郞官職卑, 自恨妾身生較晚, 不見盧郞年少時]."

노랑(盧郎)[72]이 늙고 멍청하다고 원망하는 게 아니라
젊은 시절에 찾아오지 않아서 싫은 거지요.
창 앞의 작은 화단에 매화가 일찍 피었으니
구경꾼이 마른 가지 꺾지 말게 하세요.

(편지를 봉한다) 어머니, 제가 서쪽 집 어른께 답장을 보내려고
하는데 풀로 바른 편지가 여기 있어요. 어머니! 직접 전달할 필
요는 전혀 없고요, 이웃집 엿장수 할머니에게 전해달라고 부탁
하세요. 그 어른이 "그 어미가 왜 오지 않았느냐?"고 묻거든 일
이 있어서 오지 않았다고만 말하라고 하세요. (엿장수 할머니를
부른다. 엿장수 할머니가 마루에 올라온다)

엿장수 할머니:이 늙은것이 쓸데없는 일에 매여 오래도록 와보지 못했
구려. 무슨 시킬 일이라도 있수? 말만 하구려! 뭐든 괜찮아.

순 옥:제가 서쪽 이웃 노선생 댁에 답장 편지를 한 통 보내려 하는데
어머니께서 마침 일이 있어서 할머니께서 그 어른께 대신 전해
주셨으면 해요.

엿장수 할머니:어려울 게 하나 없지. 그 어른은 우리 주인댁이라서 아침
에도 가고 저녁에도 가는걸. 내가 꼭 직접 전달하고 답장을 달
래서 가져오지. (내려간다. 편지를 전달한다)

(낙안선생이 오른다)

낙안선생:엊그제 봉래선이 떠날 적에 편지 한 통을 보냈건마는 세 밤
　　　　이 지나가도 파랑새는 오지 않는구나. 걱정이 하염없으니 오늘
　　　　은 또 어떻게 보낼거나. (길고 짧은 탄식을 토해내며 빈 뜰을 오락
　　　　가락한다. 노래한다)

【억다교憶多嬌】
얄미워라, 버들도 시샘하는 눈썹이여! 꽃도 샘내는 뺨이여!
묻노라! 어디서 이런 상사병을 얻었는지를.
오늘도 해가 져서 벌써 저 앞 연못에 빠졌구나.
나의 이 깊은 속을 누구에게 토로할까?
파랑새는 더디 오네. 파랑새는 더디 오네.
여러분들 좋은 시절이 지나갑니다.

아! 오늘도 시들시들 지나가건만 산문(山門)을 두드리는 소리 없구나!
지겹도록 괴롭구나.

5

중매

낙안선생:엿장수 할멈! 자네는 금방 왔다가 금방 가더니 이제 또 왔네 그려. 무슨 일 있나?

엿장수 할머니:동쪽 마을 초산운이 보낸 편지가 여기 있습지요. (편지를 바친다)

> 무쇠 신발 신고 천지를 헤매도 찾지 못하겠더니
> 찾고 보니 전혀 힘들 일이 아니었구나![73]

낙안선생:(편지를 개봉한다. 편지를 뜯을 때는 열 손가락이 흡사 잔구름을 휩쓸어가는 바람 같다. 두루마리가 끝나고 비수가 나타나자 오른손으로 소매를 잡고자 해도[74] 병풍이 높아서 달빛이 보이지 않는다. 기둥에 기댄 채 아무 말도 없이 시의 속뜻을 속으로 풀어서 말한다)

---

73. 명대의 소설 《경세통언(警世通言)》에 나오는 한 구절이다. 원문의 '각(覺)'이 '득(得)'으로 되어 있다.

74. 전국시대 말엽 진시황을 저격하기 위해 연나라 태자 단(丹)이 보낸 자객 형가(荊軻)가 진시황에게 지도를 바칠 때의 장면을 묘사한 것이다. 《전국책(戰國策)》 〈연책(燕策)3〉과 《사기》에 나온다.

첫 번째 구절은 내가 늙고 멍청하다고 말했고, 두 번째 구절은 일찍 찾지 않아서 꺼린다는 말이며, 세 번째 구절은 자신을 겨울 매화의 높은 절개로 비유하였고, 네 번째 구절은 여자의 향기를 훔치지 말라는 생각을 담았다. 고약하고 골치 아프네. 저번 〈감주사〉 한 수에서 벌써 대강은 짐작했지만 그래도 꾹 참고 말았거늘…… 결국 풍류에 빠진 늙은이로 하여금 두 번 세 번 이런 짓을 하게 만들다니. 정말 못 참겠다. 예로부터 점잖은 방법으로 안 되면 무력을 쓸 수밖에 없다고 했나니. 엿장수 할머니! 자네가 가게. 지금 바로 가게! 내가 따로 할 말이 있는데 긴급한 것일세. 자네하고는 상관이 없네만, 날이 저물기 전에 빨리 봉래선을 이리로 오라고 불러주게. 만약 내 분부대로 되지 않으면 자네가 부르지 않은 걸로 알겠네. 절대로 그냥 두지 않을 걸세. 자네가 가게. 바로 가게!

엿장수 할머니: 소인 잘 알았습니다. 감히 그럴 수 있겠습니까? 감히 그럴 수가! 나는 듯이 달려가겠습니다.

(간다. 말을 전한다)

이러쿵저러쿵 하여 나는 일의 자초지종을 모릅니다만, 제가 올 때도 웬일인지 완전히 괴로워하는 기색입니다. 봉래선! 지금 만약 가지 않으면 틀림없이 이 늙은이한테까지 화가 닥칠 것이니 빨리 갑시다. 어서 갑시다.

순 옥:창피해 죽겠네. 어머니! 그냥 한번 가서 어쩌는지 보세요.

봉래선:에미가 알았다. (간다)

봉래선:(오른다) 날마다 쓸데없는 집안일이 몰려들어 여러 날 찾아뵙
지 못했습니다. 그래서 여식의 답장도 직접 올리지 못했구요.
죄송합니다. 죄송합니다. 선생님께서 무슨 분부가 계시온지요.
이 늙은것이 귀를 쫑긋하고 공순히 듣겠습니다.

낙안선생:(오른다) 일이 이 지경에 이르렀으니 자네에게 탁 털어놓고
말하겠네. 이 늙은이가 본래는 남녀 간의 풍월을 몰랐는데 어
쩐 일인지 자네 딸을 한번 보고나선 마음이 진정되지 않고 잊
지를 못하겠네. 일전에 부친 편지는 감사편지가 아니고 실은
연정을 토로한 시였네. 이제 답장을 보았더니 무단히 나를 늙
고 멍청하다고 깎아내리고, 저는 절개가 높아 남들이 저를 어
쩌지 못하도록 하겠다고 했더군. 이 늙은이가 늙고 멍청한 것
은 분명하지만, 그래 저는 깊은 규방에 숨겨놓은 천금 같은 아
가씨란 말이냐? 재물이 있어도 양식 구걸하는 거지의 쪽박을
깨뜨리지는 못하고, 힘이 있어도 귀에 들어오는 비수 같은 말
은 뽑아내지 못하는 법. 계수나무는 늙어도 매운 성질은 갈수
록 매섭고, 꽃이 고와도 광풍은 사정(私情)을 두지 않아. 난 눈
먼 장님이 아니야. 저의 철 이른 매화가 절개가 높다고 뻐기는

데 그러면 꽃이 떨어지고 씨를 맺는 시절이 있을지 없을지 한
번 우두커니 지켜볼까? 마른 가지는 꺾는 사람이 없어도 때늦
은 꽃술은 결국 나비가 날아와 꿀을 따는 법이지. 어떻게 처치
하면 좋을지 자네가 생각해보게.

봉래선: 선생님! 잠깐만요! 천한 이 늙은이는 맹세코 자초지종을 모릅
니다. 어째서 일찌감치 말해주지 않았나요? 천한 년이기는 하
지만 풍월의 일에는 여자군대를 지휘한 손자(孫子)의 뛰어난 솜
씨이고,[75] 지혜롭기가 진평(陳平)의 미인계라고[76] 자부해 왔습지
요. 철석같은 심장이라도 사내건 계집이건 한번 이 늙은이의
수중에 들어오거나 이 늙은이의 혀끝에 걸리기만 하면 끓는 물
에 빠진 닭이요, 용광로에 들어간 쇳덩어리 꼴이라 순식간에
녹아버리지 않는 것이 없지요. 하물며 딸자식이야! 하물며 선
생님이야! 하물며 기생이야! 하물며 선비님이야! 삼 년 공사(公
事)에 무사하게 된다는 속담이 도리어 듣기 좋지요. 선생님! 고

---

75. 《사기》〈손자오기열전(孫子吳起列傳)〉에 나오는 내용이다.《손자병법》으로 유명한 손자가 오
(吳)나라 왕 합려(闔廬)를 만나 궁중의 미녀 180명을 모아놓고 군대를 지휘하는 법을 시험해보였
다. 미녀를 두 부대로 나누어 왕이 총애하는 여자 두 명을 각 부대의 대장으로 임명하여 부대를
지휘하게 했다. 그러나 미녀들은 모두 깔깔거릴 뿐 명령을 따르지 않았다. 그러자 손자가 왕의
만류에도 불구하고 두 여자의 목을 치자 기겁한 여자들이 명령대로 따랐다. 오나라 왕은 손자
의 지휘에 탄복하여 그를 대장으로 임명했다.
76. 진평은 한(漢)나라 건국 공신이다. 고조가 흉노 묵특을 토벌하러 갔을 때 평성(平城) 백등산(白登
山)에서 7일 동안 흉노에게 포위당하였다. 이때 진평이 미인계를 써서 위기를 모면하였다.

민하지 마시고 저를 삼정(三亭) 남쪽에서 기다려주셔요.[77]

낙안선생:부끄럽소. 조금 전에 정수리 위로 삼천 길이나 솟구치던 분
노의 불길이 모조리 과주원(瓜注園)으로 들어가 버렸소. 봉래선
말처럼 되기만 한다면 인간세상의 봉래선은 하늘에 있는 월하
노인(月下老人)이오. 일은 만전을 기하는 것이 중요하니 반드시
명심하게나. 일이 중간에 바뀌지 말고 처음 말대로 되어야 할
것이오.

봉래선:아이고! 이 늙은것은 딴사람이 아니라 남자를 구렁텅이에 빠
뜨리는 기생방에서 혼을 잡아가는 판관이요, 넋을 빼는 기생
대열에서 생명줄을 잡은 사자랍니다. 선생님께서 제아무리 모
래 줄로 허공을 포박하는 수단을 가졌다고 쳐도 나무대명왕불
모보살(南無大明王佛母菩薩) 공방대시주(孔方大施主, 돈)를 어떻게
감당하시렵니까? 조금이라도 없어서는 안 될 것은 서문경(西門
慶)이 복용한 범약(梵葯) 백 알[78]과 석숭(石崇)이 녹주(綠珠)를 산
진주 열 말입니다.[79] 선생님, 이 점을 꼭 명심해야 합니다. 명심

77.《사기》〈범저채택열전(范雎蔡澤列傳)〉에 나오는 말이다. 위나라에서 큰 형벌을 당한 범저가 나
라를 탈출하기 위해 진(秦)나라 사신 왕계(王稽)를 은밀히 만났다. 그때 왕계가 범저에게 매료되
어 귀국할 때 데려가기로 약속하고서 "선생께서는 삼정 남쪽에서 저를 기다려주십시오!"라고
말했다. 후에는 은밀히 약속한 장소에서 기다리라는 표현으로 쓰인다.
78. 서문경은《금병매》의 남자 주인공이고, 범약은 그가 복용한 음약(淫藥)이다.

해야 하고말고요! 이 늙은이가 내일 어김없이 올 텐데 그때는
결과를 소상히 아실겝니다. (내려간다)

순 옥:

【적류자滴溜子】

사람 구실하기 어렵구나!

사람 구실하기 어려워!

온몸이 똬리를 트는구나!

인생길이 험난하다!

인생길이 험난해!

단장한 꽃이요 잠자는 버들가지라네.

약질이라 비바람이 낯설어

쓸쓸히 침상을 벗어나지 않았더니

비쩍 마른 것을 절로 느끼겠네.

한스럽게도 한 조각 구름은 무정하여

내게는 밝은 달을 보여주지 않는구나!

(오른다)

---

79. 석숭(249~300)은 중국 서진(西晉)의 관리로서 항해와 무역으로 큰 부자가 되어 매우 호사스러운
생활을 하였다. 후대에는 사치스런 부자의 대명사로 이름이 높다. 그는 천하절색인 녹주를 얻
기 위해 진주 열 말을 그 부모에게 주어 환심을 샀다고 한다.

심중에는 한량없는 사연!
말없이 동풍을 원망하네![80]

아이고! 어머니! 서쪽 집에 가서 무슨 이야기를 그리 길게 늘어 놓았어요?

(봉래선이 오른다)

봉래선: 흥! 답장이라구! 답장? 이게 그 잘난 네 답장이더냐? 편지 사연이 정말 괴상했다면 왜 일찌감치 말하지 않았느냐! 에미가 좀 전에 갔더니 그가 이렇게 말하더라. 그가 이러쿵저러쿵 말하는 품새가 평지풍파가 일어났더라. 나는 능운도(凌雲渡)의 밑창 없는 부서진 배이지마는,[81] 너는 꽃 같은 숲속의 나루터로 작은 배 하나 겪어보지 못했으니 무슨 수로 건너겠느냐? 그래서 에미가 벌써 두말없이 받아들이고, 혀를 쉴 새 없이 놀려 허락한다고 했느니라. 애야! 깊이 생각해라! 깊이 생각해! 너나 내나 다 같이 기방출신이다. 남자를 보내고 남자를 맞이하는 것이 서로 전수해온 의발(衣鉢)이다. 아무리 망나니 무뢰한이라도 견디기 어렵거늘 더구나 집을 짓고자 하는 자가 누구냐?[82] 한

<hr />

80. 《서상기》에 나오는 구절이다.
81. 《서유기》 98회에 나오는 표현이다.

성 안에 살고 도리로 보나 안면으로 보나 누가 감히 안 된다는 한 마디 말을 입 밖에 낸단 말이냐? 에미가 내일 두말없이 간다고 약속을 해놨으니 네 말 좀 들어보자꾸나!

(순옥은 턱을 괴고서 아무 말도 하지 않는다)

봉래선:서쪽 이웃 어르신에게 부족한 것은 딱 한 가지로 연세가 높으신 것뿐이란다. 만약 연로하여 짝을 잃은 사람에게 중매쟁이가 비슷한 문벌집에 혼사를 중매할 때 신부집에서 연로하다는 핑계로 청혼을 거절한다면 다시 장가가는 늙은 신랑은 세상 어디에도 없겠구나. 두 남편을 섬기지 않겠다고 맹세한 네 마음은 천지신명께서도 벌써 잘 알고 계실 게다. 하늘이 가련하게 보셔서 사내놈이든 계집년이든 하나 낳아 주신다면 종신토록 몸을 의지할 데가 생길 테니 연로하다고 나쁠 게 뭐냐?

(순옥이 백옥 같은 손으로 턱을 괴는데 구슬 같은 눈물이 눈자위에 가득하다)

봉래선:붉은 연꽃이 깔끔해도 뿌리는 진흙 속에 묻혀 있고, 흰 모래가

82. 원문은 '작정자수야(作亭者誰也)'로 구양수(歐陽脩)의 〈취옹정기(醉翁亭記)〉에 나오는 구절이다.

깨끗해도 바탕이 변해 진흙이 된다. 높은 곳으로 올라가면 고상하고, 첩이 되면 천한 줄을 에미가 모르지 않는다. 한스럽게도 몸이 벌써 천 길 백 길 새까만 깊은 구렁텅이에 빠졌으니 하늘에서 떨어지는 물을 무슨 수로 피하겠느냐? 네가 한결같이 늙은이를 싫어하는 이유는 이불 속에서 그 물건이 벌이는 멋진 풍류를 탐하는 것뿐이다. 네가 열여덟 해 동안 붉은 점 하나를 지켜온 본뜻이 어디 있더냐? 또 네가 열여덟 해 동안 기방에서 붉은 점 하나를 고이 지켜온 지고한 행실을 남들이 어떻게 알겠느냐?

순　옥:어머니 말씀도 일리가 있어요. 어머니께서 벌써 그분께 허락하셨다니 제가 어떻게 어기겠어요? 다만 한 가지가 마음에 걸려서 우물쭈물 결단을 내리지 못하겠어요. 제가 진작부터 맹세코 폐부에 다짐한 것이 있어요. 그가 만약 저를 기생으로 대접하여 한두 번 욕정을 풀고 난 다음 다시는 돌아보지 않는다면, 이야말로 신세를 크게 망치는 꼴이 아니겠어요?

봉래선:

오호(五湖)에 밝은 달을 남겨 두었으니

낚싯줄 드리울 곳 없다고 걱정할 필요 없지.[83]

---

83. 《증광현문(增廣賢文)》에 나온다.

먼저 그로부터 맹세를 받아두고 네 몸을 허락하자. 그러면 곡직(曲直)이 분명하여 안 될 것이 없다.

순 옥:어머니! 내일 약속했다고 하니 제 침방 북상(北廂)의 작은 마루에 술상을 하나 봐놓을게요. 오후에 그분을 맞이해 오셔요. 제가 사실대로 그분께 말씀드리지요. 제 소원에 부합하면 만사가 다 잘 풀리겠지만, 제 뜻과 다르면 제가 하고 싶은 대로 할게요. 그땐 더 이상 억지주장하지 마셔요.

봉래선:좋다, 좋아! 두말하면 잔소리지. (모녀가 모두 내려간다. 술상을 차린다)

낙안선생 :
【장상사長相思】
제비는 들보에 날아들고 꽃은 담장을 스치네.
창 앞에는 차츰차츰 해가 기우네.
초나라 산에선 구름과 비 소식이 없으니
누가 다시 고당부를 짓겠나?

작은 연못에는 두약이 향기를 머금었네.
몇 번이나 바람을 맞아 흩날렸는가?
운영(雲英)은 분명 배항(裵航) 따라간 일을 후회하리라.[84]

함께 꽃을 따러 가는 이 없네.

(오른다) 오늘 봉래선과 만나기로 약속했거늘 벌써 오후가 되었는데도 종적이 묘연하구나. 하는 짓이 그 이름과 잘 어울려. 정말 동해의 봉래산까지 삼천리 물에 막혀 있구나. 어째서 손오공의 근두운(筋斗雲)을 빌려 타고서 득달같이 날아와 고해(苦海)에서 사람을 구제하는 공덕을 베풀지 못하지. 어이쿠나! 봉래선이 왔네. 왜 이리 늦었소. 날 괴롭혀 죽이네.

봉래선:(오른다) 왔으니 왔고, 늦었으니 늦었고, 성공은 벌써 성공했습니다. 그런데 괴롭히다니 무엇을 괴롭히나요? 정말 웃기십니다.

낙안선생:정말 성공했소? 나는 믿지 못하겠소. 어서 듣고 싶소.

봉래선:만사가 다 풀렸답니다. 딸애가 뜻을 굽혔지요. 선생님이 왕림하시면 됩니다. 왕림하셔요.

낙안선생:감히 하지 않을 수 있겠소? 어찌 감히⋯⋯ 여린 발걸음을 힘들게 해서야 되겠소. 봉래선이 앞장서시오. 내가 뒤를 따라가

84. 운영과 배항은 당나라 배형(裴鉶)이 지은 《전기(傳奇)》에 실려 있는 작품 〈배항(裴航)〉의 주인공이다. 과거에 낙방한 배항이란 수재가 방랑 중에 절세미인 운영을 만나 온갖 노력 끝에 운영을 데리고 옥봉동에 가서 도를 닦아 신선처럼 살았다.

겠소.

(봉래선 내려간다)

낙안선생:서동아! 내가 친구와 만날 약속이 있으니, 늦게야 돌아올 것
　　　이야. 책상 위에 어지러운 서책과 마루 위에 흩어 놓은 바둑판
　　　을 일일이 정돈해 놓아라! 손님이 찾아와 묻거든 그저 안 계시
　　　다고만 말해라!

서동:소인 잘 알아들었습니다요.

불망기

(낙안선생이 오른다. 동쪽 이웃집을 찾아간다. 봉래선이 맞이한다)

봉래선:(오른다) 얘야! 선생님이 왕림하셨다. 어째서 뵙고 맞이하지
않느냐!

(순옥이 오른다. 엷은 화장에 수수한 옷을 입고 구름 같은 검은 머릿
단이 비스듬히 드리웠다. 잠에서 막 깬 듯 눈자위가 몽롱하다. 고의
적삼 옷깃이 반쯤 젖혀져서 보드라운 가슴이 살짝 드러났는데, 옥빛
복숭아 같은 가슴 두 개가 봉긋하여 교태로운 모습이 손에 잡힐 듯
하다. 절하고 맞이한다. 문안을 올린다. 선생을 이끌어 북상으로 데
려간다)

순 옥:선생님! 들어가셔요!

(선생이 올라 주위를 둘러본다. 집은 네 칸으로 열두 기둥의 초가집
이다. 서쪽 한 칸 방은 다락방이고, 다음 한 칸은 침방이다. 앞뒤 툇
마루는 작은 교자(交子) 난간이다. 동쪽 두 칸은 대청마루로, 삼면은
와룡풍혈(臥龍風穴) 난간으로 밖을 치장하였고, 안에는 완자(完字)

세살창을 한 장지문[凉槅軒]으로 가렸다. 그 위에는 등나무 자리와 대나무 안석을 놓았다. 안석 옆에는 오동을 인두로 지지고 아울러 비자나무 널판을 한 바둑판이 있는데 흑백 바둑알이 다홍 칠을 한 합 속에 각각 들어 있다.

침방 뒷면에는 두 짝의 장지문이 있고 중간에 청사(靑絲) 모기장을 비스듬히 말아 올려놓았다. 앞면에는 난간머리에 푸른색의 가는 상구(緗龜) 대나무 발을 걸어놓았고, 발 안에는 능화무늬로 치장한 분합 사창(紗窓)이 반은 열리고 반은 닫혀 있다. 창 안에는 가래나무 무늬목과 화리목(花梨木)으로 치장한 붉은 시렁이 있고 시렁은 대방규벽(大方圭壁) 푸른색 포갑에 상아 찌를 꽂은 책들이 한 질 한 질 자리를 잡았다. 시렁 옆에는 자단(紫檀) 재질에 거북이 무릎을 꿇은 모양의 교자상 하나를 놓았고, 상 왼편에는 오래된 구리 꽃병과 벽옥(碧玉) 단지를 안치했다. 단지에는 인조 사계화 두 송이를 심어놓았고, 꽃병에는 공작새 깃털 여섯 개를 꽂아놓았다. 상 오른편에는 반죽(斑竹) 석가산(石假山) 필통이 있어 각색 화전(花箋)을 비스듬히 꽂았다. 필통 옆에는 무회목(無灰木)[85]으로 치장한 벼루집을 하나 놓았다.

벼루집 위에는 남포석 수침연(水沈硯) 하나와 수정으로 만든 사자 필가(筆架) 하나, 매괴석(玫瑰石)으로 만든 연꽃잎 모양의 연적 하나, 그리고 자루에 각색 칠을 한 붓 일곱 자루와 일본과 중국산 참먹

---

85. 불회목(不灰木)의 별칭으로 석면처럼 불에 잘 타지 않는 광물질이다.

세 덩이를 놓았다. 상 중간에는 서른두 쪽의 선화아패(宣和牙牌)[86]를 깔았다. 상 곁에는 박산(博山) 청동화로를 놓았는데, 화로에서는 가는 부용향(芙蓉香) 연기가 피어 나오고 있다. 적동(赤銅) 재떨이와 황동 타호(唾壺), 오동(烏銅) 바탕에 은빛 꽃을 새긴 담배서랍과 설화(雪花) 주석 대통에 반죽(斑竹) 설대를 한 음양연대(陰陽烟臺)가 있다. 방 안팎은 종이와 비단으로 장식하고, 기름칠을 하고 아교를 발라 각각 갖은 기교를 부렸다.

방 안에는 일곱 자 크기의 왕골 화문석을 깔았다. 화문석 위에는 몽고산 얇은 담요를 놓았다. 아래쪽 벽 가까이에는 산버들로 엮은 가는 살 평상을 놓았고, 평상 위에는 교동산(喬桐產) 가는 왕골자리와 방금요(方錦褥)를 깔았다. 요 위에는 죽부인을 가로로 놓았다. 평상 아래에는 또 탕파(湯婆) 하나가 있고, 사방의 벽에는 상상급(上上級)의 태사전(太史牋)에 쓴 각 폭의 주련(珠聯)을 걸어놓았다. 주련의 글자체는 어떤 것은 미원장(米元章)[87]의 자체를 모방하였고, 어떤 것은 이도보(李道輔)[88]의 자체를 모방하였다. 주련에는 이렇게 쓰여 있다.

<hr>

86. 아취가 있는 놀이 도구의 하나로, 자세한 내용은 제13강의 각주 189번 참조.
87. 북송(北宋)의 저명한 서화가인 미불(米芾, 1051~1107)로 원장은 그의 자이다. 글씨는 송4대가의 하나로 꼽혀 후대에 막대한 영향을 끼쳤다.
88. 이도보는 조선 후기를 대표하는 서예가 이광사(李匡師, 1705~1777)이다. 도보는 이광사의 자인 도보(道甫)를 잘못 쓴 것이다. 독특한 서법을 완성하여 원교체(員嶠體)로 불릴 만큼 유명하였으며, 조선 후기 서예에 막대한 영향력을 미쳤다. 서법미학을 전개한 《원교서결(圓嶠書訣)》을 남겼다.

올해도 밝은 달 아래 두견새 울자
일만 그루 복사꽃 살구꽃이네. 봄

한밤 내내 비가 내린 강남에는
온 뜰에 고운 풀과 녹음이 짙어지네. 여름

호젓한 사람은 잠에서 깨어 서성이고
위로는 하늘빛, 아래로는 물빛이네. 가을

옥을 쪼고 은으로 치장한 눈이 쌓여
인간 세상 사악한 길을 다 뒤엎었네. 겨울

남쪽 담장 아래에 나무를 죽 이어 심었다. 위성류(渭城柳) 다섯 그루, 수사회(垂絲檜) 네 그루, 벽오동 두 그루, 천지송(千枝松) 한 그루, 금사오죽(金絲烏竹) 쉰 내지 일흔 그루가 보인다. 동쪽 담장 머리에는 서른 평 되는 화계(花階)가 있어 안석류(安石榴)와 광남류(廣南榴) 화분 각 두 개, 납설매(臘雪梅) 춘옥매(春玉梅) 화분 각 하나, 월계화 화분 네 개, 종려 화분 하나, 영산홍 화분 두 개, 치자 화분 두 개, 장미 화분 하나, 해당화 화분 하나, 꽃잎이 제각기 다른 국화 화분 다섯, 모란 화분 두 개, 작약 화분 두 개, 파초 화분 두 개를 놓았다. 이 밖에도 옥잠화, 수돈화(繡墩花), 봉선화, 난, 원추리 따위의 갖가지 품종이 종류에 따라 향기를 풍기고 있다.

북쪽 담장 아래는 땅이 제법 넓어서 새로 들어온 과일나무를 줄지어 심었다. 동천(洞天)의 배치가 그다지 화려하지는 않으나 정돈되고 청초하여 여유가 있다. 방 안에 들어가 집물을 보니 주인의 사람됨을 상상할 만하다. 주인이 대체 누군가? 순옥이 바로 그 사람이다)

순 옥:선생님! 잠깐이나마 앉으시지요!

(선생은 눈을 휘둥그레 뜨고 입을 딱 벌린 채 앉지도 말을 꺼내지도 못한다. 한참을 우두커니 서 있다)

순 옥:게딱지 같은 빈한한 집에 공연히 오시게 하였으니 너무도 무례하고 주제넘습니다. 좋지 않은 술일망정 겁 없이 내놓은 지 오래니 사람이 천하다고 술까지 물리치지 마셔요!

(낙안선생은 목을 움츠리고 무릎을 감싸 쥐고 움찔움찔 뒤로 물러난다. 마치 궁벽한 산골의 촌사람이 불쑥 보물 상점에 들어가 비단과 보물이 갑자기 휘황찬란하게 눈에 넘치자 한 손으로 다 낚아채지 못해서 한스러워하는 꼴이다. 그야말로 쉴 새 없이 벌벌 떨더니 한참을 지나서야 겨우 진정한다. 들어가 자리를 잡는다. 서로 본다. 낙안선생이 오른다)

낙안선생:순옥아! 얼굴 본 지 참 오래구나!

순 옥:선생님! 귀한 걸음 하시느라 고생하셨어요!

낙안선생:빈한하고 물정 모르는 이 서생에게 오늘 무슨 바람이 불어서
　　　　이런 데까지 이끌었느냐? 공교롭게도 오백 년 전의 원수 같은
　　　　정인(情人)을 만났구나. 한순간에 일어난 망상을 꾹 눌러 참지
　　　　못하고, 나도 모르게 정을 표현한 시구를 지어 네 화장대를 더
　　　　럽혔지. 다행스럽게도 마고(麻姑) 선녀께서 용의주도한 계략을
　　　　발휘하여, 선녀를 선뜻 하계로 내려보내 멋진 지경으로 끌어다
　　　　가 사탕수수 단물을 빨게 하는 재미를 맛보게 하는구나. 창피
　　　　하고 부끄럽구나. 창피하고 부끄러워.

순 옥:선생님! 그렇게까지 말씀하실 필요는 없어요. 합종(合從)이야
　　　　한마디 말로 결판을 내야지요. 조금만 기다리셔요. 조금만요.

　　　　(봉래선이 오른다. 큰 왜홍앙합(倭紅卬榼)을 들고 나오는데 쟁반에
　　　　는 작은 칼 하나를 놓았고, 송절주(松節酒) 한 단지, 영계찜 세 마리,
　　　　쌍둥이젖 한 사발, 삶은 돼지 몸통 한 덩이, 강분청수면(薑粉淸水麵),
　　　　조화백설고(棗花白雪糕), 금린어를 가늘게 썬 회, 잣으로 만든 과자,
　　　　과일은 달고 시큰한 것을 진열하였고, 채소는 향기롭고 부드러운 것
　　　　을 다 갖추었다. 국화를 새기고 다리가 긴 동래산(東萊産) 둥근 소반
　　　　에 연꽃 모양의 작은 제주도 귤껍질 술잔이다)

봉래선:(오른다) 선생님! 빈한한 집의 맛없는 술이라 몹시도 촌티가 납니다. 그다지 어른께 올릴 음식이 아닙니다만 딸자식의 못생긴 얼굴을 봐서라도 수저를 들어 보셔요.

순 옥:사람은 천하고 음식은 보잘것없으나 정성만은 쏟았으니 잔 가득 술을 받으셔요!

낙안선생:카! (술잔을 든다. 주흥을 돋운다)

순 옥:(노래한다)

【서강월 西江月】
연못의 연잎사귀에는 구슬이 구르고
담장 밖 버들가지에는 살랑바람 부네.
작은 방은 깊숙하고, 주렴은 바닥을 스치노니
한 동이 술은 누구를 위해 기울이나?
만사는 이미 다 정해진 것,
한 마음을 큰 술잔에 부치노라.
술그릇 닦기는 본래 여인의 뜻이 아니지만
쇠코잠방이 입고서 사마상여를 흉내낼까나?
(마신다)

다음은 어머니! 다음은 우리 님!

(오른다)

이제는 쓸데없는 이야기는 그만두고 본론으로 들어가지요. 선생님께서 일전에 쓴 시에서 천한 이년에게 마음을 두셨는데 그 마음이 진실인가요?

낙안선생: '귤껍질 한 조각을 얻어먹었다면 동정호를 잊지 마라!'[89]라고 했거늘 무슨 다른 말이 필요하겠나? 두말하면 잔소리지. 순옥이가 하룻밤 몸을 허락하지 않는다면 내일일랑 상사령(相思嶺) 밖에 있는 흰 구름 무더기 속에서 나를 찾게나!

순 옥: 하룻밤이라고요! 하룻밤! 어머니! 제 말이 과연 어떻습니까?

봉래선: 맞구나, 맞아! 선생님! 귀를 틀어막지 마시고 제 말씀 좀 들어주세요! 딸아이가 비록 교방의 천한 계집이라고는 하나, 맹세코 두 사내를 섬기려 하지 않지요. 나이 이제 열여덟인데 혼기를 넘겼다고는 하지만 아직 남자를 겪지 않았답니다. 곧 마땅한 남자를 골라서 삼종지도(三從之道)를 행하려 하지요. 나이 젊은 훌륭한 짝이 없지 않으나 뜻밖에도 선생님이 천한 저것에 마음을 두어 정말이지 진퇴양난입니다. 따르고 싶지 않다가도

---

89. 《금병매》에서 서문경이 한 표현이다.

천한 것이 감히 대인의 뜻을 거스르지 못하는 첫 번째 이유가 있고, 비바람은 본래 꽃과 달에 사감을 두지 않는 두 번째 이유에다. 성 안에 함께 살면서 낯이 익고 정이 두터운 세 번째 이유가 있습니다. 그렇다고 억지로 따르자니 선생님은 늙었잖습니까? 침석(枕席)을 한 번 모신 뒤에는 영영 기둥 밑에서 독수공방할 텐데 아들이건 딸이건 간에 분수에 맡길 수밖에요. 저 열여덟 살 가슴에 새긴 지극한 소원은, 창기 가운데 드물게 보는 것이랍니다. 선생님! 한번 생각해보세요. 정말 말씀하신 대로 하룻밤 정욕을 풀고 난 뒤에 창기로 저 아이를 대한다면, 아이는 필연코 다른 사내를 맞지 않을 게고, 그러면 대문이나 바라보는 과부신세를 면하지 못합니다. 일전에 딸아이가 어렵다고 한 것이 실은 이 때문이지요. 이 늙은년이 나라면 그런 뜻을 세우지 않겠다고 말했다가 오늘 굴욕을 당하게 되었네요. 하룻밤이라는 세 글자가 결국 딸애의 진짜 걱정에 딱 맞아떨어졌습니다. 아무리 진월인(秦越人)[90]이 재생하여 약을 잘 조제하여 투여한다고 해도 딸애의 오래된 고질병을 돌려놓기는 어렵습니다. 선생께서는 이제 마음을 두지 마세요! 딸애가 일찍이 맹세를 한 번 했거니와, 만약에 뜻한 바와 어긋난다면 모가지에 칼을 씌운다고 해도 칠보(七寶) 금비녀로 볼 것이고, 십 년 동안

90. 중국 전국시대의 명의인 편작(扁鵲)을 이르고 있는데, 편작은 성이 진(秦)이고 이름은 월인(越人)이다.

옥에 갇혀도 열 겹의 향기로운 규방으로 삼을 것이며, 때때로 고문을 가해도 맛좋은 팔진미(八珍味)처럼 달게 여길 것입니다. 이렇듯 평소에 먹은 뜻이 변치 않는 것을 보면 수건 두른 대장부라 할 것입니다. 딸애가 한 말이 이러니 선생은 이제부터 이별이나 고하시구려!

(순옥은 백릉(白綾) 수건으로는 복사빛 입술을 가리고, 그렁그렁한 눈에서는 옥 같은 눈물이 방울방울 떨어진다. 눈을 휘둥그레 뜬 채 입을 떡 벌린 낙안선생의 손에서는 기운이 쏙 빠지고 다리가 마비된다. 망연자실하여 몹시 실망한 채 멍하니 한참을 하늘만 바라보다가 일어선다)

낙안선생:봉래선! 옥경아! 내 말 한 마디만 들어다오. 기방에서 오랜 세월을 보내고서도 붉은 점을 지켰다니 과연 천 명 가운데 한 사람 있을까 말까 하다. 지난날 지켜온 약속은 듣도 보도 못한 일이야. 종신토록 늙고 썩은 이 인간을 버리지 않겠다니 더욱이나 감히 청하지는 못하지만 정녕코 원하는 바이다. 옥경아! 옥경아! 하룻밤이니 이틀밤이니 하는 말은 그냥 입에서 아무렇게나 나오는 틀에 박힌 말에 불과해. 내가 어찌 목석 같은 사람이겠느냐? 내가 물고기라면? 옥경은 물이요, 나비라면? 옥경은 꽃이지. 옥경이 아니라면 그 누가 나와 함께하겠어. 두말할 것 없이 바다를 두고 약속하고 산을 걸고 맹세하마. 내가 직접

지은 사(詞)를 가지고 증거를 삼을 테니 옥경아! 들어보아라!

(맹세한다)

(노래한다)

【금구선해성金甌線解醒**】**[91]

【금락삭金絡索**】**

옥사산(玉笥山)[92]에서 경을 보다 돌아와서

사람 찾아 봉래산에 이르렀지.

처음에는 실수하여 천태산(天台山)을 나온 줄 알았다가

저도 모르게 금대(金臺)[93]에 올라섰네.

오로지 월하노인의 중매만을 기다리네.

【동구령東甌令**】**

하늘이 북상(北廂)에 편리를 봐준 오늘,

재혼의 인연 맺는 술잔을 함께 잡았네.

얼굴은 무궁화 같고 마음은 옥 같아 아리따운 그대여!

---

91. 【금구선해성】은 【금락삭】, 【동구령】, 【침선상】, 【해삼성】의 일부를 따서 조합하여 만든 곡패이다. 이런 곡을 집곡(集曲)이라고 한다.
92. 산 이름으로 중국 강서성(江西省) 영신현(永新縣)에 있는데, 도가에서는 신선이 사는 곳이라고 한다.
93. 신화 속에 나오는 신선이 산다는 장소이다. 《해내십주기(海內十洲記)》의 〈곤륜산(昆侖山)〉에 '그 한 모퉁이에 황금을 쌓아서 천용성(天墉城)을 만들었는데 사방 천리이다. 성 위에는 다섯 곳의 금대와 열두 곳의 옥루를 설치하였다'고 하였다.

【침선상針線廂】

이것이 어찌 오다 가다 만난 것인가?

【해삼성解三醒】

산과 바다를 걸고 말하노니 무엇을 두려워하는가?

임공에서 돌아가니 흰머리가 의심하네.[94]

순 옥: 선생님의 이 사는 천지신명께 보증할 수 있겠어요. 하지만 입
으로 말하고 마음에 다짐하는 것은 글로 쓰는 것보다 못할 거
여요. 정말로 이 맹세를 변치 않으신다면 소첩이 사를 자수로
만들어 종신토록 신용을 지킬 부절로 만들어야겠어요!

봉래선: 선생님! 금석 같은 맹세를 해주시니 보기 드문 일이에요! 보기
드문 일! 이 사는 그대로 납폐(納幣) 혼서(婚書)라고 해도 되겠
군요. 송절주(松節酒) 한 잔은 합근배(合졸杯)로 삼고, 북상의
작은 마루는 영락없는 화촉동방(華燭洞房)이군요. 얘야! 금쪽
같은 밤에 새사람을 모시고, 한평생 부부의 연을 맺으려무나!
좋구나! 좋아!

---

94. 사마상여가 무릉(茂陵)의 여인을 첩으로 들이려 하자 탁문군이 〈백두음(白頭吟)〉을 지어 사마
상여와 관계를 끊었다. 이에 사마상여는 첩을 들이는 일을 단념하였다.

순　옥:선생님께는 무어 그리 급한 일이 아니고, 소첩으로서는 종신대
　　　사의 첫걸음을 떼는 일이에요. 육례(六禮)를 갖추지는 못해도
　　　삼종의 예를 따르기로 이미 맹세했으니 마구 서둘러서는 안 되
　　　겠어요. 오늘은 초닷새이므로 삼패(三敗) 기일이에요. 일진이
　　　또 관해(關亥)를 만나는데 해(亥)에는 시집 장가를 가지 않고 또
　　　온갖 금기에 걸려요. 뒷날이 없는 것도 아닌데 이렇듯이 허겁
　　　지겁하시나요?

봉래선:아차! 네 말이 아니었다면 하마터면 에미가 잊을 뻔했구나! 뒷
　　　날이라? 뒷날? 뒷날이라면 많고 많으니 굳이 황도대길일(黃道
　　　大吉日)이나 홍란성(紅鸞星) 비치는 날[95] 고를 필요는 없으렸다.
　　　내일 초엿새를 합방하는 길일로 삼아 선생을 맞이하자꾸나!

낙안선생:길거리 동쪽과 길거리 서쪽은 수백 걸음밖에 되지 않건마는
　　　삼천리나 되는 약수(弱水)가 가로막고 있구나! 하루 열두 시간
　　　을 보내기가 열두 해 봄가을을 보내는 것만 같다. 오늘 이 만남
　　　이 비록 탁왕손 집에 술을 차려놓고 해가 중천에 떴을 때 불렀
　　　으나 한밤에 상봉하기를 바란 일과는 다르지만,[96] 이렇게도 마

95. 황도대길일과 홍란성은 모두 과거의 점성가가 길한 날과 별자리로 간주하여 혼사를 비롯한 온
　　갖 일을 해도 괜찮은 날이라고 하였다.
96. 사마상여는 임공 현령의 소개로 성도의 부호 탁왕손의 집에 초청되어 갔으나 손님이 많아서 한
　　낮이 되어서야 접견 차례가 돌아왔다. 사마상여는 병을 핑계 대고 탁왕손을 만나지 않으려 하
　　였으나 임공 현령의 간청으로 만나고 금을 탄다.

가 많이 끼는구나. 또 삼천리나 떨어져 있고, 열두 해를 보내야

하다니. 나도 모르는 새 흰머리가 도로 검어지겠구나.

순　옥:아이, 우스워라! 아이, 우스워. 흰머리가 참말로 다시 검어진

다면 되레 좋겠네요. 소첩은 흰머리를 뽑고 싶고, 댁에서는 다

시 검어진 머리를 뽑는다면 분명한 스님이 되실 거예요.[97] 선생

님! 서두르지 마세요! 내일이 인간 세상에서 유월 초엿새잖아

요? 하늘의 칠월칠석날에 비교해보세요. 뭐가 더 가깝겠어요?

봉래선:선생님이 하루도 못 견디시네. 왜 촌음을 아껴 공부하는 책벌

레 샌님 꼴일랑 팽개치고 자석가(紫石街)의 차 파는 왕파(王婆)

를 찾아가서 다섯 가지 일 가운데 여유로운 시간과 솜 안에 든

바늘 같은 참을성을 배우지 않나요?[98] 쓸데없는 이야길랑 관두

고 본론을 말씀드리지요. 하룻밤 지나면 길일인데 저녁 해가

---

97. '분명한 스님'의 원문은 '公然一婆'이다. 송나라 때 이거인(李居仁)이란 진사가 예순이 넘어 수
　　염이 하얗게 쇠자 흰 수염을 뽑았다. 벗이 보고서 놀라 말하기를 "지난날에는 하얀 노인이더니
　　오늘은 완전한 노파가 되었소이다"라고 하였다. 또 어느 낭관이 늙어 머리가 세자 처첩들에게
　　흰털을 뽑으라고 시켰다. 첩은 그를 젊게 만들고자 흰털을 뽑고, 부인은 그가 젊어져서 첩들의
　　인기를 차지할까 걱정하여 검은 털을 뽑았다. 결국 머리칼과 수염이 다 뽑혀 하나도 남지 않았
　　으므로 노파처럼 되고 말았다. 여기서는 흰머리를 뽑는다고 하였으므로 '분명한 스님'으로 옮
　　겼다.
98. 《금병매》 제3회에서 서문경이 왕파를 찾아가 여자를 소개시켜 달라고 하자 왕파가 외도하는
　　남자에게 요구되는 다섯 가지 조건을 말해준다. 그 다섯 가지 조건은 첫째 반악(潘岳)같이 뛰어
　　난 용모, 둘째 당나귀같이 큰 물건, 셋째 등통(鄧通)같이 많은 재산, 넷째 솜 안에 든 바늘같이 기
　　다릴 줄 아는 참을성, 다섯째 여유로운 시간이다.

벌써 창 앞에 이르렀네요. (다시 자리를 정돈하고 잔을 씻어서 술을 따른다)

그대에게 권하노니 한잔 술을 다시 마셔요.
문을 나서 서쪽으로 가면 옥 같은 사람 없으니.[99]
나는 취해 자려 하니 그대는 그만 가시고
내일 아침 뜻이 있거든 거문고 안고 오세요.[100]

(모두 내려간다)

99. 두 구절은 왕유가 지은 〈위성곡(渭城曲)〉의 3·4구이다. 다만 뒤 구절은 본래 '서쪽으로 양관을 나서면 친구가 없으니[西出陽關無故人]'인데 순옥을 떠나 자기집으로 가는 낙안선생의 상황에 맞춰 일부 글자를 바꿔 표현하였다.
100. 뒤의 두 구절은 이백의 〈산중에서 숨어 사는 사람과 술잔을 나누다[山中與幽人對酌]〉의 3·4구이다.

서울로 뽑혀 가다

봉래선:(오른다) 어라! 문밖에 누가 서 있네. 머리에는 운문단(雲紋緞) 으로 안쪽 선을 두른 털벙거지를 쓰고, 몸에는 아청색(鴉靑色) 몽고삼승 좁은 소매옷을 입었으며, 허리에는 남주묵대(藍紬緆 帶)를 띠고, 다리에는 명주 슬갑을 차고, 발에는 귀 많은 삼신발 을 꿰어 찼네. 누구지? 어디서 왔을까?

파발꾼:(오른다) 관동포정사(關東布政司, 원주감영) 소속으로 밤에도 쉬 지 않는 파발꾼이 바로 우리지요.

봉래선:댁들은 무슨 일로 왔소? 이리 처마 밑으로 들어와 앉구려!

파발꾼:(무대에 오른다. 앉는다. 묻는다) 여기가 초산운 순옥의 집이오?

봉래선:그렇소만.

파발꾼:어제 한양의 상의원(尙衣院) 관문(關文)이 포정사에 도착했소. 원주 기생 순옥을 뽑아서 침선비(針線婢)로 선상(選上)하라는 내 용이오.[101] 지금 홍천에 머물고 있는 순옥은 한시도 지체하지 말

고 즉시 올라오라고 했소. 증빙문서가 여기에 있소. 속히 길을 떠납시다! (증빙문서를 건네준다. 봉래선이 놀라 운다)

순 옥:(오른다) 어머니! 무슨 고민이 있어요 어서 말해보세요! 어서 요!

봉래선:애야! 증빙문서에 뭐라고 했는지 네가 보거라! 네가!

순 옥:(증빙문서를 본다) '원주 판관은 포정사 관문에 의거하여 상의 원 침선비를 새로 뽑았으니, 순옥은 초엿새 아침까지 감영에 대령할 것.'

고요히 옥 같은 얼굴에 눈물 철철 흐르니
배꽃 한 떨기가 봄인가 빗물 머금었구나![102]

(말을 하다 눈물이 솟구치고, 눈물을 흘리다 오열한다)

---

101. 침선비는 조선시대에 상의원에 소속되어 바느질을 맡아 하던 기녀로서, 명칭과는 달리 주로 가무를 담당했다. 상의원은 공조(工曹)에 소속된 부서로 임금의 의복과 궁중에서 쓰이는 일용 품 및 보물을 공급하는 기관이다. 유득공의 《경도잡지》 중 〈성기(聲伎)〉 항목에 따르면, 내의 원(內醫院)과 혜민서(惠民署)의 의녀와 공조 상의원에 침선비가 있는데 이들은 모두들 관동과 삼남의 선상기(選上妓)로서 잔치 자리가 있으면 데려다가 가무를 시켰다고 기록했다. 이렇게 기녀는 명목상 의녀와 침선비로 중앙에 불려왔다. 이 희곡에서 순옥이 상의원 침선비로 선상 되고 다시 속량하는 과정은 당시 사회제도의 현실과 밀접하게 부합된다.
102. 백거이의 〈장한가(長恨歌)〉에 나오는 구절이다.

이런 일이 있다니! 이런 일이! 사람이 세상에 나서 이런 난관에 봉착하다니! 난관을 모면할 수만 있다면 무슨 일이든 쉽게 할 텐데? 쉽게 해결할 수만 있다면 이 일도 뭐가 어렵겠는가? 기한이 정해진 공무인데 이 밤도 반이 넘었구나! 어머니! 예부터 '천 리까지 배웅해도 끝내 한 번은 이별한다'[103]라고 하더군요. 떠나지 않을 수 없다면 지체한들 무슨 소용 있겠어요? 이번 가는 길이 사별은 아니니 훗날 살아서 만날 거예요. 차라리 지금 바로 길을 떠나 곧장 원주의 외가로 갈게요. 외사촌 오빠를 동행하여 서울로 들어가면 고단한 여행길은 면하겠지요. 서울에 들어간 뒤에는 생사의 운명을 하늘에 맡겨야지요. 어머니! 슬픈 생각은 아무 소용없으니 좀 진정하세요. 말한테는 콩을 먹이고, 머슴은 배불리 먹여놓으셔요. 그리고 제 행장을 꾸려주세요! (행장을 꾸린다) 치맛자락은 워석버석, 행장은 초라하다. 힘없는 말에 쓸쓸한 종, 너무도 처량하구나!

봉래선:이 아이를 만난 이후로는 일만금의 보물을 얻은 듯했지. 서로 위로하고 서로 의지하며 잠시도 떠나지 않을 생각이었지. 에미가 박복하여 느닷없이 이렇게 헤어지는구나! 산들 무엇 하며 죽은들 무슨 소용이랴? 아이가 떠난 뒤에는 산에 들어가 머리를 깎아야겠다. 칠근(七根)을 끊어버리고 아침저녁으로 너를 위

103. 원문은 '송군천리 종수일별(送君千里, 終須一別)'인데 소설 따위에 자주 쓰이는 원대의 속어이다.

해 염불하여 앞길을 한 가닥 열어주마. 바라기로는 딸애가 서울로 떠난 뒤에는 좋은 사윗감을 서둘러 만나 아들 낳고 딸 낳아서 이 에미의 지극한 소원을 들어주었으면 좋으련만! 하느님! 하느님! 애가 어떤 아이입니까? 이 아이의 18년 깨끗한 정조가 결국 이렇게 결말을 맺다니! 하늘은 믿기가 어렵군요.

순 옥:어머니! 이게 무슨 말이어요? 서쪽 어른의 맹세문이 제 품 속에서 먹물자국도 채 마르지 않았어요. 그분의 말 한 마디도 들어보지 않고 어떻게 아무렇게나 거취를 결정하겠어요? 침선비는 빼낼 수 있다고 전에 들었어요. 삼백 냥을 들이면 벗어나지 못하는 경우가 없대요. 약간의 가산을 처분하면 비용을 댈 수 있어요. 지금은 상부 관아의 독촉이 귓가에 우레처럼 요란하고 갈 길이 바빠서 시위에 걸린 화살 꼴이라 손쓸 겨를이 없어요. 제가 떠난 뒤에 이 열쇠를 가지고 침방 화장그릇을 열어보면 백오십 냥이 들어 있을 거예요. 제가 원주에 있을 때 한두 군데에서 해웃값으로 받아서 쓰고 남은 것인데 비용의 절반을 댈 수 있어요. 또 원주에는 이씨 성을 가진 재주(財主)가 있어요. 일찍이 저하고 오빠 동생 인연을 맺었는데 그에게 돈을 빌려달라고 부탁하면 나머지 돈을 임시변통할 수 있을 거예요. 경대 안에 편지 한 통이 들었으니 내일 서쪽 어른께 전해줘요. 직접 뵙고 떠나지 못하는 사정을 알리고 그 김에 제 본심을 말했어요. 그분은 약속한 것이 있으니 훗날 다시 만나기로 기대한

다면 도움의 손길을 건넬지도 모르죠.

(파발꾼이 선 채로 재촉한다. 길을 떠난다. 모녀가 서로 안고서 슬피 흐느낀다. 이별한다)

저 갈게요. 어머니!

(봉래선이 문에 기대어 큰 소리로 통곡한다)

낙안선생: (오른다) 서동아! 내가 밤에 잠이 오지 않아 뜰을 서성이고 있는데 한밤중에 통곡하는 소리가 큰길 동쪽 가에서 들려오더라. 누가 우는지 가서 자세히 알아보고 돌아와 고하거라!

(서동이 걸어간다. 오른다)

서 동: 일전에 서찰을 전해줬던 동쪽 거리에 사는 봉래선 할망구의 딸 순옥이가 상의원 침선비에 뽑혔대요. 관아의 독촉이 몹시 급해서 아침때까지 기다리지 못하고 한밤중에 길을 떠나느라 모녀가 차마 헤어지지 못해 우는 소리랍니다.

낙안선생: (크게 놀란다) 그게 참말이냐?

서　동: 길거리 좌우에 사는 사람들이 마당 가득 몰려와서 위로하는데
누가 모를라구요?

(낙안선생, 넓은 구름 위 높은 하늘로 날아 올라가고, 마음은 만 길
아래 구렁텅이로 떨어진다. 오래오래 말을 내뱉지도 못하고, 울고
싶어도 울지도 못하고 소리 없이 눈물만 떨군다. 혼잣말을 한다)

낙안선생: 박정하구나, 이 사람은! 박정해, 이 사람은! 오늘이 무슨 날
이란 말인가? 인간 세상의 유월 초엿새가 아닌가? 하늘의 칠월
칠석날이 아니던가? 사람으로서 박정하기가 이렇단 말인가?
노래 한 곡 지어서 심회를 붙이노라.

【나화미】懶畵眉
밤이 깊지만 새벽닭 울기를 기다리고
창이 밝아오자 까치가 울기를 고대하네.
꿈결에 문득 비호(飛虎)장군 격문이 전해오니
해원(解元)은 최앵앵(崔鶯鶯)을 볼 길이 없구나.[104]
유정한 사람은 무정한 사람 때문에 괴롭다네!

---

104. 《서상기》에서는 손비호가 도적이 되어 보구사(普救寺)를 포위하고 앵앵을 내놓으라고 요구한
다. 해원은 남자주인공인 장군서(張君瑞)를 말한다.

서 동:(오른다) 소인이 볼일이 있어 좀 전에 동쪽 거리를 지나가는데 봉래선이 문에 기대 슬피 울다가 저를 보고 "내가 일이 있어서 저녁때쯤 댁으로 찾아가 뵙겠다"라고 하데요. 소인은 무슨 일이냐고 더 이상 캐묻지 않았습니다요.

낙안선생:무슨 일일까? (혼자 생각한다) 순옥이가 떠나면서 말한 것이 있을지도 몰라. 그런데 남들이 볼지도 모르니 그 여자가 올 때까지 기다릴 필요 없이 내가 먼저 가서 한마디 물어보는 게 차라리 낫겠구나. 서동아! 오늘 또 다른 분과 만나기로 했다. 너는 절대로 쓸데없이 바깥일에 신경 쓰지 말고 초당을 꼭 지키거라!

서 동:분부대로 합지요!

(낙안선생이 봉래선을 찾아간다. 봉래선이 선생을 맞이하여 안으로 들인다. 낙안선생이 오른다)

낙안선생:봉래선! (목이 메어 말을 하지 못한다)

봉래선:(오른다) 선생님! 이 늙은것은 어떻겠습니까! 마음을 크게 잡수셔요! 크게! 아이가 떠날 적에 서찰 한 통을 맡겨두었는데 여기 있어요. 선생님께서 살펴보셔요. 그다음에 다시 자세하게

말씀 올리겠습니다. (서찰을 올린다)

(서찰 겉봉에 두 줄의 글이 이렇게 씌어 있다. '기한이 정해진 공무라서 한밤중에 어쩔 수 없이 이슬을 헤치고 길을 떠나야 해요. 호사다마(好事多魔)라 초엿새에 꽃등 아래서 뵙자던 약속을 지키지 못하고 세 치의 두 발로 아무런 미련도 없는 곳을 향해 정처 없이 떠나요. 다섯 구절의 사(詞) 한 편을 다정한 사람에게 보내노니 열어보소서.')

낙안선생: 그랬구나! (서찰을 뜯는다) 어이쿠! 사 한 편인데 내가 심경을 읊은 사와 약속도 하지 않았건만 같은 곡조로구나! 이상하구나! 이상해! (서찰을 본다)

【나화미】
까치가 은하수에 다리를 놓지 못해서
원앙새는 흩어져 모래밭에서 밤을 지새네.
압아도사(押衙道士)가 끝내 모산약(茅山藥)을 아끼니[105]
원한 맺힌 여인의 꽃다운 넋을 다시 부르고
금전을 내놓아 기녀를 살 사람이 누구일까?

---

105. 모산약은 모산도사가 만든 약으로, 먹으면 사흘간 죽었다가 소생한다. 당나라 때의 전기 〈무쌍전(無雙傳)〉에 처음 나오는 모산약은 이후 《성세인연전(醒世因緣傳)》에 압아도사의 약으로 다시 등장한다.

봉래선:사연이 무엇인가요? 늙은것한테도 들려주셔요.

낙안선생:마음이 옥과 같다는 것은 내가 벌써 확실히 인정했는데, 이 제 사를 보니 내가 지은 것과 곡조가 같을 뿐만 아니라 심경도 은연중 같구나. 서찰의 겉봉에서 본심을 말하고, 사에는 다정 함을 드러냈어. 처음부터 끝까지 나를 잊지 않는 마음을 귀신 에게도 보증할 만해. 더욱이 이 옷시렁 위에 놓인 비단 적삼에 는 향기 어린 땀이 푸르게 배어 있고, 침상 머리에 놓인 베개에 는 한스러운 눈물이 붉게 적셔져 있어. 물건들이 사람을 떠올 리게 만드니 철석같은 간장도 견디기 어렵구나. 다만 마지막 대목에 금전으로 기녀를 산다는 말이 있는데 지금 금전이 있다 면 그 침선비란 것을 살 수 있단 말인가?

봉래선:떠나기 직전에 아이가 이러쿵저러쿵 말을 하더군요. 이제 선생 님께 숨기지 않고 말씀드리지요. 침선비에서 빼내는 길을 교방 에서는 다반사로 도모하지요. 삼사백 냥을 쓰면 빼내기를 걱정 할 것이 없지요. 아이가 떠날 때 한마디 하더군요. 화장대에 해 웃값으로 받은 백오십 냥이 있어 비용의 절반을 대기는 충분하 지만 여전히 많이 부족하고, 경황 중이라 세간을 팔기는 어렵 고, 서쪽 어른 댁에서 자기를 버리지 않고 다소간 도와주신다 면 지하에 있는 춘천 기생 계심(桂心)이를 따라가지 않아도 되 겠고,[106] 도성 저자에서 팔리는 파경이 되었다가 다시 합해질 날

이 분명히 생긴다[107]는 등등 말했답니다. 주제넘은 생각으로는, 선생님께서는 노류장화(路柳墻花)를 위해서 풍류가 넘치는 경삭당(慶朔堂) 화본(話本)[108]을 만들 의향이 전혀 없어 보입니다. 이야말로 감하후(監河侯)에게 곡식을 빌리는 꼴과 다름이 없으니[109] 말한들 무슨 소용이 있을라구요?

낙안선생 : 쯧쯧! 봉래선 주둥아리에서 이런 방귀·뀌는 말을 내뱉을 줄은 생각도 못했네. 만약 순옥이를 돈으로 빼낼 방편이 있다면, 내 비록 삼절포(三折布) 도포를 찢어서 누더기를 해 입고, 독에다 순무를 절여 천 마리 구더기를 길러 여기저기 돌아다니며

<hr />

106. 춘천 기생 계심은 실제 인물로서 조선 정조 때 사람이다. 계심의 아버지는 갓바치 전춘돌(全春乭)로 계심을 퇴기에게 기생으로 팔았다. 계심이 기생노릇을 거부하자 퇴기가 춘천부의 김일철에게 돈을 받고 시집을 보냈다. 그런데 생부가 다시 찾아와 계심을 서울의 화중선이란 퇴기에게 다시 팔아버렸다. 화중선이 계심을 강압적으로 윤락을 시키자 계심이 입에 칼을 물고 자결하였다. 춘천 순찰사가 자결한 계심의 행동을 가상히 여겨 그녀의 집에 정문을 세워주었다. 그리하여 춘천시 봉의산 자락 소양강변에 '춘기계심순절지묘(春妓桂心殉節之墓)'라는 비석이 세워져 강원도의 절개를 지킨 기생으로 명성이 났다.

107. 진(陳)나라 때 태자사인(太子舍人) 서덕언(徐德言)이 진후주(陳後主)의 누이 낙창공주(樂昌公主)와 결혼했다. 나라가 위태로워지자 서덕언이 공주와 끝까지 함께하기 어려우리라 예측하고 구리거울을 쪼개 한 조각을 공주에게 주면서 "그대 같은 재색은 나라가 망하면 권세가의 집에 들어갈 거요. 인연이 끊어지지 않는다면 다시 만날 수 있을 테니 이것을 신표로 삼았다가 후일 정월 보름날에 이것을 도시에 내다가 팔라"라고 하고서 헤어졌다. 그 후 과연 정월 보름날에 서덕언이 도시에 나가서 거울 조각을 얻어 자기의 것과 서로 맞추어보고서 공주의 물건임을 확인하고는 그 거울에 "거울이 사람과 함께 떠났다가, 거울은 돌아오고 사람은 안 돌아오네. 항아는 다시 보지 못하고, 하릴없이 밝은 달만 휘영청 빛나네"라는 시를 써서 보냈다. 공주는 그때 월국공(越國公) 양소(楊素)의 집에 가서 살고 있다가 이 시를 얻어 보고는 밥도 먹지 않고 울기만 했다. 양소가 그 내막을 알고 마침내 서덕언을 불러서 공주를 돌려주었다. 맹계(孟棨)의 《본사시(本事詩)》에 나온다.

팔아가지고 귀빠진 돈 대여섯 푼을 받아서 그 돈으로 양수척(揚水尺) 서너 놈을 양민으로 만들 수 있다면야, 내가 순옥을 위한 터전을 만드는 데 아까워할 게 있나? 이따위 우스갯소리는 그만하세! 순옥을 돈으로 빼낼 길이 하나 있다면 비용이 천 꿰미가 들어간들 왜 아끼겠는가? 일이 이렇게 다급한 지경에 이르렀으니 질질 끌 형편이 아닐세. 액수가 많지는 않으나 창졸간에 장만하기가 쉽지 않네. 공교롭게도 사흘 전에 굴계(屈溪)에 있는 전답에서 도조(賭租)로 받은 곡식을 팔아서 마련한 백오십 냥이 지금 문갑 안에 있네. 두 곳에 있는 돈이 삼백 냥이 딱 되네. 그리 넉넉지는 않으나 순옥이 구리와 베를 제 힘으로 마련하면 때울 수 있을 걸세.

내게 늙은 종놈이 있는데 이름은 오유(烏有)라고 하네. 사람됨이 착실하고 나를 위해서라면 마륵(摩勒)[110]처럼 기발한 계책도

---

108. 송나라 범중엄(范仲淹)과 기녀의 사연이다. 그가 파양(鄱陽)태수로 재직할 때 어린 가기에 마음을 두었는데 이임한 뒤에도 잊지를 못하고 후임자인 위개(魏介)에게 다음 시를 보냈다. '경삭당 앞에는 꽃이 절로 자라는데 관직을 옮긴 뒤로는 필 뜻이 없네. 해마다 언제나 이별의 한 있어선지 봄바람에 실려서 전해 온다네.' 경삭당은 범중엄이 재직시에 세운 건물이었다. 위개는 시의 내용을 짐작하고서 기녀를 교방에서 빼내 범중엄에게 보내주었다. 이 사연은 뒤에 잡극으로도 공연되었다.

109. 감하후(監河侯)는 전국시대 서하(西河)의 현령이었다는 사람이다. 《장자(莊子)》〈외물(外物)〉에 나오는 내용으로, 장자가 집이 가난하여 감하후에게 곡식을 빌리러 갔더니 감하후가 "좋소. 머지않아 백성들로부터 세금을 거둬들일 텐데 그렇게 되면 삼백 금을 빌려 주겠소. 그러면 되겠지요"라고 하였다. 장자는 화를 내며 받지 않았다. 감하후는 다급한 처지에 있는 장자에게 교묘하게 거절하는 방법을 쓴 셈이다.

110. 당 배형의 《전기》〈곤륜노(崑崙奴)〉에 나오는 흑인노예로서, 그는 남녀 주인공인 최생과 일품관의 시녀 등에 업고 권신의 대저택 담을 날아서 오갔다.

넉넉히 짜낼 놈이네. 저물녘에 오유를 시켜 자네 집에 돈을 가져오고 다시 순옥이 있는 곳으로 옮겨서 일을 해결하도록 하겠네. 자네도 심복으로 부릴 사람을 시켜 동무를 만들어 보내는 것이 딱 좋겠네. 딱 좋아. 홍문연(鴻門宴) 옛일에서 번쾌(樊噲) 장군이 다급하게 덤빌 찰나요, 범아부(范亞夫)가 서둘러 치고 실수해선 안 된다고 했던 순간일세.[111] 바로 오늘 봉래선이 취할 자세와 똑같으니 이 점을 꼭 명심하게나. 사람이 떠날 때 나는 굳이 서찰을 보낼 것 없이 말로 전하겠네. 그저 잘 있다는 말만 알리면 되고 다른 부탁할 일은 별반 없네. 나 가네! (내려간다)

111. 《사기》〈항우본기(項羽本紀)〉에 나오는 이야기이다.

빼내기를 시도하다

봉래선:(오른다) 이젠 삼백 냥을 모았으니 내일 아침까지 딸애가 있는 곳으로 보내야지. 심부름 시킬 만한 애가 누가 있을까? 어이쿠! 하마터면 내가 잊을 뻔했네. 부엌에 초청(樵青)¹¹²이 있느냐! 너는 이십 리 밖 삼마치(三馬峙)¹¹³ 밑에 있는 송곡(松谷)에 가서 내 이질 김약허(金若虛)를 불러 오너라! 긴하게 할 일이 있으니 오후 늦게까지는 기필코 돌아와야 한다.

(초청이 대답한다. 김약허를 데리러 간다)

초　청:오셔요! (오른다)

김약허:(무대에 오른다) 이모! 저 왔어요. 무슨 분부라도 있는 게요?

봉래선:우리 조카 왔나? 떨어져 지낸 지 좀 오래 됐네. 요새는 무얼 하

---

112. 초청은 계집종을 부르는 일반적인 명칭이다. 당나라 때 도사인 장지화(張志和)는 숙종이 그에게 하사한 남녀 노비를 부부로 삼아 남편은 어동(漁僮), 부인은 초청(樵青)이라고 했다. 후에는 계집종을 가리킨다.
113. 홍천에 있는 지명으로 횡성 가는 길목에 있다. 삼마현이라고도 부른다.

며 사나?

김약허:요새는 서울을 오가며 쌀을 팔아 생계를 꾸려요. 길에서 순옥
이가 침선비에 뽑혔다고 들었는데 정말이오?

봉래선:딸애의 일은 한 마디로 다 하기가 어려워. 어제 한밤중에 벌써
원주로 떠났어. 지금 막 침선비 일에서 빼내려고 시도하는 중
이야. 뇌물에 쓸 돈을 간신히 모았는데 보낼 사람이 없어. 우리
조카가 한번 걸음을 해서 책임지고 일 좀 해줬으면 좋겠구먼.

김약허:이런 것은 골육 간에 더할 나위 없는 긴요한 일인데 누가 꺼리
고 안 가겠수? 헌데 언제 길을 떠나야 하나요?

봉래선:일이 다급하여 내일 새벽에 여기 사람인 아무개와 짝이 돼 출
발해야 해.

김약허:알았습니다.

낙안선생:얼마 전에 오유를 부르러 갔건만 해가 벌써 뉘엿뉘엿 지는데
도 어째서 오지 않는거야? (창밖에서 기침소리가 난다) 누구냐?

오 유:(오른다) 소인입니다.

낙안선생:너 왔구나? 오래 기다렸다. 너는 이 돈을 가지고 동쪽 이웃 봉래선 집을 찾아가거라. 그이가 필시 부탁할 일이 있을 거다. 그 일을 꼭 마음에 두고 처리하여 그르치지 않도록 하거라. 혹시 먼 길을 떠나야 한다면 굳이 나를 다시 보러 올 필요 없이 편의대로 알아서 해라. 신중하게 일이 처리되도록 애를 써라!

오 유:(돈을 센다) 백오십 냥입니다요. 소인 가보겠습니다. (내려간다)

봉래선:(오른다) 문밖에서 주춤거리는 저이는 누구지?

오 유:(오른다) 접니다.

봉래선:나는 누구라고. 오별감(烏別監) 아닌가? 어서 들어오게. (서로 인사한다)

오 유:우리 어른댁에서 돈을 이리로 보냈습니다. 저한테 부탁할 일이 무엇이죠?

봉래선:이것이 백오십 냥인가?

오 유:그렇습니다.

봉래선:딸애가 침선비로 뽑혀서 빼내오려고 도모하는 중일세. 선생님께서 자네가 이 일을 잘 처리할 거라고 말씀하셨네. 내일 새벽에 우리 조카 약허하고 함께 딸애가 머문 곳으로 가서 잘 주선하여 꼭 일을 성사시켜 주게나.

오 유:신통한 일이네요. 신통한 일! 보타낙가암(補陁落伽嵓) 가는 길을 남방을 순례하는 선재동자(善才童子)에게 물어보는 격이네요. 침선비의 출납은 오로지 상의원 집리(執吏)의 손아귀에 달려 있지요. 우리 고모의 시숙은 성이 서(徐)씨인데 현재 상의원 집리 자리에 있구요, 저하고는 구면이지요. 그분께 주선을 부탁하면 비용을 많이 들이지 않아도 일이 쉽게 성사될 겁니다. 봉래선도 염려하지 마세요. 하지만 쇠파리는 맛없는 음식에는 앉지 않는 법이지요. 배를 베어 먹고 이빨의 때까지 빼려 하지요.[114] 친하고 안 친하고를 전적으로 믿지 못해요. 모아놓은 뇌물이 집 안에 또 얼마쯤 있나요? 제가 가지고 온 것만으로는 너무 적군요. 너무 적고말고요.

봉래선:집 안에 있는 돈도 자네가 가지고 온 것과 양이 같네.

114. 조선 후기의 유명한 속담이다. '배 먹고 이 닦기' 또는 '배 먹고 배 속으로 이를 닦는다'는 속담으로 활용되었는데, 어떤 기회에 한 물건을 이용함으로써 두 가지 이득이 생긴다는 뜻이다.

오　유:그렇다면 충분하지요. (술을 권한다) 무릇 일이란 만전을 기하는 것이 중요하지요. 내일 첫닭이 울 때 제가 노잣돈만 가지고 먼저 출발하여 순옥 아가씨가 있는 데로 가서 이런 사정을 전해주고 일의 거취를 살펴보지요. 약허 형님이 이 돈꿰미를 가지고 내일 밥을 먹은 뒤 출발하여 제 뒤를 쫓아 원주에 당도하기 바랍니다.

약　허:그렇게 하는 게 아주 좋겠군요.

봉래선:이렇게 하든 저렇게 하든 아무튼 오별감의 주선에 맡기겠수.

오　유:잘 알았습니다.

　　　(행장을 꾸린다. 닭이 울고 오유가 밥을 먹은 뒤 약허가 차례로 일어나 길을 떠난다)
　　　(순옥이 오른다)

순　옥:오라버니! 한 마디로는 다 말씀드릴 수 없어요. 이 동생이 침선비에 뽑혔는데 관아의 독촉이 너무 엄하여 밤새 걸어 지금에야 겨우 여기에 도착했어요.

사촌 오빠:동생! 잠시 쉬면서 정신을 수습하고 천천히 현신(現身)해도

그다지 문제를 일으키지 않을 거야.

(파발꾼이 서서 재촉한다. 순옥이 현신한다)

(판관이 오른다)

판 관:네가 초산운 순옥이냐! 왜 이리 늦은 게냐?

순 옥:소인이 바로 순옥입니다. 밤은 짧고 길은 멀어서 늦었습니다.

판 관:네 이름이 의대아문(衣襨衙門, 상의원)의 침선비에 뽑혀 들어갔
　　　다. 기한이 몹시 급하니 내일 새벽에 출발하여 모레에는 한양
　　　에 들어가 점고(點考)를 받도록 해라!

순 옥:삼가 말씀대로 하겠습니다. (자리에서 물러난다. 혼자서 탄식한
　　　다. 노래한다)

【화미서 畵眉序】
마당에 매화를 심었더니
꽃잎이 흔들흔들 마른 가지에 달려 있네.
한밤중 낮게 뜬 달을 사랑하노니
온 창에는 가벼운 비단을 친 듯.
가장 무정한 것은 한밤중의 비바람

정말 가여운 것은 오래가지 않는 봄빛일세.

봄바람이 아낄 줄 모르는 꽃잎이

하늘 끝에서 휘날린들 그 누가 알아볼까?

순 옥:(무대에 오른다) 오라버니! 우리네 여자들이란 다리 떨어진 게
와 같아서 '문을 나서서 다닐 줄을 모르니 전쟁터 멀고 가까운
지를 어찌 알리오'[115]라는 처지예요. 길 위에서는 동서도 분간 못
하고, 서울에 들어가면 생사도 구분하지 못하지요. 오라버니!
나랑 함께 가서 오누이가 의지한다면 나그네 길이 외롭고 힘들
지는 않을 거여요.

사촌 오빠:사람에게 형제가 없다면 손발이 없는 꼴이지. 동생이 말 안
해도 오빠가 돼서 그럴 생각이 왜 없겠니! 동생은 마음을 편하
게 먹고 밥이나 배불리 먹어라! 내일 내가 너와 함께 떠나 고생
을 나누자꾸나!

순 옥:그렇게 해주신다면 정말 좋지요. 다만 길에서 쓸 노잣돈이 적
지 않고, 서울에 들어가면 잡다한 비용이 또 많이 들 거여요.

115. 당나라 시인 왕애(王涯)의 〈규방 여인이 먼 길을 떠나는 이에게 준다[閨人贈遠]〉 다섯 수 가운
데 네 번째 시이다. '깊은 나뭇잎 속에서 꾀꼬리 울고, 저문 들보에서는 제비 지저귀네. 문을 나
서서 다닐 줄을 모르니 전쟁터 멀고 가까운지를 알리오[啼鶯綠樹深, 語燕雕梁玕. 不省出門行,
沙場知近遠].'

없어서는 안 될 게 돈이지요. 제 집에서 틀림없이 내일 사람이 도착할 거예요. 게다가 긴히 할 일은 서문(西門) 밖에 사는 의형제를 맺은 오빠를 찾아가 보는 일이어요. 관가에서는 분명히 내일 출발하라고 할 텐데. 관아는 무섭지 않고 담당자가 무서워요.[116] 어쩌면 좋지요?

사촌 오빠:속담에 이런 말이 있단다. 의주 파발도 죽은 끓여 먹는다고[117] 하루 이틀 늦어지는 것쯤이야 안 될 게 무어냐? 그게 아니라면 내일 아침 길을 떠나 도중의 역이나 십오 리쯤 되는 곳에서 하루 이틀 머물면서 기다리는 것도 하나의 방법이지. 동생은 고민하지 않아도 돼! (내려간다)

(행수기생이 오른다)

행수기생[首妓]:

　　멀리서도 알겠네, 형제들 등고(登高)하는 고향에서

　　다들 수유꽃 꽂을 때 한 사람만 없는 줄을.[118]

---

116. 원문은 '불파관 지파관(不怕官 只怕管)'으로 《수호지》 제2회에 나오는 관용어이다.

117. 조선시대 널리 알려진 속담이다. 의주 파발에도 호박죽을 시켜 먹는다, 의주 파발도 똥 눌 새는 있다, 의주 파천에도 곱똥은 누고 간다, 따위로 아무리 일이 급해도 잠시 틈을 낼 수 있다는 뜻.

118. 당나라 시인 왕유의 〈9월 9일 산동에 있는 형제를 그리워하며[九月九日憶山東兄弟]〉라는 시이다. 중양절에 등고할 때 형제가 다 모여 있는데 자기 한 사람만 빠져 있는 아쉬움을 표현한 시이다. 여기서는 순옥 혼자만 없는 정경을 비유하였다.

초산운은 본래 제운사(齊雲社)[119] 문풍(門風)에 속한 형제이지. 지금 먼 곳으로 떠난다니 손잡아 작별하지 않을 수 없지. (서로 작별 인사를 한다) 순옥아! 오늘 한 번 헤어지면 훗날 다시 만나기가 정말 어려워. 내가 노래 한 곡으로 이별하련다. 내가 부를 테니 들어보렴! (노래한다)

【황앵옥라포黃鸎玉羅袍】[120]
【황앵아黃鸎兒】
세상에 태어나 꾀꼬리 소굴에 사노라니
어울릴 벗이 없는 외로운 봉황새!
청루(青樓)에서 재잘대니
낭간(琅玕)[121] 한 조각이나 얻을 수 있나?

【옥포두玉袍肚】
홍불기(紅拂妓)가 태원(太原)으로 가지 않았다면

---

119. 제운사는 중국 송, 원, 명 시대에 민간에서 축구를 하던 단체의 이름으로서, 원사(圓社)라고도 불렸다. 《수호지》 제2회에서 '단왕(端王)이 "이것은 제운사로서 이름이 천하에 유명하다. 좀 차면 안 될 게 무어야?"라고 말했다'라는 대목이 나온다. 행수기생의 취지로 보면 일종의 기생 단체를 비유한 것으로 보인다.
120. 이는 【황앵아】, 【옥포두】, 【조라포】의 일부를 따서 조합하여 만든 곡패이다.
121. 낭간은 전설과 신화에 등장하는 신선의 나무로 그 열매가 진주와 같다고 한다. 봉황새가 먹는 음식으로 알려져 있는데, 진자앙(陳子昻)의 〈감우(感遇)〉 40수에 '봉황은 배고파도 좁쌀을 먹지 않고, 먹는 것은 오로지 낭간뿐이지[鳳飢不啄粟, 所食唯琅玕]'라고 적혀 있다.

양공(楊公) 정원의 한 가지 봄빛은

어느 잔치 자리에 떨어졌을까?[122]

【조라포 皂羅袍】

미인박명은 예로부터 그런 것.

비취 이불에 원앙의 꿈,

흩어지기는 쉽고 되찾기는 어렵네.

에라! 낙양(洛陽) 동쪽 거리를 맴돌며

꽃 옆에서 잠이나 자자!

순 옥: (오른다) 언니! 그렇게 말은 했지만 죽으라는 이치가 없다면
반드시 살아서 돌아올 거여요. 내 마음속에 두고 있는 사연을
언니에게 들려 드릴게요. (노래한다)

【수조가두 水調歌頭】

타고난 성품이 노류장화를 배우지 못해

가무의 길에 잘못 들어섰다고 늘 한스러워했답니다.

가을 강 빗속에 자라는 부용꽃은

---

122. 홍불기는 당나라 두광정(杜光庭)의 전기소설 《규염객전(虯髥客傳)》의 등장인물이다. 양소(楊
素)의 시녀였으나 이정(李靖)에게 반하여 태원으로 야반도주한다. 침선비로 뽑혀 서울로 간 순
옥을 태원으로 간 홍불기에 비유했다. 명나라 장봉익(張鳳翼)은 이를 각색하여 희곡 《홍불기》
전기(傳奇)를 지었다.

사람이 다 쳐다봐도 맑은 향기를 홀로 지켜요.

어젯밤 외로운 구름이 초나라 산에서 피어나
아침 내내 산 입구를 감싸고 있네.
서울 나무로 옮아갈 마음이 없어
화산(花山) 저쪽 근두운(觔斗雲) 한 조각 기다리네.

행수기생:정말 어쩔 수 없구나. 도중에는 어려운 일이 많을 테니 조심
해라, 조심해. 순옥아!

(오유가 오른다)

오 유:

묻노니 술집은 어디에 있느냐?
목동은 저 멀리 살구꽃 핀 마을을 가리키네.[123]

여기가 순옥이 머물고 있는 집인가?

순 옥:(무대에 오른다)
아이들은 보고도 알아채지 못하고

─────────

123. 당나라 두목(杜牧)의 〈청명(淸明)〉 시의 저명한 구절이다.

나그네는 어디에서 오셨나요, 웃으며 묻네.[124]

누구셔요?

오 유:

조각구름 뭉게뭉게 피어나니

하늘 위에서 온 것이나 아닐까요?

나는 봉래선 아주머니께서 보내서 왔소.

순 옥:

부절 든 사신 오기를 눈 빠지게 바라보며

오로지 좋은 소식 오기만을 기다리네.[125]

앉으세요. 앉아. (서로 인사한다)

오 유:순옥 아가씨는 언제 서울로 출발하시려오?

순 옥:오늘요.

오 유:후유! 내가 먼저 출발해서 서둘러 오길 잘했구나. 천천히 왔다
면 하마터면 만나지도 못했겠네. 쓸데없는 사설일랑 제쳐두고
본론으로 들어갑시다. 봉래선 아주머니의 말씀이 이러쿵저러
쿵 한데 나는 오로지 그 일 때문에 새벽에 출발하여 겨우 도착
했지요. 동쪽 집 화장대에 놓아둔 것과 서쪽 집 문갑에서 나온
것을 모아서 삼백 냥을 마련했소. 김약허 형이 뒤따라 가지고
올 텐데 그의 행차를 따져보면 내일 정오쯤에는 도착할 겝니
다. 상의원 집리 서승(徐丞) 나리는 나와 집안 간에 끈이 닿아
있어 순옥 아가씨의 일은 말 한마디면 해결할 수 있습니다. 그
런데 먼 시골의 침선비가 경성에 한번 들어가면, 똥파리가 고
기를 물고 모기가 피를 빨듯 망나니와 무뢰배가 덤벼들어요.
홍의(紅衣, 별감의 복장) 입은 놈, 통부(通符, 야간통행증이나 궁궐
출입증) 찬 놈, 중치막(선비들이 착용하던 직령포) 입은 놈, 철릭
〔天翼〕 휘날리는 놈이 수십 수백인데, 이놈들은 눈을 부릅뜬 마
군(魔君)이나 색계의 아귀 아닌 것이 없습니다. 아무리 쇠와 청
동으로 만든 간과 창자를 가지고 있어도, 한번 큰 구덩이에 떨
어지면 국물을 짜내지 않을 도리가 없지요. 하물며 순옥 아가
씨같이 이렇듯이 어여쁜 분이야 말할 나위 있겠습니까! 아마도
이 불이문중(不二門中)에서 실없이 마갈국(摩竭國)의 우바새(優婆
塞, 출가하지 않고 불도를 닦는 남자)가 중생을 제도하는 큰 시주
가 되어서[126] 서쪽 이웃의 어른댁에서 나를 보내고, 봉래선 아주
머니가 나를 의지하도록 조처한 게 아니겠소! 앞으로 실오라기

하나만큼도 어긋나지 않을 게요. 제가 벌써 조처해놨습니다. 뜻하지 않은 불행한 사태가 벌어질지도 모르니 날이 저물었어도 지금 바로 출발하여 별빛을 등불 삼아 서울로 가겠소. 무슨 길이든지 찾아서 여덟아홉 날 지나면 반드시 결과가 나올게요. 순옥 아가씨는 절대로 서울로 들어오지 마시오. 서울 가까이도 오지 마시오. 여기서 양근(楊根) 두물머리[127]는 서울로 올라갈 때 반드시 거쳐야 하는 주막거리입니다. 거기에서 외지고 조용한 인가를 찾아가 은신하고서 날마다 사람을 시켜 길가에 나가 사람이 오는지 기다리시오. 약허 형이 도착하면 곧장 한양성 안으로 들어오지 말고 나를 홍인문(興仁門) 밖 김주부(金主簿)의 마방(馬坊)에서 기다리라고 하시오. 내가 조만간 홍인문을 나가서 만나볼 테니까요. 금석(金石) 같은 제 말씀을 허투루 들어서는 절대로 아니 되오. 이 일은 주춤거릴 겨를이 없소. 나는 갑니다.

(오유가 길을 떠난다. 순옥이 출발한다. 두물머리 주막에 도착하여 짐을 풀고 기다린다)

---

126. 《불설장아함(佛說長阿含)》 제1분 사니사경(闍尼沙經)에서 마갈국의 병사왕(絣沙王)은 우바새가 되어 여러 가지 선행을 행하였다.
127. 현재의 양평 양수리이다. 양근은 지평과 구한말에 통합되어 양평이 되었다. 양수리는 보통 두물머리로 불렸고, 한자로는 양수리 또는 이 책처럼 이수두(二水頭)로 쓰였다. 육로와 수로 교통의 요지였다.

꿈에서 만나다

(순옥이 오른다)

순　옥: 중노미(주막에서 시중드는 심부름꾼) 오라버니! 문밖 길머리에
　　　돈을 가져오는 사람이 나타나면 반드시 제게 데려와줘요.

(중노미가 오른다)

중노미: 어이쿠! 방금 삼거리에서 그런 사람이 길을 물었어. 가서 데려
　　　와야겠다. (간다. 오른다) 이분이 낭자가 기다리는 사람 아니우?

(김약허가 오른다)

김약허:

　　　이 산 속에 있는 줄은 안다만

　　　구름 깊어 어디인 줄 모르겠구나.[128]

〰〰✿〰〰

128. 당나라 가도(賈島)의 〈은자를 찾아갔다 만나지 못함[尋隱者不遇]〉시의 구절이다. '소나무 아
　　래서 동자에게 물었더니 "스승님은 약을 캐러 가셨는데 이 산 속에 계시기는 하나 구름이 깊어
　　어딘 줄은 모르겠습니다"라고 하네[松下問童子, 言師采藥去. 只在此山中, 雲深不知處].'

초산운 순옥이 과연 여기 있었구나. 나는 이제야 왔다. 오(烏)
별감은 보았니?

순 옥:아이고. 아저씨! 먼 길 오시느라 정말 고생하셨어요. 짐을 내
려놓고 자초지종을 들려주셔요.

김약허:(앉는다) 순옥 조카는 왜 아직 여기 있나?

순 옥:오 별감께서 그저께 해질 무렵 원주를 지나갔으니 이미 서울에
닿았을 거예요. 아저씨는 여기서 주무시고 내일 아침에 길을
떠나 서울로 가되 곧장 들어가지 마시고 동대문 밖 김주부의
마방에 머물다가 오 별감이 나오면 그가 시키는 대로 하셔요.
그분이 이렇게 말씀하셨어요. 저도 그분의 말씀대로 여기 머무
르고 있어요.

김약허:알았다.
    (다음 날 출발한다. 홍인문에 도착하여 머물며 기다린다)

    (낙안선생이 등장하여 혼자 생각한다. 엿새날 좋은 때를 헛되이 날
    리고 오늘 벌써 삼오야 달이 밝았구나. 오유가 간 지 앞뒤로 아흐레
    째인데 소식이 영영 깜깜하니 순옥을 빼내는 일은 강물에 돌 던지기
    로다. 시름겨운 사람의 마음을 누구에게 말할까? 성근 자리, 찬 베

개라 눈을 붙이지 못하겠네. 밝은 달은 하늘에 떠 그윽하게 창에 비치건만 겹문은 꼭꼭 걸었네. 마당 풀에 이슬이 자고, 반딧불이 몇 점은 성근 발에 깜박깜박 나타났다 사라진다. 발소리 멀리서 점점 가까워지니 쓸쓸히 개는 달을 보고 짖다 만다. 문소리 삐거덕 울리며 바람 따라 들어온다. '주렴 너머에도 귀가 있기 마련이니 창문 엿보는 이 왜 없으리.'[129] 궁혜(弓鞋)는 이끼에 미끄럽고, 눈썹에는 꽃이 스치네. 살금살금 머뭇머뭇 교태가 똑똑 떨어진다, 문득 창 앞에 이른 사람, 그대인가 보구나. 아, 내 마음속에는 오로지 티 없는 옥 하나만 있는데 지금 서울에 있어 돌아오지 않았도다. '푸른 바다를 보고 나면 더 큰 물이 없고, 무산(巫山)을 빼면 구름이 아니라네.'[130] 누구인가. 문을 열고 살펴보니, 아 이게 누군가. 너는 남전(藍田)[131]에서 왔느냐, 낙포(洛浦)[132]에서 왔느냐. 어디서 와서 여기 있느냐. 한걸음에 마당으로 내려가 두 손으로 허리를 안고, 너는 선녀냐 귀신이냐, 우리 순옥이 아니면 누구냐. 왜 복숭앗빛 입술을 오므린 채 네 심간(心肝)을 부르지 않느냐. 선생님, 선생님! 제 침선비 일은 선생님께서 마음 써주신 덕분에 이미 몸을 빼내 이제야 돌아왔습니다. 선생

---

129. 이 표현은 명대의 소설 《유세명언(喩世名言)》에 나온다. 그 책에는 '담장 너머에도 귀가 있기 마련이니 창밖에야 왜 사람이 없겠느냐[隔墻須有耳, 窓外豈無人]'로 되어 있다.

130. 당나라 원진(元稹)의 〈이별 생각[離思]〉 5수 중 제4수. '창해를 보고 나면 더 큰 물이 없고, 무산을 빼면 구름이 아니지. 꽃무더기 무심하여 돌아보지 않음은 반은 수도하기 때문이요, 반은 그대 때문이라[曾經滄海難爲水, 除卻巫山不是雲. 取次花叢懶回顧, 半緣修道半緣君].'

131. 섬서성(陝西省)에 있는 유명한 옥의 산지이다. 연인의 이름이 순옥(舜玉)이다.

132. 낙포는 낙수의 여신 복비(宓妃)가 출몰하는 곳이다.

103
꿈에서 만나다

님께서 오직 저만을 그리워하실 줄 생각하니 시각을 지체할 수 없어 이 행혜(行鞵, 먼 길 갈 때 신는 신발)를 벗을 겨를도 없이 심야에 달려왔으니 선생님은 저를 따라가셔요. 옥경아! 잠시만 기다려라. 여기서 동쪽 집까지는 수백 보 먼 거리라 네 연약한 발을 어이 고생시키겠느냐. 내가 업으마, 안으마. 선생님! 우스개 말씀 하지 마시고 저를 따라오셔요. 성큼 한 걸음, 사뿐 한 걸음. 두 걸음을 한 걸음에 닫지 못해 한이로구나. 푸른 버들 아래 작은 각문에 막 닿아 사랑을 돌아 섬돌을 돌아 그 다정한 북상 작은 방이로다. 마당가 화초는 옛 친구를 맞이하는 듯, 방 안에 놓인 물건은 전에 본 바와 꼭 같구나. 양손을 부여잡고 깊은 데로 들어간다. 이부자리에는 서늘한 자리, 베개 옆에는 가벼운 이불. 달빛은 사창으로 들어오고 향로는 향 뿜어 방 안에 가득하다. 껴안고 이부자리에 드니 두 사람의 정이 막 깊어간다. 저고리는 요 옆에 벗어놓고, 비녀는 이부자리 아래 던진다. 흠치르르한 얹은머리는 베갯머리에 흩어지고, 푸른 비단창 안에 옥 같은 피부가 반지르르하다. 하얗게 빛나는 두 쪽 엉덩이, 풍월의 문을 살짝 드러내어 옥경(玉莖)을 맞이하여 옥지(玉池)로 들인다. 넋을 어지럽히는 동굴에 깊이 빠지니 칠정(七情)이 하나요, 오미(五味)도 둘이 없다. 친친(親親)[133]을 부르고 달달(達達)[134]을 외친다. 심간(心肝)이! 얄미운 사람! 저는 아직 경험이 없어요. 연한 외가 처음 디지

133. 마음에 두고 있는 사람에 대한 애칭.
134. 아버지를 뜻하나, 여기서는 역시 사랑하는 사람에 대한 애칭으로 쓰였다.

는데 그것이 이렇게 갑자기 일어나 곧장 밀고 당기기만 하여 귀머거리 중 마 씹듯이, 주린 까마귀 수박 쪼듯이 하시니 이 무슨 맛입니까. 저는 일찍이 온유향(溫柔鄕)[135]의 노사부(老師父)에게서 온갖 기예를 배웠어요. 마파(馬爬), 품소(品簫), 그네타기, 원앙 다리 희롱하기, 협비선(挾飛仙), 후정화(後庭花)[136]를 가지가지 다 알아요. 차례차례 시험하렸더니 하나도 못 썼군요. 심간아! 쉼 없이 이렇게 저를 두들기면 떨떠름함을 모면하려 해도 틈이 없고, 쓰라림을 참으려 해도 겨를이 없어요. 해당화 새 피가 백로(白露)가 되어 벌써 서너 번을 흘렸으니 한 가닥 남은 목숨이 골패격(骨牌格)을 범하여 일을 자르고 육을 끊으셨어요. 뿐만 아니라 노장군의 기력은 이제 강장(强壯)의 시기를 넘겼어요. 고군(孤軍)이 깊이 들어가 옥문관(玉門關) 주인이 백수(白水) 기병으로 와구채(蛙口寨)를 막고서 귀두영(龜頭營)을 공격하면 소관(蕭關)은 사방이 막히고 음릉(陰陵)은 길이 험하지요. 대택(大澤)에 한번 빠지면[137] 말가죽에 시신을 싸서 강물에 띄울 테지요.[138] 다시 일어서려 한들 정말 어찌할 도리가 없을 겁니다. 심간아! 정력을 기르고 예봉을 숨겨 잠시 멈추었다 천천히 하세요. 심간 같은 순옥아! 얄미운 순옥아! 너는 모른다. 네가 골패의 방식으로 했

---

135. 온유향은 기방을 가리키는 말로 〈온유향기(溫柔鄕記)〉(《향염총서(香艷叢書)》 수록)와 같은 글은 기생들의 삶을 세밀하게 묘사하였다.

136. 모두 방중술 기교이다.

137. 해하(垓下)에서 패한 항우(項羽)가 추격군에게 쫓기다가 음릉에서 길을 잘못 들어 대택에 빠졌다.

138. 춘추시대에 오왕(吳王) 부차(夫差)가 오자서(伍子胥)의 시체를 가죽에 싸서 강물에 버렸다.

거니와 설마 내가 참맛을 모른다고 생각하는 건 아니겠지. 쌍준삼
(雙準三) 사이에 일삼(一三)은 한 바퀴 둥근 달 삼오야라, 좋은 시절
좋은 때이므로 이 밤을 놓칠 수 없는 것이고, 쌍준륙(雙準六) 사이에
백륙(白六)은 흰머리 노인이 젊은이 속으로 들어간다[139]는 것이다. 우
리 같은 노인들은 범증(范增)의 칠십기계(七十奇計)[140]를 배워서 이렇
게 예봉을 틈타 급습해야 좋으니라. 이렇게 하지 않으면 저는 안으
로는 갈석(碣石)을 등지어 깊고 험하며, 밖으로는 붉은 절벽 용도(甬
道)를 갖추었으니 공격하여 얻을 날이 없을 것이다. 어언간 구름 걷
히고 비가 짙어진다. 부끄럽구나. 맑고 깨끗한 순옥을 더럽혔구나.
입을 맞추고 얼굴을 맞대니 봉새는 떨고 난새는 길을 잃었네. 꼬끼
요 창 밖에서 닭이 우니 이 아니 악성(惡聲)이냐. 봄날의 호접몽을
놀래 깨우다니. 일어나니 몸은 남가(南柯) 위 차가운 자리 위에 누웠
구나. 베개를 밀고 문을 열자 그곳이 보이지 않네. '화서(華胥)[141]의
꿈을 깨니 그 사람은 어디로 갔나,[142] 구름 흐르는 가을빛 가운데에

---

139. 백거이의 〈중양절 자리에서 흰 국화를 읊다[重陽席上賦白菊]〉의 한 구절이다. '마당 가득 자
    욱한 금국화, 가운데 외로운 떨기 색깔은 서리 같구나. 오늘 아침 노래하고 술 마시는 자리에
    서 흰머리 노인이 젊은이 마당에 낀 것 같구나[園花菊郁金黃, 中有孤叢色似霜, 還似今朝歌酒
    席, 白頭翁入少年場].'

140. 범증은 나이 칠십에 기이한 계책을 즐겨 냈다.

141. 화서는 이상향을 말하며 '화서의 꿈을 꾸었다는 것'은 말 그대로 꿈을 꾸었다는 말이다. 《열자
    (列子)》 〈황제〉에 황제가 화서씨(華胥氏)의 나라를 꿈꾼 이야기가 실려 있다. 그 나라는 모든 것
    이 자연 그대로라 우두머리도 없고, 백성들은 욕망이 없으며, 삶과 죽음을 구분하지도 않고, 자
    신과 외물을 구분하지도 않는다.

142. 송나라 소식(蘇軾)의 사(詞) 〈도원억고인(桃源憶故人)〉의 한 구절이다. '화서의 꿈을 깨니 그 사

있구나.'¹⁴³ 망연히 홀로 앉으니 상상 속의 만남이라. 팔에는 화장 흔적이 찍혀 있고, 코에는 향기가 남았어라. 옥경(순옥)아! 옥경아! 이리 훌쩍 왔다가 그리 번쩍 가느냐. 꿈인 듯 아닌 듯하구나. 자탄하며 혼잣말을 한다)

낙안선생: (노래한다)

【풍입송風入松】

내 품안에 든 순옥을 잠깐 보았더니

눈동자는 절로 반짝였다네.

간밤에 겪은 일을 곰곰이 생각하니

꾀꼬리 소리는 귀에 쟁쟁, 앵혈(鸚血)¹⁴⁴은 요에 스몄다.

모습도 그림자도 비와 구름처럼 걷혀 버렸네.

서글피 강남을 바라보니 풀빛만 짙푸르다.

유신(劉晨)과 완조(阮肇)가 천태산 들어가서

람은 어디로 갔나, 붉은 나무에서 꾀꼬리 소리만 들린다. 몇 점 장미 향기 퍼져 적막한 뜰. 따뜻한 바람꽃을 잡아 두지 못하니 조각조각 무수히 사람에게 붙는다. 누대에 올라 가는 봄 바라보다가 방초에 돌아오는 길 잃었다[華胥夢斷人何處, 聽得鶯啼紅樹. 幾點薔薇香雨, 寂寞閑庭戶. 暖風不解留花住, 片片著人無數. 樓上望春歸去, 芳草迷歸路].'

---

143. 당나라 이군옥(李群玉)의 시 〈이비묘에 부쳐[題二妃廟]〉의 한 구절이다. '황릉묘 앞에는 봄이 벌써 사라졌고, 자규는 울어서 솔바람에 피를 떨군다. 혼백은 어디로 가는지 몰라, 흐르는 구름 가을빛 가운데 있는가?[黃陵廟前春已空, 子規啼血滴松風. 不知精爽歸何處, 疑是行雲秋色中]'

144. 원문은 원혈(鴛血)이나 처녀성을 의미하는 앵혈(鶯血)의 의미가 옳다고 보인다.

두형(杜蘅)을 한 줌 가득 캤다네.[145]

칠석날이 언제인지 손꼽아 세어보니

새벽 까마귀 서쪽으로 날아가고

물가에서 송아지에게 물만 먹이네.[146]

사다새 소리에 꿈을 깨니 생시가 아닐세.

화씨벽(和氏璧) 온전하게 돌아오기나 기다리자.

(순옥이 오른다)

순 옥 :

눈물 젖은 자국만 보이고

누구를 원망하는지 모르겠네.[147]

침선비 빼내는 일은 솜 안의 바늘처럼 견디기 어렵구나.[148] 오유 어르신의 소식은 연산(燕山)의 흰 까마귀가 되었나. 내가 전생

---

145. 후한(後漢) 명제(明帝) 영평(永平) 5년(A.D.62)에 섬현(剡縣)의 유신 완조 두 사람이 함께 천태산에 들어갔다. 산에서 길을 잃고 헤매다 두 선녀를 만나 반년을 살다 나오니 세상은 이미 7세손의 시대였다.

146. '칠석날 오작교를 만들 까마귀마저 날아가서 견우는 소에게 물만 먹일 뿐'이라는 이야기로 낙안신생이 순옥과 만나지 못함을 비유한다.

147. 이백의 시 〈원정(怨情)〉 중 한 구절이다. '미인이 주렴 걷고 깊이 앉아 아미를 쩽그린다. 눈물 젖은 자국만 보일 뿐 누굴 원망하는지 모르겠네[美人卷珠簾, 深坐顰蛾眉. 但見淚痕濕, 不知心恨誰].'

148. 원문의 면리금침(綿裡金針)은 솜 안에 든 바늘이란 뜻이다. 《서상기》 제삼본(第三本) 제사절(第四折)에 나오는 표현이다.

에 무슨 업장을 쌓았기에 십팔 년 고난도 부족하여 또 이 여관
에서 초나라 죄수[149] 신세가 되었나. (홀로 슬퍼하며 생각한다)

【중려中呂 분접아粉蝶兒】

내 이 홍안박명(紅顏薄命), 참으로 홍안박명이로다.

두물머리에 백로는 쌍쌍이 날건만

외로운 난새는 거울만 보누나.[150]

해는 서쪽으로 약속한 듯 넘어가고

둥근 달은 동쪽에 떠오르네.

어찌 알았으랴? 유월 유일의 기약[151]이

눈 깜짝할 사이에 칠석날이 될 줄을.

어떻게 하면 업장을 없애는 금강저(金剛杵)[152]를 얻어

사람 가두는 함정을 부숴버릴까.

---

149. 춘추시대 초나라 악관(樂官) 종의(鍾儀)가 정(鄭)나라의 포로가 되었다가 다시 진(晉)나라로 끌려갔다. 후에 '초수'라는 말은 갇혀서 속수무책인 사람을 비유한다.

150. 남조(南朝) 송(宋) 범태(范泰)의 〈난조시(鸞鳥詩)〉 서문에 나오는 내용이다. 옛날 계빈왕(罽賓王)이 준기산(峻祁山)에 그물을 쳐 난새 한 마리를 잡았다. 왕이 매우 아껴 새의 울음을 듣고 싶었으나 뜻을 이루지 못하였다. 그래서 황금으로 새장을 꾸미고 진수성찬을 먹였으나 새는 더욱 슬퍼하며 3년을 울지 않았다. 그러자 부인이 "새는 같은 부류를 보면 운다고 하니 거울을 걸어 비춰보라"라고 권했다. 왕이 그 말대로 하자 난새는 저와 같은 형상을 보고 슬피 울었다. 구슬픈 소리가 중천에까지 울리더니 한 번 몸을 떨고서는 죽었다.

151. 원문은 응종령(應鐘令)이다. 응종은 12율(十二律)의 마지막 음(音)으로 그 수는 6이므로 6월 6일을 비유한다.

152. 금강저는 금강역사(金剛力士)가 손에 든 무기로 마적(魔敵)을 쳐부순다.

10
약속이행

(오유와 김약허가 함께 오른다)

오 유:순옥 낭자, 우리가 왔소.

순 옥:아유, 이렇게 노고를 끼치다니 천부당만부당입니다. 아무튼 앉
  으셔요.
  (서로 이야기를 나눈다)

오 유:

  봄바람 주렴 너머 말이 없어도
  노래 소리 전하여 나그네 마음 위로하네.[153]

  순옥 낭자, 축하하오. 이번 일이 잘되었소. 지금까지의 시름일
  랑 꺼내지도 마시오.

~~~~~~~~

153. 당나라 송제(宋濟)의 시 〈동쪽 이웃 미인[東鄰美人歌]〉의 한 구절이다. '꽃이 화사한 성에 해는
  비껴 흐리고, 꾀꼬리 우는 창에 새벽 구름 깊구나. 봄바람 주렴 너머 말이 없어도 노래소리를
  나그네 마음에 전해주네[花暖江城斜日陰, 鶯啼繡戶曉雲深. 春風不道珠簾隔, 傳得歌聲與客
  心].' '與' 자를 '慰' 자로 바꾸었다.

순 옥:

초나라 죄수 단풍숲 아래 십 년을 보내고

오늘밤 처음으로 서울 종소리 듣는구나.[154]

자초지종을 듣고 싶어요.

오 유:우리가 원주를 출발하여 이틀 밤낮 걸려 서울에 닿았고, 바로
숭례문 안 회현동 아주머니 댁으로 가서 서승을 만나 순옥 낭
자의 일을 부탁했소. 또 비용을 좀 줄여달라고 요청하자 그가
말합디다. "침선비 빼내는 일을 본원(本院)에 시도하자면 드는
돈이 너무 많습니다. 이른바 반당(伴倘), 별배사령(別陪使令), 색
구(色丘), 청직(廳直), 방직(房直), 우장직(雨裝直), 사고직(私庫
直), 최촉구종(催促廐從), 문대직(文帒直), 조방(助幇), 다모(茶
母), 기청행수(妓廳行首), 영좌공원(領座公員), 색장(色掌), 사역당
직(使役堂直) 따위의 허다한 인원 모두에게 뇌물을 써야 하므로
그 비용만으로도 벌써 삼백 냥 밑으로는 내려가지 않지요. 서

---

154. 당나라 유우석(劉禹錫)의 〈원화 갑술년 조서가 내려와 장강 상강의 유배자를 모두 부르시어 나
는 무릉에서 서울로 가다가 도정에서 묵으며 뒤에 올 여러 군자를 생각하다(元和甲午歲, 詔書
盡征江湘逐客, 余自武陵赴京, 宿於都亭, 有懷續來諸君子)〉의 한 구절이다. '뇌우 치는 강호에
와룡이 일어나 무릉의 나무꾼 신선 자취를 밟는다. 십 년 동안 초나라 물가 풍림 아래 있다가 오
늘밤 처음 장락궁 종소리를 듣는다(雷雨江湖起臥龍, 武陵樵客躡仙蹤. 十年楚水楓林下, 今夜
初開長樂鍾.'. '水' 자를 '囚' 자로 바꾸었다. 장락궁은 한나라 때 장안에 세운 궁궐로서 여기
에 악현(樂懸)을 설치하였다. 장락궁 종소리를 듣는다는 것은 서울에 돌아왔다는 뜻인데 여기
서는 반가운 소식을 듣는다는 비유이다.

리(書吏)와 장방(長房)은 원 비용이 일백 냥이고, 특별 비용이 백 냥도 들고 팔십 냥 구십 냥도 드는데 그 비용에 포함되어 있지 않습니다. 이뿐만이 아니오. 심한 병에 걸린 몸이 아니면 이런 비용을 써도 풀려날 길이 없지요. 반드시 빼내고자 한다면 길은 두 가지로 공신(功臣)의 사패(賜牌)와 조정 벼슬아치의 별방(別房, 소실)이 되는 것뿐이오. 내 오유 형의 얼굴을 보아 비용을 아끼기 위해 이 두 가지 길 가운데 변통해 보리다"라고요. 내가 "그렇게 하면 정말 좋겠소. 다만 별방 두 글자는 싹둑 잘라주시오"라고 하였소. 그대로 십여 일을 머물렀는데 요행히 훈신가(勳臣家)에서 사패를 받지 않은 데가 한 군데 있어 이백 냥을 떼어 속환전으로 쓰고, 본원 각 부서의 잡비로 팔십 냥 해서 도합 이백팔십 냥을 김형이 가져온 돈으로 액수에 맞춰 바르고 이제야 돌아오는 길이오. 이것이 공신 집안의 노명정장(奴名呈狀)이 아니겠소? 또 이것이 상의원에서 이속(移屬)한 공문이고, 형조의 결립안(決立案)과 장례원의 보충대(補充隊) 문건이 아니겠소? 이 모두가 서승이 중간에서 힘을 쓴 덕분이오. 나머지 돈 스무 냥 중에서 우리 둘이 여러 날 양식값으로 쓰고 여기 열 냥이 남았소. 우리가 돌아가는 노자로 쓰기에 넉넉하오. 일이 잘 해결되고 돈도 적세 들었으니 하늘의 조화입니다. 하늘의 조화고 말고요.

순 옥:

어젯밤 등잔에 불꽃이 떨어지더니

오늘 아침 마당에 까치가 시끄럽구나.[155]

이야말로 고난을 구원하는 저 오사국(烏斯國, 티벳) 존자(尊者)님이 오신 거로군요. 정말 고맙습니다. 정말 고마워요. 어르신들께서 주선하지 않으셨다면 소녀의 일이 이렇게 쉽게 이루어졌겠어요? 이 은덕을 어떻게 갚지요?

오 유:순옥 낭자, 그리 말할 필요는 없소. 진평에게 육출기계(六出奇計)의 수완이[156] 있다 해도 황금 사만 근이 없었다면 무슨 수로 세 치 혀를 놀렸겠소?[157] 지금 이 삼백 꾸러미 동전닢이 아니었다면 내 이 서른여섯 개 이빨을 짝 맞추어 쓸데없이 두드렸을

155. 반가운 손님이 올 조짐을 의미한다. 이 구절은 김성탄본 《수호지》에서 송강(宋江)이 시진(柴進)을 찾아갔을 때 시진이 말하는 대목에서 나온 구절을 오언시로 만들었다. '시진이 송강을 일으켜 세우며 "어젯밤에 등불꽃이 일어나고 오늘 아침에는 까치가 울더니[昨夜燈花, 今早鵲噪] 이렇게 노형이 오는군요."'

156. 진평은 한고조 유방에게 기묘한 계책을 여섯 번 바쳤다. 청나라 전대소(錢大昭)는 《한서변의(漢書辨疑)》〈진평전(陳平傳)〉에서 여섯 가지 계책을 이렇게 추정했다. 초나라 군신을 이간질한 것이 첫 번째요, 밤에 여자 2,000명을 형양성(滎陽城) 동문으로 빼낸 것이 두 번째요, 유방의 발을 밟아 한신(韓信)을 제왕으로 세운 일이 세 번째요, 거짓으로 운몽(雲夢)에 순수한다고 퍼뜨려 한신을 사로잡은 일이 네 번째요, 평성에서 흉노족의 포위를 푼 것이 다섯 번째이고, 여섯 번째는 진희(陳豨)와 경포(黥布)를 공격한 것이다. 다만 이에 대해서 사서에는 기록이 없다고 하였다.

157. B.C. 203년. 유방은 항우에 의해 형양성에서 1년이나 포위되어 있었다. 진평은 유방에게서 황금 사만 근을 받아 초나라 장수들을 매수하여 헛소문을 퍼뜨렸다. 항우의 부하 가운데 범증(范增)과 종리매(鍾離昧)의 공로가 가장 크지만 영토를 받아 왕이 되지 못했기에 그들이 유방과 동맹하여 항우를 멸망시키고 그의 영토를 차지하기로 약속했다는 소문이었다. 이 소문이 항우의 귀에 들어가자 항우는 종리매와는 중대사를 상의하지 않았고, 범증조차 유방과 사통한다고 의심하였다.

것이오. 배 타는 것에 비유하자면 나는 키를 잡은 것에 불과하오. 다른 말은 그만둡시다.

금성(錦城)이 즐겁다지만
서둘러 집에 돌아가는 것이 더 낫다네.[158]

지금 시각이 겨우 정오이니 순옥 낭자는 바로 돌아가시게. 나는 여주 읍내에 지인이 있는데 만날 약속이 있소. 여기서 거기까지 구불구불 가면 이틀이면 돌아갈 것이오. 순옥 낭자가 집에 소식 좀 전해주오.

김약허:나도 여주 곡수장(曲水場)에 볼 일이 있으니 오유 형과 동행하는 게 좋겠소.
(뒤에 만날 약속을 한다. 서로 헤어진다. 오유와 김약허가 먼저 떠난다. 순옥이 출발한다. 칠월 초엿새 황혼 무렵 집에 도착한다. 오른다)

순 옥:어머니! 제가 왔어요.

(봉래선이 오른다)

─────────
158. 이백의 〈촉도난(蜀道難)〉에 나오는 구절이다. 금성은 중국 사천성 성도이다.

봉래선:

> 소리 찾아 가만히 듣노니 비파 타는 이는 누구인가?[159]
>
> 하늘에서 은하수가 떨어졌나?[160]

누구 소리이지? 누구 소리야? 아이구머니나, 우리 딸이로구나. 우리 딸! (맨발로 마당으로 내려가 두 손으로 허리를 안고 뺨을 비빈다. 눈물은 저절로 눈에서 떨어지고, 웃음은 입에서 터진다) 네가 왔구나. 네가 왔어. 이리 온 걸 보니 일이 잘 풀렸나보다. 오유와 김약허 두 사람은 왜 같이 오지 않았느냐? 일이 아직 남은 게냐? 돈이 모자라는 게냐? 어미는 멍청이가 됐는지 미치광이가 됐는지 영문을 모르겠구나. 자세히 어미에게 들려다오.

순 옥: 모든 일을 오유 어르신이 해내셨어요. 일도 잘되었고, 돈도 충분했어요. 그런데 그분과 아저씨는 당신들 볼일 때문에 다른 데로 갔다가 뒤따라 돌아오시기로 했어요. 저도 그분 말씀대로 애초에 서울로 가지 않고 양근 두물머리에 머물렀어요.

---

159. 백거이의 〈비파행(琵琶行)〉에 나오는 구절이다. '문득 물 위 비파 소리 들으니 주인은 돌아가길 잊고 객도 떠나지 않는다. 소리 찾아 가만히 들으니 뜯는 자는 누구인가, 비파소리 그치고 말을 하려다 머뭇거린다[忽聞水上琵琶聲, 主人忘歸客不發. 尋聲暗問彈者誰, 琵琶聲停欲語遲].'

160. 이백의 〈여산 폭포수를 바라보며[望廬山瀑布水]〉 제2수에 나오는 구절이다. '해가 향로봉을 비추니 보랏빛 안개 일어나고, 멀리 폭포를 바라보니 앞 시내를 걸어놓았네. 날아 흘러 곧장 삼천 척을 떨어지니 은하수가 하늘에서 떨어진 듯[日照香爐生紫煙, 遙看瀑布掛前川. 飛流直下三千尺, 疑是銀河落九天].'

봉래선:하느님 고맙습니다. 선생님 고맙습니다. 애야! 길 떠난 지 얼마 되지도 않았는데 이렇게 말랐구나. 일에 신경을 많이 썼기 때문이겠지만 먹고 자는 게 변변치 않아 그런 게 틀림없다. 오늘 또 해가 저물었으니 배가 고프겠구나. 부엌에는 밥이 다 되어간다. 쇠고기를 얇게 썰어 볶고 다진 마늘을 치자. 황감해만두(黃柑海饅頭)에 고춧가루를 조금 넣고 아욱국 배추김치로 어미와 함께 밥상에 앉아 마음 놓고 밥을 먹자꾸나. 그간의 자세한 사연은 천천히 얘기하자. (모녀가 밥을 먹는다)

순 옥:제가 떠난 후 서쪽 집에서 소식을 물으러 왔나요?

봉래선:네가 떠난 지 꼭 한 달째인데 사람이 와서 서른 번 넘게 물었단다.

(순옥은 생각은 있으나 말이 없다)

봉래선:(재빨리 알아챈다) 애야! 서쪽 집과는 일전에 벌써 굳게 약속했고, 또 삼백 꿰미의 절반이나 되는 금전을 내놓고 오유를 보내 일을 성사시켰다. 사람으로서 약속을 어기고 은혜를 잊으면 좋을 게 없단다. 게다가 오늘밤은 일 년에 하루밖에 없다. 그분을 오시라고 해서 오늘 같은 칠월 칠석 길일에 유월 육일로 맺은 맹약을 이행하는 것도 좋겠구나, 좋겠어.

(순옥은 말없이 수줍어한다. 봉래는 부추기며 다그친다)

순 옥:부끄러워요. 부끄러워. 어머니 마음대로 하셔요.

봉래선:그래. 그래. 애야, 어미가 이십여 년 동안 감산향(甘酸鄕)의 큰
       선생이자 부인을 치료하는 장상공(長桑公)[161] 노릇을 하면서 보
       고 묻고 듣고 진맥하여[162] 증상에 따라 약을 써 왔단다. 무릇 부
       인의 그 일은 첫 경험이 어렵지. 사람 맞이하는 법을 지금 네게
       전수하마. 먼저 하희(夏姬)의 고전법(股戰法)[163]을 시험해 보자.

─────────

161. 장상군(長桑君)은 양의(良醫)를 말한다. 장상군은 전국시대의 신의(神醫)로 편작에게 비방을 전
     해 주었다고 한다.
162. 한의학에는 보고(望), 듣고(聞), 묻고(問), 진맥하는(切) 네 가지 진단법이 있어 사진(四診)이라
     고 한다. 《난경(難經)》에서는, 보고 알면 신(神)이라고 하고, 듣고 알면 성(聖)이라 하고, 물어서
     알면 공(工)이라 하고, 진맥하여 알면 교(巧)라고 한다고 하였다.
163. 하희는 춘추시대 정(鄭)나라 목공(穆公)의 딸로서 빼어난 미모로 국경을 넘나들며 숱한 염문을
     뿌린 요부다. 자만(子蠻)에게 시집갔으나 자만이 일찍 죽자 곧바로 진(陳)나라 대부 하어숙
     (夏禦叔)의 아내가 되어 아들 징서(徵舒)를 낳았다. 하희라는 이름은 이때 얻었다. 하어숙이 또
     일찍 죽자 그녀는 진나라 영공(靈公)과 대부 공녕(孔寧), 의행부(儀行父)와 동시에 사통하였다.
     이들 세 군신은 조정에서 하희의 속옷을 입고 서로 희롱하는 작태를 벌이기도 하였다. 영공 15
     년(B.C.599), 영공 등 세 사람이 하희의 집에서 술을 마실 때 징서가 영공을 쏘아 죽였고, 공녕과
     의행부는 초나라로 달아났다. 초나라 장왕(莊王)이 진나라를 공격하여 징서를 죽이고 하희를
     잡아 돌아가서 연윤(連尹) 양로(襄老)에게 주었다. 양로가 전사하자 하희는 신공무신(申公巫臣)
     의 계책을 따라 정나라로 돌아갔다. 후에 신공무신이 영윤(令尹) 자중(子重)과 사이가 벌어져
     제나라로 출사하는 기회를 타 진(晉)나라로 도망가면서 그녀를 데리고 갔다. 진나라 숙향(叔
     向)의 어머니가 하희를 보고 "대부 셋, 임금 하나, 아들 하나를 죽이고, 한 나라와 두 대신을 망
     쳤다"라고 하였다. 하희는 방사(房事)를 통해 영원히 청춘을 유지하는 채보지술(采補之術)을
     터득하였다고 하는데, 그 방법은 남편들이 젊은 나이에 죽은 것과 관련이 있는 것으로 보인다.
     고전법은 방중술에서 여성이 다리를 이용하는 방법을 말하는 듯하다.

어미의 상자 안에 법물(法物)이 다 갖춰져 있으니 빼고 덜 것 없이 원처방대로 하면 된다. 구리 주전자에다가 한연초(旱延草, 물레나물) 온탕을 미리 붓고 여정실(女貞實, 광나무열매) 고운 가루를 조금 타서 빈모(牝牡)를 함께 씻고, 이어서 따뜻한 오매탕(烏梅湯) 한 종지와 팔실당(八實糖) 가루 조금으로 빈을 씻는다. 작은 금합(金盒) 안에 한수향(韓壽香)[164] 자연유(自然油)가 있으니 반 푼을 달걀 흰자위 한 수저에 타서 옥지(玉池) 안 양쪽 벽에 발라서 간삽(艱澁, 뻑뻑함)함을 조절하고, 금림(錦林) 안에 빨간 가루와 흰 가루가 있으니 빨간 것은 닭벼슬에 발라 온산(溫酸)을 돕고, 흰 것은 침에 묻혀 그 얄미운 귀두에 발라 부푸는 것을 도

---

164. 진(晉)나라 때 가충(賈充)이 한수를 속관으로 삼았다. 한수는 용모가 준수하였다. 가충의 딸 오(午)가 반하여 몰래 만나면서 아버지가 황제에게서 받은 진기한 이국의 향을 훔쳐 선물하였다. 한수에게서 자신이 받은 향의 냄새가 나자 가충은 내막을 알고 딸을 그에게 시집보냈다.

165. 백자는 잣이고, 면전환은 면령(勉鈴)을 말한다. 면령은 미얀마에서 만든 물건으로 여성 음부에 넣거나 남성 음부에 박아 넣는 작은 알맹이 같은 물건이다. 《금병매》의 서문경이 사용하였고, 남녀가 다 사용할 수 있다. 애초에는 풍비(風痹)를 치료하는 의료기구로 발명되었다. 미얀마의 숲에서 새의 배설물을 모아 금박으로 겹겹이 싸서 만드는데, 열을 받으면 저절로 진동하여 손에 쥐면 어깨까지 시원해지는 효능이 있다. 관련 기록으로는 이규경(李圭景)의 〈면령변증설(緬鈴辨證說)〉이 자세하여 이 문장을 옮겨 싣는다《오주연문장전산고(五洲衍文長箋散稿)》, 〈인사편(人事篇)〉, 기예류(技藝類), 잡기(雜技)).

청나라 이조원의 《타여신습(唾餘新拾)》에 면령이 있고, 사조제(謝肇淛)의 《오잡조(五雜組)》에는 《타여신습》보다 더 자세한 기록이 있다. 영재(泠齋) 유득공(柳得恭)의 《난양록(灤陽錄)》에 면령을 기록하였다. 그 쓰임새가 몹시 비루하지만, 본래는 마비를 치료하기 위해 만들었으므로 대충 번증한다. 청나라 건륭 때의 인물 이조원의 《함해(函海)》에 포함된 《타여신습》에 "면령이란 물건이 있다. 면전국(緬佃國, 미얀마)에 갔더니 그 나라의 서너 살 소아들은 알맹이 하나를 음경에 넣으니 세속의 음희(淫戲)가 이와 같다. 지금 면령은 음행을 면하는 데 쓴다고 오해하고 있다"라고 했다. 사조제의 《오잡조》에는 이런 기록이 있다. "운남에는 면령이 있다. 크기는 용안(龍眼) 알만 하고, 열기를 받으면 절로 움직여 그치지 않는다. 면전의 남자는 음경에 박아 넣어 방중술을 돕는다. 다만 면전 사람을 죽일 때 산 채로 뺀 것이 좋다. 중국에서 파는

와준다. 붉은 종이갑 안에 오동씨만 한 백자면전환(栢子勉甸丸)[165]이 있으니 일을 치를 때에 음양에 각각 두 알을 넣으면 하루에 백 번을 합궁하여 맞이하고 보내도 정력이 조금도 소모가 없단다. 음경이 위축되면 빈을 씻은 탕에 사탕가루 한 돈, 해구신 가루 두 돈을 타서 열댓 번까지 공복에 마시게 하면 신통한 효험을 보지 않은 적이 없다.

(순옥은 화심(花心)이 점점 싹튼다. 베개에 비스듬히 눕는다)

봉래선: 북상에는 이미 불을 지펴 놓았다. 너는 가서 침구를 깔거라.

(순옥은 수줍음을 머금고 억지로 일어선다)

것은 모두 가짜이다. 그곳에서는 태극환(太極丸)이라고 한다." 이 기록이 《타여신습》보다 매우 자세하다. 영재 유득공의 《난양록》에는 이렇게 기록했다. "내가 원명원(圓明園)에 있을 때 남장국(南掌國) 사자가 자기들 통사(通事)를 통하여 우리에게 한 가지 물건을 팔려고 하였다. 합을 꺼내자 찍찍 우는 매미 같은 것이 구리그릇 안에 있었다. 손바닥에 놓으니 더욱 울어 팔뚝까지 가만히 떨렸다. 무엇인지를 물었더니 이른바 면령이라고 했다. 매우 둥글고 틈이 없는 것이 작은 호도 같고, 밝은 금으로 발랐다. 라오스에서 온 금과 동 세 가지 물건을 녹이고 두드려 81조각을 만들고, 가운데 찍찍거리는 작은 알을 넣고 봉합하면 작은 알이 구른다. 그 쓰임새를 물으니 매우 더럽다. 남장의 추악함이 이와 같다. 우리나라 사람들이 연경에 들어가면 사 오기도 하여 앵(櫻)이라고 부른다. 정벽(貞碧) 유최관(柳最寬)이 일찍이 연경에 갔다가 연경 시장의 박물인(博物人)들의 말을 들으니, 면령은 본래 음희가 아니라 손과 팔에 풍비(風痺)가 들어 마비된 사람을 치료하기 위해 만들었다고 한다. 손에 이 물건을 쥐면 가운데 알맹이가 소리를 내며 굴러 손바닥을 찌르고, 팔을 쏘고, 견갑(肩胛)을 떨어 풍습으로 은은히 아픈 기운을 뽑아내어 절로 상쾌하고 점차 낫는다. 그러므로 치료에 쓰는 물건인데, 방술비회(房術祕戲)를 하는 자들이 음구(淫具)로 활용한다는 것이다. 그 말이 일리가 있다. 지금 좋아하는 사람들은 호두알만 한 나무공을 만들어 대여섯 개를 한 타래로 꿰어 손으로 만지며 문지른다고 한다."

봉래선:(나가다가 다시 돌아 들어온다) 애야, 나는 서쪽 집으로 갔다가 곧 돌아오마. 춘대(春臺)의 갖가지 문권(文券)[166]은 내가 벌써 옮겨놓았다. 북상 이부자리 앞 채상(彩箱) 안의 여러 기물은 처방대로 하거라. 처방대로. (나간다)

(순옥은 북상을 정리한다. 낙안선생이 오른다)

낙안선생:한밤중에 창밖에서 잔기침하는 이가 뉘신가?

봉래선:누구인지 잘 아시면서.

낙안선생:어이쿠! 무슨 바람이 불어서 여기까지 오셨나. (바삐 걸어 나가서 맞는다)

봉래선:옥(玉)이 왔습니다요.

낙안선생:누가 왔다고?

봉래선:선생님 귀가 멀었군요〔聾〕.

---

166. 침선비에서 빼냈음을 증명하는 각종 서류를 말한다. 춘대는 여기서 화장대를 가리키는 듯하다.

낙안선생:농(聾)이 왔다고?

봉래선:선생님, 웃기시네요〔笑〕.

낙안선생:소(笑)가 왔다고?

봉래선:선생님, 깜박이네요〔瞬〕.

낙안선생:순(瞬)이 왔다고?

봉래선:귀머거리 농(聾)은 놀릴 농(弄)과 음이 같지요. 농옥(弄玉)은 소
　　　사(蕭史)를 따라갔고요.[167] 웃을 소(笑)는 작을 소(小)와 음이 같
　　　으니 소옥(小玉)은[168] 지금 요지(瑤池)에 있습니다. 눈 깜박할 순
　　　(瞬)은 순(舜)과 음이 같은데 순옥이 누구지요?

낙안선생:순옥은 내 옥경(玉卿)일세. 지금 경성에 갔는데 진실로〔眞〕왔
　　　는가?

---

167. 농옥은 춘추시대 진(秦) 목공(穆公)의 딸이다. 남편 소사(蕭史)를 따라 신선이 되었다. 유향(劉
　　向)의《열선전(列仙傳)》〈소사(蕭史)〉에는 '소사는 통소를 잘 불어 봉새 울음소리를 내었다. 목
　　공이 딸 농옥을 아내로 주었다. 봉루(鳳樓)를 짓고 농옥에게 통소를 가르치니 봉새가 와서 모였
　　다. 농옥은 봉새를 타고 소사는 용을 타고 부부가 함께 신선이 되어 가버렸다'라고 하였다.
168. 소옥은 신선의 시녀.
169. 진루는 진목공이 딸 농옥을 위해 지은 누대로서 봉루(鳳樓)라고도 한다.

봉래선:진실 진(眞)은 진나라 진(秦)과 음이 같은데 농옥은 진루(秦樓)[169]의 여인 아닌가요?

낙안선생:그렇다면 도망쳤는가?

봉래선:도망칠 도(逃)는 복숭아 도(桃)와 음이 통하니 소옥은 도원(桃源)의 선녀가 아닌가요?

낙안선생:물으러 왔는가?

봉래선:물을 순(詢)은 순(舜)과 음이 통하니 경성에 갔던 순옥이 아닐까요?

낙안선생:아! 불의(不意)에 돌아왔구나. 돌아올 줄은 생각지도 못했어.

봉래선:불의(不意)는 불의(拂衣)와 음이 같으니 옷을 걸치고 저를 따르시지요.

(낙안선생은 옷깃을 잡고 옷을 반만 걸친 채 신을 신다가 굽이 부러진다. 두 걸음을 한 걸음에 내달으며 몸에 날개가 없음을 한탄한다. 북상에 이른다. 순옥이 부끄러움을 머금고 마당에 내려와 인사한다. 맞아서 방으로 들어간다. 등불 아래 고운 몸단장이 수수하지도 농염

하지도 않다. 그림 속에서 언뜻 최휘(崔徽)[170]를 본 것이 틀림없다. 서
로 쳐다보고 말을 꺼내지 못한다. 묵묵히 바라만 본다. 봉래의 눈빛
이 두 사람을 번갈아본다)

봉래선:한 마디로는 다 말 못해요. 선생께서 보살펴서 큰돈을 내주셨
고, 또 오유를 보내 극력 주선하여 몸을 빼내 돌아왔답니다. 지
금부터 딸아이의 생사는 선생님께 달렸지요.

낙안선생:침선비에서 몸을 빼냈다는 분명한 증명이 있는가?

봉래선:여기 상 위에 있는 것이 아닌지요? 애야, 이것들을 모두 선생
께 보여드려라.

낙안선생:(본다) 이것은 모 판서 댁의 노명정장(奴名呈狀)으로 사패비
(賜牌婢)로 내려준 노비를 탁속(託贖)한다는 장제점련(狀題粘連)
문건이다. 이것은 상의원의 당상관과 낭관이 함께 인장을 찍은
침선비 일명을 공신사패비에 이속한다는 관문이고, 저것은 형

---

170. 최휘는 당나라 때의 기녀이다. 원진(元稹)의 〈최휘가병서(崔徽歌並序)〉에 사연이 소개되었다.
    최휘는 하중부(河中府)의 기녀이다. 배경중(裵敬中)이 흥원(興元)의 막료(幕僚)로 포주(蒲州)를
    감찰할 때 최휘와 여러 달을 지냈다. 배경중이 돌아가자 최휘는 따라가지 못함을 한스러워하
    여 병이 들었다. 구하(丘夏)에 초상화를 잘 그리는 이가 있어 자기 초상을 그려 배경중에게 보
    내면서 "최휘는 하루아침에 그림 속의 사람도 되지 못해 낭군 때문에 죽습니다"라고 하였다.
    후에 발광하여 죽었다.

조결립안(刑曹決立案)과 장례원보충대(掌隷院補充隊) 각 건의 문서로구나. 야! 시원하구나, 시원해. 끊임없이 시원하구나.

봉래선: 선생님, 선생님. 오유가 가더니 딸애가 왔고, 딸애가 오니 칠석이 또 왔네요. 딸애가 하루에 일곱 번 베틀에 앉는 직녀는[171] 못 되어도 오유는 인간 세상의 오작교가 되기에 손색이 없어요. 이처럼 좋은 밤을 헛되이 보낼 수야 없지요. 금당 물 따뜻하여 원앙이 잠들기에 딱 좋게 되었군요.[172] 이 늙은이는 실버들 가지 두견새 소리나 들으렵니다. (나간다)

낙안선생: (이부자리로 다가가 무릎을 맞대고 자세히 살펴본다)
내 이 얄미운 사람아! 너는 왜 한 마디도 벙긋 않느냐?

(순옥은 고개를 숙이고 치마를 만지작거린다. 낙안선생은 그 치마를 빼앗고 그 팔을 당긴다. 순옥은 말없이 미소를 짓는다. 선생은 두 손으로 허리를 잡아 품에 안는다. 순옥의 초롱초롱한 눈길이 깊은 정을 뒤흔든다. 선생은 손으로 보드라운 가슴을 더듬어 두 복숭아를

---

171. 원문은 '칠양기상인(七襄機上人)'으로 직녀를 가리킨다. 직녀성은 낮에 일곱 번 자리를 옮긴다. 《시경(詩經)》〈소아(小雅)〉 '대동(大東)'에 '모퉁이 저 직녀, 종일 일곱 번 베틀에 오르네[跂彼織女, 終日七襄]'라고 하였다.

172. 두보의 절구(絶句)에 '긴 해에 가람과 뫼 곱고, 봄바람에 꽃과 풀 향기롭다. 진흙 녹으니 제비 날고, 모래 따뜻하니 원앙이 잠든다[遲日江山麗, 春風花草香. 泥融飛燕子, 沙暖睡鴛鴦]'가 있다.

딴다. 순옥은 베개에 비스듬히 기대고, 화심(花心)이 사람을 움직여 어느덧 서로 껴안고 자리에 든다. 사랑하는 마음 다하고 운우가 무르익는다. 순옥은 베개에서 노래를 지어 선생에게 들려준다)

순　옥:
　　【금루의 金縷衣】
　　오늘 밤은 어떤 날이지?
　　유월 육일이 천상의 칠월 칠일로 변해버렸네.
　　한밤 나그네 옷에 찬 이슬이 젖었네.
　　오늘밤 이 심경을 누가 알아차리랴?
　　천지신명도 알 수 없겠지.
　　해당화는 봄바람에 갓 벌어지고
　　연못의 원앙새 봄꿈을 깰까봐 걱정돼.
　　난교(鸞膠)에다 칠(漆)로 더 붙여야지.[173]

낙안선생:순옥아! 뒤는 내가 이을 테니 들어봐라.

173. 서쪽 바다 봉린주(鳳麟洲)에는 신선이 많고, 봉황부리와 기린각을 함께 고아 만든 고약은 끊어진 화살줄도 잇는다. 그래서 이름을 속현교(續弦膠) 또는 난교라고 한다. 난교는 후처를 취함을 비유하는 것으로, 이 난교를 칠과 더하면 더할 수 없이 굳게 달라붙는다.

【미성尾聲】

그대가 홍불기(紅拂妓) 되어 떠나간 뒤로

귀족집에 제비가 되어 화려한 방으로 들어갔나 생각했었지.

달나라로 도망가 신선이 되었다 해도

붉은 끈으로 끊어진 줄 다시 이을 터인데

기쁘게도 깨진 거울이 다시 하나가 되었구나.

함께 손잡고 견우성 직녀성 바라보며

그대 고운 말로 오늘밤이 다하도록

베갯머리 맹약이 달콤하기만 하구나.

순 옥:선생님, 이 사는 남에게 알리지 마세요. 사람과 귀신이 시기하
여 가약이 쉬 끊어질까 두려워요.

낙안선생:알았네.

(다시 침석으로 들어가 깊은 정이 더욱 깊어진다. 창이 밝아온다. 함
께 내려간다)

꾀병

(낙안선생이 오른다. 봉래선이 오른다)

봉래선: 선생님! 딸애가 아침부터 저녁까지 이부자리에 엎드려 식음을 전폐하고, 어디 아픈지 물어도 대답도 않고 신음만 하고 있으니 정말 걱정입니다. 저 아이는 아직 사람을 겪어보지 않았는데 필시 간밤에 과하게 노셨나 봅니다.

낙안선생: (핑계거리를 생각한다) 그런 일 없네. 그런 일 없어. 그애는 어젯밤부터 벌써 편치 않다고 했네. 나는 춘정이 없지 않아서 서너 번 꼬드겼건만 끝내 돌아보지도 않고 연신 목구멍에서 아픈 소리를 내면서 아주 괴로워했네. 내가 억지로 하려고 하자 그 아이가 "뒷날이 없는 것도 아닌데 병중의 사람을 이리 핍박하니 무슨 도리입니까"라고 하기에 나는 괜히 무료하게 새벽을 기다렸다가 돌아갔지. 그 아이가 절로 아픈 것이지 나와는 상관이 없다네.

봉래선: 피! 이 할망구 앞에서 눈 가리고 참새 잡는 이야기[174]를 하시다니요. 몇십 년을 이 일로 늙었으니 제가 누구입니까? 고양이에

게 제사고기를 맡긴다면[175] 누가 믿는지요? 왼손에 든 무당 방울이 절구공이 귀신은 속여도 이 할망구는 못 속이지요.

낙안선생: 나를 믿지 않으려거든 그 아이에게 물으면 되지.

봉래선: 이건 쓸데없는 이야기이지요. 병증이 아주 걱정스러우니 제가 일단 가서 다시 보고, 또 선생이 오신 까닭을 전하지요. (북상으로 간다) 아가야, 네 병은 증상을 알아야 약을 쓸 수 있으니 어미를 속이지 말거라. 혹시 간밤에 선생에게 지나치게 시달린게냐?

순　옥: (흘겨보며 둘러댄다) 아유. 어젯밤에 그분은 정말 그렇고 그랬어요. 제 몸이 편하지 않아 방사를 치를 수 없어 뒷날을 기약했더니 되레 성을 내고 가버렸어요.

봉래선: 그러면 안인지 밖인지 추운지 더운지 병의 빌미가 뭔지를 또렷이 말해야 의원에게 가서 약을 짓지.

순　옥: 제 병은 바깥사람에게는 말할 수 없고, 다만 어머니께만 알려

---

174. 속담. 눈 가리고 아웅한다, 결코 넘어가지 않을 얕은수로 남을 속이려 한다는 뜻이다.
175. 속담. 도둑고양이에게 제물 지켜 달란다, 고양이 보고 반찬가게 지켜 달란다.

드릴 테니 절대 무슨 의원을 찾아가 증세를 묻지 마세요. 이상하게도 어제 저녁 말에서 내린 후 사타구니가 고춧가루를 뿌린 듯 무수히 쓰라리게 아파요. 이는 말을 타고 달리다 시달려 생긴 찰과상이 틀림없지요.

봉래선:그래, 그래. 어미도 여러 번 겪어서 이 병에는 신통히 나은 경험이 있기 때문에 의원에게 물을 것도 없다. 늦게 알아서 한이로구나. 창이자(蒼耳子)를 줄기와 잎과 함께 펄펄 끓이고, 유향(乳香)·몰약(沒藥)·호동루(胡桐淚)·호마유(胡麻油)를 찬물에 씻어 방촌비(方寸匕)[176]로 자기 약탕관에 넣고 다려서 녹으면 식기를 기다려 달걀 흰자위를 섞어 아픈 데에 바른단다. 하룻밤이 지나면 바로 효과가 있단다. 다만 바르는 방법이 망측한데 꺼릴 일이 있겠느냐. 남편에게 그 귀두란 걸 약에 담갔다가 아픈 데에 바르게 한단다. 이것이 이 병을 치료하는 원처방이다. 네가 서쪽 집과 아직 합궁을 하지 않았으나 맹약을 이미 맺었으니 남편 아니냐? 처방대로 치료한들 어떠냐. 좀 전에 그 분이 와서 지금 바깥채 방에 앉아 있다.

순 옥:약을 처방대로 조제했다면 바르는 데야 차이가 없을 터니 새 솜에 약을 묻혀 제가 직접 발라도 안 될 게 뭐 있겠어요. 벌써

176. 방촌비는 한약재를 다는 도량형 이름.

합궁했다 해도 차라리 오래 아플지언정 그렇게는 죽어도 못하겠어요. 그는 굶주린 새벽 호랑이라[177] 남의 사정은 생각지 않고 약을 바른답시고 욕정을 마구 채우려 하면 그때는 간발의 차이도 없는 데다가 상류를 차지하여 기세가 콸콸 쏟아지는 물 같을 텐데 누가 막겠어요. 피하고자 한들 피하지도 못하고, 그가 문질러대면 더욱 아플까 두려워요. 병중에 관계하는 것은 금기까지 있어 좋은 방법이 아니에요. 어머니, 오늘은 제 병세를 전하고 굳이 볼 필요 없어요. 병이 나으면 당연히 부를 테니 어머니 방에서 담배나 한두 대 피우시고 일찌감치 돌아가시는 것이 좋겠다고 하셔요.

봉래선: 사람 마음은 누구나 다 같다. 더군다나 네가 병이 났다고 듣고서 어찌 보지 않고 돌아가려 하겠느냐. 어미가 일단 약물을 마련해 오마. (나가서 낙안선생을 만난다)
　　　　선생님! 아이의 병은 이렇고 아이의 말은 이렇습니다.

낙안선생: 저런. 그 아이가 병이 난 줄 들었으면 당연히 보러 와야지. 게다가 벌써 왔잖은가. 약물과 미음을 장만하게. 내 직접 살펴보고 먹이겠네.

─────

177. 속담이다. 새벽 호랑이가 중이나 개를 헤아리지 않는다, 새벽 호랑이 쥐나 개나 모기나 하루살이나 하는 판, 즉 갈급할 때에는 무엇이건 가리지 않고 닥치는 대로 덤빈다는 뜻이다.

봉래선:선생께서 이왕 병세를 보시겠다니 제가 아이의 말을 전하지 않
　　　았다고는 절대로 말하지 마세요. 처방대로 약을 쓰라고 권한
　　　일도요. 절대로 말하면 안 됩니다. 절대로.(약을 조제하고 죽을
　　　끓인다)

낙안선생:알았네, 알았어.
　　　(함께 가서 병세를 살펴본다)

봉래선:아가야! 네 정인이 오셨구나.

순　옥:(베개를 짚고 힘겹게 일어난다) 정인이든 아니든 또 오셔서 어쩌
　　　시려고. 어머니! 제 말을 전하지 않았어요?

봉래선:내가 전하지 않은 게 아니라, 입장을 바꾸면 다 그렇단다. 선생
　　　님! 약은 그만두고 종일 물 한 모금 빨지 않았으니 미음부터 권
　　　하는 게 좋겠네요. 아가야! 선생님이 계시니 내가 곁에 있는 것
　　　보다 낫구나. 미음도 좀 먹고, 약도 좀 써보거라. 나는 바깥채
　　　로 가서 좀 쉬련다. (나간다)

낙안선생:순옥아! 아침에 아무 일 없더니 저녁에 어인 병이냐?

순　옥:제가 아침나절에 아무 일 없던 걸 선생께서는 어디서 아셨나요?

낙안선생:그런 병은 남들은 모르고 오직 나만이 안단다.

순 옥:그런 병이 모두 누구 때문이게요!

낙안선생:그 병이 나와 무슨 상관이라고?

순 옥:(흘겨보며 나지막이 말한다) 얼마나 마구 찧고, 얼마나 밀고 당 겼으면 이렇게 긁히고 저렇게 쓰라리겠어요. 모두 누구 때문이 게요.

낙안선생:나 때문에 병이 생겼다면 내가 당연히 치료해야지. (미음을 권한다)

순 옥:저는 조용히 추스를 테니 선생께서는 그만 돌아가세요.

낙안선생:약은 원처방이 있으니 내가 아니면 치료 못한단다.

순 옥:선생님이 없으면 사람이 병이 나도 못 고치겠네요?

낙안선생:사람마다 치료해주는 이가 있단다. 너 같으면 내가 있지.

순 옥:염치도 없이 구변만 좋으시군요.

낙안선생:병에는 염치가 없지. 염치가 없을수록 병이 없어진단다.

순　옥:‘하얀 술이 사람 얼굴 붉게 만들고, 황금이 도적 마음을 움직
　　　인다’[178]더니 선생님의 그 염치로 약을 바른다면 견물생심이 뻔
　　　한데 저는 어떡하라고요!

낙안선생:절대로 그렇지 않아. 절대로. 처방대로 하든 안 하든 너 하자
　　　는 대로만 하마. 다만 그 병난 데만 보마.

순　옥:죽어도 안 돼요. 안 돼!

낙안선생:네 병에 좋기만 하다면 내 그 물건이 무엇이 아깝겠느냐?

순　옥:(미소를 지으며) 아깝지 않으면 어쩌시려고요?

낙안선생:잘라버리지.

순　옥:잘라버린다면 백 년이고 천 년이고 내 곁에 올 생각을 마세요.

---

178. 명나라 능몽초(凌蒙初)의 《초각박안경기(初刻拍案驚奇)》〈권14〉에 나오는 구절이다. “원래 인
　　심은 착하지만 재물을 보면 변하지. 예로부터 이런 말이 있지요. 말간 술이 사람 얼굴 붉게 만
　　들고, 누런 금이 세상 마음을 검게 만든다고[元來人心本好, 見財即變. 自古道得好 : 白酒紅人
　　面, 黃金黑世心].”

낙안선생:보기만 하겠네. 보기만.

(순옥, 밀칠 듯 밀치지 않는다. 낙안선생은 약탕관을 들고 바짝 다가서서 어루만진다. 순옥은 눈을 감고 베개에 기댄다. 선생은 순옥의 발을 당겨 바지를 벗기고, 손으로 옥경을 쥐고 약물에 발라 옥지의 양 가장자리에 바른다. 한 점 한 점 바르자 어느덧 귀두가 솟아올라 옥지 안으로 반쯤 빠지니 앞 길만 있고, 물러날 길이 없다)

순 옥:아픈 곳은 바깥인데 왜 안에다 바르세요?

낙안선생:외치(外治)가 내치(內治)보다 못하니라.

(순옥은 몽롱한 눈빛이 갈수록 동그래지며, 하얀 밀랍 같던 뺨이 점차 복숭아빛으로 붉어진다. 이런 때를, 이런 때를 견딜 수 있다면, 무엇인들 못 견디리!)

낙안선생:어쩌면 좋으냐!

순 옥:어쩌면 좋아요! (물끄러미 바라본다)

낙안선생:화살을 시위에 메겼으니 쏘지 않을 수 없구나.

순　옥:몰염치하기는! 백 보 길에 벌써 구십 보를 지나고선 내게 남은 십리를 어쩌냐고 묻다니요. 내가 그칠 수 있겠어요? 이 몹쓸 홑치마는 여기 둬서 뭐 할꺼나! (옷을 벗는다) 선생님이 허둥대서 여기에는 약이 한 방울도 없으니 왜 다시 담갔다가 바르지 않나요?

낙안선생:정말 이상하네. 이 약은 네 병만 치료하는 게 아니라, 그것을 담그니 갈수록 탱탱해지는구나. 다시 바르고 다시 묻히면 어떨까?

순　옥:두 번을 바르든 세 번을 바르든 열 번을 바르든 간에 반드시 병이 나을 때까지 해야지요. 어머니가 지니고 다니는 장춘설(長春屑)을 몰래 이 약물에 넣으신 게로군요.

(다시 담갔다가 다시 바른다. 봉래선이 오른다)

봉래선:새벽닭이 곧 울겠지. 딸아이가 미음은 먹었는지, 약은 발랐는지 모르겠으니 창가에 가서 한번 살펴보자. (기침을 한다)

순　옥:어머니! 밤이 깊었는데 무슨 하실 말씀이라도?

봉래선:아가야! 미음은 먹었느냐, 약은 발랐느냐, 병은 좀 나았느냐?

순　옥:미음은 한 접시 먹었고, 선생께서 약을 권해 두 번 제 손으로
　　　발랐어요. 병은 더 심해지지는 않았어요. 어머니는 걱정 마시
　　　고 편히 주무세요.

봉래선:선생께서는 주무시느냐?

순　옥:북창 아래 이부자리에서 눈을 붙이셨어요.

봉래선:선생, 선생, 절대로 절대로 하지 마셔요.

낙안선생:제 병은 제가 치료하지, 내가 무슨 상관인가. 북창 아래서 막
　　　꿈에 신선을 끼고 날다가 자네 때문에 깼네.

봉래선:저는 갑니다.

　　　(낙안선생은 세 번째로 바른다. 이 여인네가 사내를 속이려고 이런
　　　꾀병을 부렸구나. 저 약물을 이용해 몰래 춘설(春屑)을 타서 방사를
　　　잘 치르고, 양어미까지 속였구나. 한밤의 운우는 해가 뜨면 흩어지
　　　지)

순　옥:선생께서 무슨 처방대로 하셨는지, 약을 여러 번 발랐지만 병
　　　은 조금도 낫지 않았어요. 병이 낫기 전에는 다시는 오지 마

세요.

낙안선생:그렇기는 하다만 그럴 수는 없지.

　　(함께 내려간다)

12
춘정을 희롱하다

(순옥이 오른다)

순　옥:어머니! 간밤에 그분이 새벽까지 엉겨 붙어 할 수 없이 한 번
처방대로 했어요. 약을 바른답시고 바로 그 물건을 놀리는 바
람에 꼼짝 못하고 마음대로 하게 내버려뒀어요. 약은 세 번을
썼으나 다 허사로 돌아가고 병은 조금도 낫지 않고 다른 증상
까지 생겨 전보다 더 아파요. 다시 한 번 달라붙으면 다 나을
기약이 없겠어요. 그분이 다시 오면 어머니께서 극력 막아서
제 병상에 오지 않게 하셔요. 저도 밤이 되면 반드시 문고리를
단단히 걸어 잠그겠어요.

(봉래선이 오른다)

봉래선:억지로 막는 것은 인정이 아니란다. 문을 닫아걸면 거절을 뜻하
니 그렇게까지 대할 필요는 없다. 어미가 좋은 말로 달래마. 이
것이 함께 가면서 어긋나지 않는 도리이니라. 나는 교방으로부
터 공무 지시를 받았다. 날더러 기악(妓樂)을 가르치라 하니 오
늘 저녁에 가야 한다. 그분이 오면 어미가 처리하마. (내려간다)

(낙안선생이 오른다)

낙안선생:봉래선, 간밤에 순옥의 병이 다 나아 약을 쓰지 않아도 되는가?

(봉래선이 오른다)[179]

봉래선:선생님! 간밤에 제가 신신당부하지 않았습니까? 필경 일을 저질러 아이의 병이 도졌으니 이 무슨 도리입니까?

낙안선생:누가 그러던가?

봉래선:아이가 말하지 않았다면 제가 누구한테서 들었겠습니까? 이왕지사 모르는 것으로 하지요. 앞으로는 저 아이 병치유를 위해 잠시 가까이하지 마시고, 병이 나은 후에는 선생 마음대로 하세요. 저는 오늘밤 기악을 가르치러 교방에 가야 하는데 선생께서 마침 오셨군요. 속담에 색계(色界)에 소무(蘇武) 없고, 주향(酒鄕)에 굴원(屈原)이 드물다[180]고 하지요. 아예 처음부터 아픈 아이 곁에 가지 마세요. 제 방도 그리 누추하지는 않으니 밤

179. 원문에는 이 등장 지시가 없다.
180. 소무같이 절개 굳은 사람도 여자에는 약하고, 굴원같이 깨끗한 사람도 술에는 진다는 뜻이다.

에 잠시 지내시기에 충분합니다. 제가 돌아오면 선생께선 가시
든 머무르시든 마음대로 하세요.

낙안선생:봉래선의 충심을 어찌 거역하겠나.

봉래선:(이부자리를 털고, 등불 심지를 돋우고, 기름을 붓는다. 가서 순옥
을 본다) 아가야, 선생이 또 오셨구나. 어미가 벌써 사리대로 타
일렀다. 그분도 사리를 좇아서 어미 말대로 잠시 어미 방에 머
물면서 내가 돌아오길 기다릴 게야.

순 옥:그분이 왔는데 어머니는 가시니 오늘 밤 일이 어찌 될지 십중
팔구 몰라요.

봉래선:설마. 설마. 어미가 밤 깊기 전에 서둘러 오마. 나 간다. (문을
나선다) 선생님! 문 닫아거세요.

낙안선생:알았네.

순 옥:(혼자 생각한다) 그가 오는 게 되레 좋아. 여기 오기만 하면 그
의 혼백을 송두리째 뺏어버려야지! (밤 전투를 치를 준비를 한
다)

낙안선생:빈방에 싸늘한 베개, 외로운 등불만 깜박깜박. 양대(陽臺)는 지척이건만 채운(彩雲)은 무심하구나. 옷을 걸치고 들창을 밀치니 달빛은 마당에 가득하여 마음을 가라앉힐 수 없네. (이리저리 생각한다) 순옥이 조심하는 것은 그 증상뿐이니 병이 도져도 하루 사이에 죽을병은 아니야. 내가 왔단 말을 들었으면 병을 무릅쓰고 나와서 맞이해야 도리건만. 저가 나와 보지 않는다고 나조차 저를 보지 않으면 무슨 의미란 말인가! 천 리 멀리 마음을 전하기도 어려운 일이 아닌데 한 집에서 그리워하다니 절로 부끄럽구나. 그 애가 더 아프면 옆에서 간호하는 게 잘못한 일이 아니지. 설령 더 아프지 않다 해도 보지도 않고 그냥 돌아가면 남들이 뭐라고 할까! (돌아서 북상으로 향한다. 창 밖에 선다) 창틈에 눈을 대니 유리가 휘황하고, 화려한 촛대에 촛불을 밝혀 방 안이 대낮 같구나. (엿본다)

(순옥은 발소리를 몰래 듣고 선생이 온 줄을 벌써 알아 한결 교태를 부린다. 수놓은 베갯머리에 헝클어진 작은 쪽머리를 흐트러뜨린 채 거두지 않는다. 눈같이 희뿌연한 몸을 비단 요 위에 올려놓고 초록 비단 홑이불로 허리를 두른다. 하체를 모두 드러내고 부용(芙蓉)을 살짝 보이며 연신 신음소리를 내며 중얼거린다)

순 옥:이 지경으로 몸이 아픈데 이때 정인이 곁에 있어 부축하고 돌봐주면 병석의 외로움을 벗어나련만. 공교롭게도 말하기 어려

운 데 병이 났고, 게다가 처방은 그렇게 가증스러울 수가 없어. 지난밤 시달린 이후로 외부통증은 한오라기도 줄지 않고 되레 다른 증상까지 늘었어. 안이 아픈 것이 그 속에 돌이 낀 것 같아. 이 증상은 본인은 볼 수 없는 데다가 다른 것으로는 치료할 수 없고, 오로지 정인 한 사람만이 살펴서 치료할 수 있지. 그런데 그이는 불량하여 연자방아 돌리는 당나귀처럼 같은 짓만 되풀이할 테니 정말 장난이 아니야. 이 말 못할 걱정을 어디에 하소연하나. (가느다란 소리를 내며 베개에 기대 노래한다)

【양관조陽關調】
수정 발을 걷고 보니 계수나무 꽃 피는 가을
서글피 강 하늘 바라보며 누대에 기대노라.
견우 가고 난 후 오작교 끊어졌으니
그때 왜 영약(靈藥)을 훔쳤는지 후회스럽네.

낙안선생: (견디지 못한다) 미인이여, 미인이여. 네 병과 시름은 정인이 이미 모두 들어 알고 있단다. 병을 치료하기 어렵다 왜 걱정하며, 시름을 쏟아버릴 수 없다고 왜 걱정하느냐? 이 사(詞)의 미성(尾聲)은 정인이 아니면 누가 잇겠는가.

【재첩再疊】
꽃향기 이슬에 젖어 담장에 흔들리고

성근 오동에 달 걸려 은하수는 흐른다.
옥피리 불어 양대(陽臺)에 비를 보내
이별한 사람의 한없는 시름을 쏟아내네.
(돌아서 방으로 들어간다)

순 옥:(억지로 일어나 옷을 걸친다) 선생께서 밤이지만 이왕 오셨는데
왜 창밖에 우두커니 서 계셨나요?

낙안선생:불량한 정인이라 깊은 밤에 감히 서두르지 못하고 그렇게 머
뭇거리기만 했네.

순 옥:선생님! 다른 일은 말할 것 없이 밤에 오신 일이 가장 불량합
니다. 제가 병에 걸린 건 원래 선생님 때문이어요. 그것은 그래
도 외상이므로 쉽게 치료할 수 있어요. 앞서의 잘못을 생각지
않고 곱절이나 치고 비벼서 내상을 입혔어요. 지금 돌덩어리
한 개를 홍분(紅盆) 안에 빠뜨려놓아 통증을 감당할 수 없어요.
제 생각으로는 세상에 오래 있지 못할 거예요. 제가 명줄을 놓
으면 선생님께선 첫 번째 혐의를 면하실까요?

낙안선생:네 처음 병은 분명히 다른 물체에 닿아 문질려서 났으니 서
로 흔적을 맞춰 보면 절로 원인이 드러나리라. 설령 내가 네 임
종을 확인한다 해도 중요한 곳의 치명상에 대해서는 나는 참으

로 할 말이 없구나. 죽음의 원인이 내상에 있다면 내상의 실제 원인은 금석처럼 또렷하게 정할 수가 없지. 무슨 다른 생각을 하느냐?

순 옥:(흘겨보며) 정말 말씀대로라면 제 생사는 선생님과는 상관이 없네요. 그만 가보세요. (이불을 쓰고 돌아눕는다. 안쪽을 향하여 눈물을 삼킨다)

낙안선생:(매우 놀라 침상에 오른다. 어루만지며 위로한다) 사랑스러운 것. 옛말에 가는 말이 고와야 오는 말이 곱다고 했느니라. 네가 그렇게 말하니 나도 그렇게 말할 수밖에.

순 옥:피이! 삼 년 묵은 독 안의 젓갈이 소금을 타고서도 소금을 모르는 것이 백두산의 고개도 까닥 않는 돌부처와 무슨 상관이에요? 우리 이틀 밤의 업보가 열반경(涅槃經) 원적진언(圓寂眞言)이 됐으니 유명부(幽明府) 제오위(第五位) 염라대왕 앞에 끌려가더라도 그만둘 리 있겠어요?

낙안선생:옥아! 내 말이 설사 진심이라도 조그만 잘못일 뿐이다. 그러나 장난 아니냐. 장난이 지나치면 성이 난다고도 하지만, 또 싸우면서 친구가 된다고도 하느니라. 옥아! 네 병은 네 스스로 얻었다 해도 나는 무쇠 간장(肝臟)이 아니라 다만 힘껏 돌볼 겨를

이 없었느니라. 게다가 나 때문에 잘못되었으니.

(순옥은 말도 않고 쳐다보지도 않는다)

낙안선생:옥아! 너를 그리워하면 하루가 여삼추요, 너를 만나면 천금
처럼 대한단다. 네가 지금 병이 났구나. 네가 병이 나면 내가
아프다. 네 아픔을 내가 나누마.

(순옥은 턱을 괴고 짧게 탄식한다)

낙안선생:옥아! 너 없으면 나 혼자 어찌 살라고. (두 손으로 끌어안는다.
순옥은 짐짓 손을 뿌리친다. 선생은 순옥과 목을 꼬고 뺨을 비빈다)

순 옥:(품 안에서 빤히 쳐다본다. 조그맣게 말한다) 제 병은 듣는 약이
있어도 치료할 방법이 없고, 치료할 방법이 있어도 치료할 사
람이 없으니 반드시 죽고 말 거예요.

낙안선생:치료할 방법이 있는데 왜 치료할 사람이 없겠느냐?

순 옥:제 병은 처음에는 바깥에 나서 제 손과 다른 물건으로 약을 발
라 치료할 수 있었지만, 지금 병은 망측하게도 자호(子戶) 깊은
곳에 났으니 어젯밤 치료 방법이 아니면 써볼 다른 방법이 없

어요. 이러니 고치기 어렵지요.

낙안선생:아니, 아니다, 아니야. 내가 치료하마, 내가 치료해.

순 옥:치, 치료, 치료라구요. 선생님처럼 치료하신다면 죽고 말 치료
지요.

낙안선생:뭐, 뭐, 뭐라고.

순 옥:병은 뭐고, 아픈 건 뭐며, 도진 건 뭐죠?

낙안선생:그래, 그래, 그래. 약만 바르고 절구질은 절대 않으마. 그럼,
그럼, 그럼.

순 옥:깊은 곳에 약을 바르는 건 눈으로 보기와는 달라요. 열댓 번
을 해보아도 한 방울도 아픈 곳에 닿지 않을 수 있어요. 열댓
번은 고사하고 단 한 번이라도 선생께서 절구질하지 않을 도
리 있어요?

낙안선생:백 번에 이르더라도 그곳에만 바르면 되지. 그놈의 절구공이
는 토끼가 벌써 훔쳐 달나라로 들어갔고 여기는 옥절구만 남았
으니 자네는 마음 놓게, 마음 놔.

순　옥:정말요?

낙안선생:정말이지, 정말이고말고. 약합은 어디에 있느냐?

순　옥:제 이부자리 아래 있어요.

> (낙안선생은 순옥의 복대와 속곳을 벗긴다. 순옥은 베개에 기댄다.
> 선생은 약물에 담그고 살펴본다. 이 약은 어젯밤에 벌써 장춘설(長
> 春屑)을 타서 그것을 한 번 담그면 사납게 부풀어서 깊은 곳에 거의
> 닿을 정도라. 순옥은 손으로 밀어내고, 예닐곱 번을 담글 때까지 계
> 속 밀려난다. 그것은 담글수록 커지고, 약은 바를수록 더욱 깊이 들
> 어간다)

순　옥:선생께서 약을 바른 지 벌써 아홉 번입니다. 아픈 곳에 발랐으
　　　　니 이제 그만하세요, 그만.

낙안선생:내가 바르기론 아직 깊은 곳에 닿지 않았으니 아마도 아픈
　　　　데가 아닐 것이다. 몇 방울 더 발라야 될 것이다. (다시 담갔다가
　　　　깊이 바른다)

순　옥:아파 죽겠어요. 아파 죽겠어. (두 손으로 힘껏 민다)

(관객 여러분! 들어보세요. 이 여인네가 사람을 홀릴 계책으로 미리 덫을 파놓고서 물건을 집어넣으면 거부하여 그의 마음을 어지럽히지요. 이번에는 깊이 집어넣으니 여인의 정로(精露)가 벌써 새어나와 옥지(玉池)가 흥건합니다. 이 면령(勉鈴)이 연달아 들쑤셔놓아 화심(花心)에서는 아직 쏟지 않았으나 봉릉(縫稜)은 찢어질 듯하지요)

순 옥:(순옥이 이불을 당겨 몸을 덮는다) 저는 양의의 신통한 손힘을 빌려 약물을 깊이까지 넣었더니 이제 아픈 통증이 가라앉은 듯해요. 너무 감사해요. 너무 감사해. 밤이 벌써 자정을 넘겼군요. 어머니가 돌아오실 테니 선생님은 사랑채로 돌아가셔서 조금 기다리셔요.

(낙안선생은 가슴에 불이 난 듯이 주체 못하고 쓸어내린다. 순옥이 이불을 젖히고 일어나 앉는다. 눈같이 흰 살결이 거의 드러나고 부용이 살짝 나타난다. 미소를 머금고 품에 안긴다)

순 옥:선생님! 몹시 피곤하시죠. 제 병이 조금 차도가 있으면 깊이 넣어드려 수고에 보답할게요. (선생을 재촉하여 나가게 한다)

낙안선생:순옥아! (말도 못하고 물끄러미 쳐다본다)

순 옥:(섬섬옥수로 허리를 끌어안고 혀로는 선생의 입속을 빨면서 손으로

는 옥경 뿌리를 만지니 더 크게 커진다) 선생님! 제 병이 오늘밤
에 조금 차도가 있어요. 이 은혜는 내일 밤 보답하지요. (그러고
는 치마끈을 맨다)

낙안선생:(옷을 걸치고 장탄식한다) 박정하구나! (노래한다)

【전강前腔】
창 앞에 손수 매화 한 분을 심었더니
성근 가지 아껴서 봄이 일찍 찾아왔네.
달 밝은 밤에 향기는 풍기지 않고
무정한 꽃만 절로 피다니!

순 옥:(미소를 짓는다) 선생님의 이 사(詞)의 미성은 제가 이어야겠네
요.

【재첩再疊】
너울너울 차가운 꽃술 옥 같은 뺨
빈 마당에 나비 중매쟁이 없구나.
복숭아 오얏 따라 봄빛을 다투지 말고
맑은 밤에 그윽한 이 따라오세요.

낙안선생:그윽한 이는 누구며, 맑은 밤은 언제인가? 아아, 순옥아. (바

끝채로 간다)

(봉래선이 오른다)

봉래선:밤이 이다지도 깊었는데 선생께서는 아직도 안 주무시나?

낙안선생:주인을 기다리느라 자연히 잠이 없었네. 계인(鷄人)이 새벽을
　　　　　알리고,[181] 봉래선도 돌아왔으니 나는 가네. (간다)

봉래선:아가야! 밤에 병세는 좀 좋아졌니?

순　옥:안에서 끌고 밖에서 당겨서 가라앉은 느낌이에요. 선생은 계셔
　　　　요, 가셨어요?

봉래선:닭이 운 뒤에 나는 오고 그분은 가셨다. 그때의 안색이 대꾸하
　　　　기 싫은 모양이던데 무슨 까닭이냐?

순　옥:그걸 어찌 모르세요? 저녁에 오지 않을지도 몰라요. 또 올까

---

181. 계인은 주(周) 나라 관직 이름이다. 희생 가운데 닭을 관장하며, 국가의 큰 행사에 시각을 알리
　　는 임무를 맡았다. 후대에는 궁정에서 밤 시각을 재는 물시계를 전담하는 자를 가리킨다. 머리
　　에 붉은 두건을 두르고 새벽을 알렸다. 여기서는 닭이 울어 새벽을 알린다는 뜻이다.

요?

봉래선:아가야, 네 병이 오늘은 좋아진 듯하니 그분이 오면 만나거라.

순 옥:그건 그래요. (홀로 생각한다) 이 선생은 혼백이 모두 나한테 홀렸으니 오늘 저녁에도 오지 않을 수 없을 거야. 그분이 오면 원앙괴(鴛鴦拐)로 일전을 벌여 항복을 받아내야지.

(다음날 저녁에 다시 만난다. 관객들은 기억하시오. 두 번째 만남부터 불이 뜨거워 숯이 익듯이 한 덩어리가 되었습니다)

귀양온나그네

(이화양(李華陽)이 오른다)

이화양:저는 형님과 소싯적부터 사이가 좋아 친형제 같습니다. 형에게
　　　잘못이 있는데 아우가 말하지 않는 것은 결코 신의가 있는 도
　　　리가 아니지요. 이 아우가 한마디 할 테니 형님은 들어보세요.

(낙안선생이 오른다)

낙안선생:현제(賢弟)는 어떤 말을 해도 괜찮네.

이화양:순옥의 침선비 일을, 형님께서 사람을 보내 면제시켰다고 들었
　　　는데 정말인가요?

낙안선생:그런 일 없네. 거짓말이야.

이화양:형님 한번 생각해보세요. 순옥은 관동 땅의 우물(尤物)이고, 형
　　　님은 이 고을의 본보기입니다. 연세도 이순(耳順)인데 저 우물에
　　　빠져 돌아오길 잊으시면 수명을 단축하고 명예를 실추하기 십상

입니다. 이 어찌 큰 걱정이 아니겠습니까? 누군들 잘못한 일이 없겠습니까? 그러나 고치면 좋은 일이니 형님은 지금부터 청루(靑樓)에 발을 끊고 꽃송이에 마음을 끊으십시오. 순옥 보기를 울타리가의 물건처럼 하시면 이 어찌 당당한 대장부가 아니겠습니까? 형님께서는 바보 같은 말이라고 무시 하지 마십시오.

낙안선생:현제의 말은 정말 이치에 맞네. 어리석은 형이 당연히 마음에 깊이 새기겠네.

이화양:입으로는 따르면서 마음으로는 따르지 않는 일은 결코 하늘을 이고 땅을 밟고 선 사나이가 할 짓이 아닙니다. 반드시 깊이 염두에 두십시오.

낙안선생:잘 알겠네.
  (이화양이 말리고, 선생은 홀로 생각한다)

낙안선생:그의 말이 도리에 맞으니 듣지 않을 수 없어. 다만 순옥은 기방 여자이기는 하나 여러 해 동안 붉은 점을 지켜온 보기 드문 여자야. 나와 알고 지낸 이후로 늙어 죽을 때까지 변치 않겠다고 다짐했지. 이제 막 사랑의 감정이 무르녹는데 창졸간에 갑작스레 취사할 일은 아니다. 저가 나를 버릴지언정 나는 차마 저를 버리지 못하겠구나.

이양진(李養眞):

【망해조 望海潮】

길흉화복은 문이 따로 없지만 영고성쇠는 한도가 있는 법

고금에 몇이나 길 떠난 사람 되었던가.

장사(長沙)에서는 부엉이를 노래하였고,[182]

야랑(夜郎)에서는 옥결(玉玦)에 울었지[183]

풍파란 언제나 권력의 요지에서 일건만

숲속으로 돌아가는 이는 거의 없다네.

오로지 엄광(嚴光)이란 이 있어

부춘산(富春山)에 은거해 밭 갈며

산나물 캐고 낚시나 하면서

시비(是非)를 입에 올린 적이 있었던가.

지난해 서울에서 쫓겨나

멀리 서쪽에서 온 유배객 되었지.

동쪽으로 쫓겨난 신하 된 후로

---

182. 가의(賈誼, B.C. 200~168)는 요절한 서한(西漢) 초기의 정치가이자 문학가이다. 문제(文帝) 때 박사가 되었고, 바로 파격적으로 태중대부(太中大夫)가 되었다. 그러나 23세 때 군신들의 시기를 받아 장사왕(長沙王)의 태부(太傅)로 좌천되었다. 장사는 습한 곳이라 오래 못 살리라 슬퍼하던 차에 거소에 부엉이가 날아들자 〈복조부(鵩鳥賦)〉를 지었다.

183. 당나라 시인 이백은 일찍이 영왕(永王) 이린(李璘)의 막료가 되었다. 안녹산(安祿山)의 반란 때 영왕의 군대가 패하여 처형당할 처지가 되었는데 곽자의(郭子儀)의 도움으로 야랑에 유배되었다.

봄 산의 꽃과 새, 가을 물과 구름 달

가지가지 사람 속을 뒤집어놔도

나그네 속마음 알아보는 이 없네.

서편 고갯마루 떨어지는 해를 몇 번이나 보았던가.

창강에 누운 채로 한 해가 저물 때

임금님께서 꿈에 자주 찾아오시네.

저는 이양진(李養眞)입니다. 대대로 서울에 살면서 연전에 무과에 을과(乙科)로 급제하여 벼슬이 장단도호부사(長湍都護府使)까지 올랐습니다. 작년 가을 성상으로부터 견책을 당해 동쪽 화산으로 귀양 왔습니다.

심양(瀋陽)은 외진 곳이라 음악도 없어

한 해가 다하도록 풍악 소리 못 들었네.

봄강에 꽃 피고 새가 울거나 달 뜨는 가을밤이면

혼자서 술을 사서 잔이나 기울이네.[184]

여관은 썰렁하고 나그네 심사가 스산하구나. 낙안선생과 때때

---

184. 백거이의 〈비파행〉에 나온다. "나는 작년부터 서울을 떠나 심양성에 귀양 와 병들어 누웠네. 심양은 땅이 외져 음악이 없으니 한 해가 저물도록 연주하는 소리 못 들었네. ……그 사이 아침 저녁으로 무엇을 들었던가, 두견의 피울음과 잔나비 슬픈 울음. 봄 강 꽃 피는 아침 가을 달밤, 왕왕이 술을 사서 홀로 기울였지[我從去年辭帝京, 謫居臥病潯陽成. 潯陽地辟無音樂, 終歲不聞絲竹聲. ……其間旦暮聞何物, 杜鵑啼血猿哀鳴. 春江花朝秋月夜, 往往取酒還獨傾]."

로 상종할 뿐 무릎을 맞대고 앉아 소견할 이 하나 없네. 정말
괴롭구나.

(주인이 오른다)

주　인:영감님! 원주 교방 소속 봉래선이 노래도 잘하고 춤도 잘 추어
　　　관동 땅에서 이름을 날립니다. 나이는 마흔이나 안색은 그다지
　　　시들지 않았고, 말재간도 뛰어나며 사율(詞律)도 제법 알아 사
　　　람을 웃기고 시름을 풀어줍니다. 요사이 여기로 옮겨와 살고
　　　있지요. 왜 한두 번 불러 쓸쓸함을 달래보지 않으십니까?

이양진:그렇다면 아주 좋네. 왜 일찍 말하지 않았는가? 주인장이 사람
　　　을 보내 불러오게나.

주　인:알았습니다. 원동(園童) 돌이야! 네가 동쪽 거리 봉래선의 집으
　　　로 가서 데려와 나으리께 뵈어라.

돌　이:소인 갑니다요. (가서 부른다) 봉래선 아주머니, 남쪽 마을 김
　　　수문장(守門將) 집에 묵는 장단부사 나으리께서 저더러 아주머
　　　니를 불러오라 하십니다. 저와 함께 가십시다.

(봉래선 오른다)

봉래선:무슨 일로?

돌 이:저도 모릅니다. 그냥 가서 뵈어요.

봉래선:먼저 가거라. 내 곧 따라가마. 애야, 장단부사 영감이 사람을
보내 어미를 부르니 이상한 일이다. 이상한 일이야.

(순옥이 오른다)

순 옥:어머니, 무슨 일인지 따지지 마셔요. 그런 분의 부름을 받고 누
가 가지 않는다 하겠어요. 한번 가보셔요. 다만 높으신 나으리
께 부름을 받았으니 촌스럽게 뵐 수는 없어요. 어머니, 얼굴과
차림새를 조금 꾸미셔요.

봉래선:네 말이 맞다. (눈썹과 볼을 옅게 바른다. 치마끈을 약간 고쳐 맨
다. 오른다) 돌이야! 나으리 처소가 어디냐?

돌 이:이 옆길 동쪽 송국헌(松菊軒)입니다요.

(봉래선은 마당에 들어서며 헛기침을 한다. 부사는 문을 열고 이름
을 묻는다. 봉래선은 문안한다)

봉래선:안녕하신지요? 소인네가 바로 봉래선입니다. 무엇이든 시켜주십시오.

이양진:(오래 쳐다본다) 얼굴을 보니 이름 듣던 것보다 낫구나. 왜 이리 가까이 앉지 않느냐?

봉래선:촌구석의 천한 것에게 외람되게 가까이 오라 하시나 어찌 감히 그리합니까?

이양진:쓸쓸한 객관에서 향기로운 자태를 접하니 정말 위로가 되는구나. 위로가.

(봉래선이 조용히 앞으로 다가간다. 치장에 꾸밈을 없애 자태가 천연스럽고, 옷은 화사하지 않고 소담스러움이 몸에 어울린다. 부사는 첫 만남에 마음이 끌린다)

이양진:꽃이 석 달 붉다 하나 시든 꽃잎도 사랑스럽고, 달은 보름을 지나도 남은 광휘가 다정스럽다지. 봉래선! 내가 작년 서울을 떠나 이곳 귀양지에 병들어 누웠지. 객지라 아는 이도 거의 없고, 얼굴 펴고 대할 사람이 없었네. 이제 봉래선을 만나 반나절 시름을 녹이게 됐네. 바라건대 향기로운 말재간을 아끼지 말고 우아한 곡조와 맑은 담소로 나그네의 시름어린 속을 풀

어주구려.

봉래선:산골 노래와 촌구석의 피리소리야 귀만 소란스럽게 할 뿐이지
　　　요. 이제 비루하게 여기지 않으시니 어찌 졸렬한 재주나마 숨
　　　기오리까.

　　　(주역(廚役, 부엌에서 일하는 종)이 오른다)

주　역:소인은 현아(縣衙)의 종입니다. 관아의 전갈을 전합니다. '하
　　　관(下官)이 영광스럽게 모시고자 하였으나 마침 고을일이 바빠
　　　서 자리를 함께할 겨를이 없습니다. 박주 한 잔을 차려 보내오
　　　니 노형께서는 정표로 받아주십시오'라고 하셨습니다.

이양진:군이 이렇게까지 마음을 쓰시다니. 돌아가서 전하거라. 어르신
　　　의 마음이 담긴 선물에 몹시 고마워하며, 다른 날 찾아가 사례
　　　하겠노라고.

주　역:삼가 분부를 받들겠습니다.
　　　(주역이 퇴장한다. 서동(書童)이 오른다).

서　동:방금 주역이 가져온 것은 연엽주(蓮葉酒) 한 병, 국사증(菊沙蒸)
　　　일 합(榼, 통), 강분면(薑粉麵) 한 대접, 백숙 한 마리, 삶은 돼지

한 마리입니다.

(봉래선이 술상을 눈썹까지 들어 바치고 섬섬옥수를 빼어 술잔을 잡고서 권주가를 부르며 술을 바친다)

봉래선 :

　【목란화만木蘭花慢】

　아! 낙양 동쪽 거리를 돌아오니

　꿈처럼 꾀꼬리와 꽃이 이상히도 따라오네.

　나비가 아침에는 북쪽 집에 날더니

　저녁에는 서쪽 집에 드는구나.

　난새 거울 가져다 아침에 보곤 슬펐네.

　가을 산에 한 줄기 서린 저녁놀.

　창 앞에 지는 꽃이 한스러울 뿐

　산 너머 지는 해까지 걱정하겠나.

　그대는 금루사(金縷紗) 아끼지 마세요.[185]

　백발은 쉬 헝클어지고

---

185. 당나라 두추낭(杜秋娘)의 시 〈금루의(金縷衣)〉 중 한 구절이다. '그대는 금루의 아끼지 말고 그대는 젊은 날을 아끼세요. 꽃이 피어 꺾을 만하면 그대로 꺾고, 꽃 떨어진 빈 가질랑 꺾지 마세요[勸君莫惜金縷衣, 勸君惜取少年時. 花開堪折直須折, 莫待無花空折枝].'

아, 세월은 쏜살같지요.

봄바람에 복사꽃 오얏꽃,

가을물에 갈대, 두견새 우는 밤.

바로 길 떠난 이 몇이런가, 길은 멀지 않다네.

술잔 채운 율리(栗里)로 오시고,

눈물 가득한 장사(長沙)는 보지 마셔요.[186]

(오른다) 사람이 본래 노쇠한데다 노래마저 비루하니 어르신의 잔치 자리에 바칠 수준이 아닙니다. '산중이라 별미가 없고, 약초에 물고기와 과일뿐입니다.'[187] 나으리께서는 제가 마음에 들지 않는다고 잔을 멈추지는 마세요.

이양진: '금강(錦江)이 미끈하고 아미산(峨嵋山)이 빼어나 탁문군과 설도(薛濤)가 나왔다지.'[188] 괴상하구나. 치악산 정기는 유독 화류계에 정기를 모아 봉래선 한 사람을 내었나 보다. 목구멍을 열자마자 사람의 시름을 끊어놓는구나. 자네를 늦게 만난 것이

---

186. 율리는 도연명(陶淵明)의 고향이고, 장사는 가의(賈誼)가 좌천당해 머문 곳이다. 도연명의 〈귀거래사(歸去來辭)〉에는 '아이 안고 방에 드니 술이 있어 잔을 채운다. 잔을 당겨 자작하고, 마당의 가지 보니 안색이 편안하다(携幼入室, 有酒盈樽. 引壺觴以自酌, 眄庭柯以怡顔)'라는 구절이 있고, 가의의 〈치안책(治安策)〉에는 '신이 일의 형편을 생각건대 통곡할 일이 하나요, 눈물 흘릴 일이 둘입니다(臣竊惟事勢, 可爲痛哭者一, 可爲流涕者二)'라고 적혀 있다.

187. 당나라 유장경(劉長卿)의 〈화위개주성산십이수(和韋開州盛山十二首)〉 가운데 〈수의석탑(繡衣石榻)〉 시에 나오는 구절이다.

한이로구나. 한이야. (마신다. 잔을 잠시 멈추고) 서동아, 그 선화아패(宣和牙牌)[189]를 가지고 오너라. 봉래선과 골패 놀이로 소일하련다. (패를 점검한다)

봉래선:나으리, 먼저 하시지요.

(부사가 패를 친다)

봉래선:나으리께서 치신 것은 쌍사륙(雙四六) 사이에 사(四)이니 양협도화협거진(兩岸桃花挾去津, 양안의 도화는 나루를 끼고 간다)[190]이요, 이 준홍삼사(準紅三四)에 백사(白四)는 두견지상월삼경(杜鵑枝上月三更, 두견화 가지 위에 달은 삼경)이라는 것이지요.[191] 여기

188. 금강은 사천성 성도를 흐르는 강이다. 탁문군과 설도는 성도 출신의 미인이다. 당나라 원진(元稹)의 〈설도에게 주다(寄贈薛濤)〉에 나오는 구절이다. '금강이 미끈하고 아미산이 빼어나 탁문군과 설도가 나왔구나. 언어는 교묘하여 앵무의 혀를 훔쳤고, 문장은 봉황의 깃을 나누었네. 와글와글 문인들 붓을 멈추고, 자자한 공경들은 익주를 맡고 싶어 하네. 떠난 후 그리움 안개 서린 강물 건너, 창포 꽃 피고 오색구름 높구나(錦江滑膩蛾眉秀, 幻出文君與薛濤. 言語巧偸鸚鵡舌, 文章分得鳳皇毛. 紛紛辭客多停筆, 個個公卿欲夢刀. 別後相思隔煙水, 菖蒲花發五雲高].'

189. 선화아패는 북송 말년 휘종황제가 선화연간에 제작한 놀이기구로서, 상아패 32개에 시점(詩點) 227개를 별자리를 기준으로 배열하였다. 당송시대에 널리 퍼진 골자(骨子)와 시패(詩牌) 따위의 오락기구를 이용하여 품위 있게 노는 도구이다. 중국 명청시대 문인들도 즐겼다.

190. 왕유 〈도원행(桃源行)〉의 한 구절이다. '고깃배는 물을 따라 산의 봄을 사랑하니 양안의 도화는 나루를 끼고 가는구나(漁舟逐水愛山春 兩岸桃花夾去津].'

191. 당오대(唐五代) 최도(崔塗, 854~?)의 〈봄밤의 나그네 시름(春夕旅懷]〉의 한 구절이다. '흐르는 물 지는 꽃 무정하니 동풍에 다 보내고 초나라 성을 지난다. 호접몽 속에 집은 만 리, 두견 가지 위 달은 삼경. 고향의 편지는 자주 해를 넘겨 끊기고 흰머리는 두 귓가에 다투어 자라네. 이제부터 돌아가지 않으니 돌아간다 하더라도 오호의 안개 서린 경치를 누구와 다투리오[水流花謝兩無情, 送盡東風過楚城. 蝴蝶夢中家萬裏, 杜鵑枝上月三更. 故園書動經年絕, 華髮春催兩鬢生. 自是不歸歸便得, 五湖煙景有誰爭].'

내신 두 패는 준홍사오(準紅四五)이니 행원유견일지매(杏園惟見一枝梅, 살구밭에 오직 한 가지 매화만 보인다)이며, 이 여덟 패는 모두 팔홍침(八紅沈)이라고 하니 옥동도화만수춘(玉洞桃花萬樹春, 옥동의 도화 가지마다 봄)입니다.[192] 쇤네가 친 것은 쌍준륙(雙準六) 사이에 삼륙(三六)이니 삼월정당삼십일(三月正當三十日, 바로 꼭 삼월 삼십일)이요,[193] 이 쌍준오(雙準五) 사이에 삼오(三五)는 매화발후재삼상(梅花發後在三湘, 매화 핀 후 삼상에 있도다)이며,[194] 이 두 패는 진아일이(眞兒一二)이니 북두칠성삼사점(北斗七星三四點)이며,[195] 이 여덟 패는 모두 학정홍(鶴頂紅)이니 만록총중일점홍(萬綠叢中一點紅)입니다.[196] 또 삼십삼천이십팔수(三十三

192. 당(唐) 허혼(許渾)의 〈왕 산인에 드림[贈王山人]〉의 한 구절이다. '요사이 들으니 단약 굽던 곳에 옥동 도화가 나무마다 봄이라고 하더라[近來聞說燒丹處, 玉洞桃花萬樹春].'

193. 당(唐) 가도(賈島)의 〈삼월 그믐 유 평사에게 드림[三月晦贈劉評事]〉의 한 구절이다. '오늘은 꼭 삼월 삼십일, 풍광은 괴로이 시를 짓는 나를 떠납니다. 그대와 함께 이 밤 잠들지 않으리니 새벽종 들을 때까지는 아직 봄입니다[三月正當三十日, 風光別我苦吟身. 共君今夜不須睡, 未到曉鍾猶是春].'

194. 당(唐) 가지(賈至)의 〈파릉에서 밤에 왕 원외를 이별하다[巴陵夜別王八員外]〉의 한 구절이다. '버들솜 날리는 때 낙양에서 헤어져 매화 핀 후 삼상으로 오셨구려. 세정은 뜬구름 좇아 흩어졌고, 이별의 한 부질없이 강물 따라 깁니다[柳絮飛時別洛陽, 梅花發後到三湘. 世情已逐浮雲散, 離恨空隨江水長].'

195. 이어(李漁, 1611-1680)의 《입옹대운(笠翁對韻)에 나오는 구절이다. '하늘은 땅을 마주하고 땅은 하늘을 마주한다. 천지는 산천을 마주한다. 맑은 바람은 흰 달을 마주하고 저녁 비는 아침 안개를 마주한다. 북두칠성 일곱 점은 남산만수의 일만 년을 마주한다[天對地, 地對天. 天地對山川. 淸風對皓月, 暮雨對朝煙. 北斗七星三四點, 南山萬壽十千年].'

196. 송(宋) 왕안석(王安石)이 지은 〈석류(石榴)〉의 한 구절이다. '무수히 푸른 떨기 가운데 한 점 붉은색, 사람 놀래키는 봄빛 많을 필요 없어라[萬綠叢中一點紅, 動人春色不須多].'

天二十八宿)를 쳤으니 두표칠점(斗杓七點)은 팔홍침(八紅沈) 육십
삼 점에 오 점을 이겼습니다. 나으리께서 오행령(五行令)을 하
시지요.

이양진:오늘이 마침 이십오일이니 오에 오를 더하여 오오는 이십오를
주령(酒令)으로 하자꾸나. 나는 금곡(金谷)¹⁹⁷의 벌주를 사양하지
않겠네. 자네도 두보의 전두(纏頭)¹⁹⁸를 거절하지 말게나.

봉래선:제가 어찌 감히. 해가 벌써 서쪽으로 넘어갔으니 소인네는 물
러가옵니다.

이양진:봉래선! 오늘 이후로는 멀리서 온 사람을 버리지 말고 종종 와
주게.

봉래선:당연히 그리해야지요. (내려간다)

---

197. 잔치 자리의 벌주 삼 배. 진(晉)나라 석숭(石崇)의 〈금곡시서(金谷詩序)〉에서는 '드디어 각자
시를 지어 속마음을 펴냈다. 시를 짓지 못한 자는 벌주로 3두를 마셨다[遂各賦詩, 以叙中懷, 或
不能者, 罰酒三斗]'라고 하였다.
198. 전두는 기녀에게 대가로 주는 재물을 말한다. 옛날 예인들의 가무가 끝나면 관객은 비단으로
대가를 지불하는데 머리 위에 감아 주었으므로 '전두' 또는 '금전두'라고 불렀다. 두보의 시
〈즉사(卽事)〉에 '온갖 보배로 허리띠를 꾸미고, 진주로 토시를 둘렀다. 웃을 때 꽃이 눈에 가깝
고, 춤 마쳐 머리에 비단을 감아 준다[百寶裝腰帶, 眞珠絡臂韝, 笑時花近眼, 舞罷錦纏頭]'라고
하였다.

내기 바둑

(낙안선생이 노래한다)

낙안선생 :

【금초엽金蕉葉】

장마가 갓 개어 마당 나뭇가지에

이슬 맞은 매미는 가을소리로다.

구름 같고 물 같은 객지에서 고향 꿈을 깬다.

벗은 외로움을 견디지 못하고

해와 달은 무정하여 서리 내린 머리털 천 가닥이로다.

바둑 한 판, 술 한 병으로

오늘 아침 그대와 해장이나 하세.

(오른다) 요사이 살기 바빠서 자리를 함께한 지도 오래요. 오늘 경치가 사람을 붙잡고 날씨도 문득 서늘해졌으니 노형과 바둑 두며 적적한 시간을 보내는 것이 어떻겠소?

이양진:그것 참 좋소이다. 다만 바둑이란 오로지 기분을 풀자는 것인데 기분을 풀 때에는 승부를 보아야 하고, 승부에는 내기가 없

을 수 없지요. 그래서 옛사람들 중에는 별장을 걸고,[199] 첩을 걸 거나 말을 건 이가[200] 있었다오. 노형도 물건을 생각하여 내기를 정하시지요.

낙안선생:내기란 자신이 소중히 여기는 것을 걸어야 하오. 돈이란 깨 끗한 물건이 아니고, 술은 다반사로 흔한 물건이라 걸 만한 것 이 아닙니다. 바둑의 옛 고사를 생각해보면, 남가일몽(南柯一夢) 의 여유로 신선과 나무꾼이 함께 즐겼고, 초가집에서 시어머니 와 며느리가 바둑솜씨를 전해 주었지요.[201] 남가의 남(南) 자와 초옥의 초(草) 자를 합치면 남초(南草) 두 글자가 됩니다. 게다 가 오늘의 내기 바둑은 오로지 형님의 근심을 잊기 위해서 하 는 것이고, 근심을 잊는 물건 가운데 남초가 최고입니다. '여관 의 찬 등불 아래 온갖 시름 흩어지고, 강가 정자에 가랑비 내려 맛 하나는 기막히도다'는 것이지요. 형이 이기면 굳이 따질 것 없고, 지면 다른 물건으로 양을 맞추면 되니 안 될 게 무어 있

199. 진(晉)나라 사안(謝安)은 부견(符堅)의 침략을 막기 위해 출정할 때 벗들이 모여 전송하자 바둑 을 두면서 산음(山陰)에 있는 별장을 걸었다.

200. 당나라 포생(鮑生)은 집안이 부유하여 기예에 뛰어난 기녀를 많이 데리고 있었다. 그의 외사 촌 아우 위생(韋生)은 말을 좋아하여 명마를 많이 소유하였는데, 그 가운데 자질발(紫叱撥)도 있었다. 포생은 자질발을 가지고 싶어 자기의 기녀 사현(四弦)과 바꾸었다. 한편 후위(後魏)의 조창(曹彰)은 성격이 시원시원하였다. 우연히 준마를 보고 갖고 싶었으나 주인이 아끼는 것이 었다. 조창은 "내게 미녀가 있어 말과 바꿀 테니 그대가 고르시오"라고 하였다. 말 주인은 한 기녀를 골랐고, 조창은 말과 바꾸었다.

201. 당나라 현종 때의 국수(國手) 왕적신(王積薪)의 고사이다.

겠습니까?

이양진:옛사람의 자취를 따라 오늘의 근심을 잊겠소. 노형께서 내기를
　　　정하면 금석(金石)처럼 믿을 만하니 액수를 얼마로 하겠소?

낙안선생:일부터 십까지는 오가 중간 숫자이고, 십부터 천까지는 백이
　　　육수(朒數)[202]이니 중간 숫자에 육수를 붙여 오백 근으로 정합시
　　　다. 여기에 증인이 없을 수 없으니 곁에 있는 이화양과 봉래선
　　　두 사람이 보증하면 좋겠소.

이양진:말이 입 밖으로 나오면 준마도 따라잡을 수 없는 법. 더욱이 증
　　　인 둘이 명백하게 보증하자면 문서가 없을 수 없지요. 서동아!
　　　문방사우를 가져오너라. (서동이 문방사우를 가져온다) 전주 태
　　　화전(苔花牋)에 쓰노라. 경자년 칠월 열수일(列宿日)에 이 문건
　　　의 내용은 이러하다. 연화(煙火) 세상 동쪽 숲에 장마가 갓 그치
　　　고, 송국헌 서쪽 마루에 서늘한 기운이 일어난다. 맑은 날 정오
　　　에 오동나무 그늘이 발에 가득하고, 좋은 벗을 마주하니 갈수
　　　록 맑고 그윽해진다. 거문고 타고 술 마시는 여흥에 또 바둑을
　　　두어 한판 승부로 긴긴 날을 소일하고자 한다. 세 판을 두어 두

202. 육수란 원래 정해진 숫자보다 약간 작은 수를 말한다. 여기서는 1000 단위보다 한 단계 작은
　　　100 단위를 말한다.

번을 지면 남초 오백 근을 바친다. 한 마디는 천금과 같고, 붕우는 서로 믿어야 한다. 이 맹세를 어기면 천지신명에게 따지고 또 관아에 소송을 걸기로 한다. 주평(主枰) 김낙안, 대국(對局) 이양진, 필집(筆執) 이화양, 증인 김봉래.

(모두 서명한다. 바둑을 둔다. 첫 번째 대국은 오궁도화(五宮桃花)[203]로 먼저 집을 지어 이양진이 이겼고, 두 번째 대국은 십면봉요(十面蜂腰)에 만판축(滿板逐)이라, 낙안이 이겼다. 세 번째 대국은 이양진이 사귀생에 통어복(通魚腹)하고,[204] 낙안은 만패(萬霸)에 잠호구(賺虎口)라, 집을 계산해보니 이양진이 석 집으로 이겼다)

이양진:세 판을 다 두어 노형께서 두 판을 졌으니 본 바둑은 결정이 났고, 복수전은 내일을 기약하는 것이 좋겠소.

(낙안선생이 바둑판을 밀고 응낙한다)

봉래선:내일 복수전은 무엇을 거시옵니까?

203. 오궁도화는 바둑에서 빈 집이 열십자로 벌려 선 다섯 집으로 된 오궁(五宮). 상대편이 가운데 한 점을 놓으면 살지 못한다.
204. 바둑에서 네 귀를 점하고 중앙을 통하는 형국으로 반드시 이기는 패를 가리킨다. 바둑 격언에 '사귀생 통어복이면 필승이라'는 말이 있다.

이양진:본 바둑에 이미 지쳤고 노형께서 내기를 정하셨으니 내일은 승
　　　자가 주인이 되는 관례를 따라 아우가 정하겠습니다. 지는 사
　　　람이 술자리를 마련하여 현감 형님을 청하여 함께 마시는 것이
　　　좋겠습니다.

이화양:참으로 아취를 아십니다.
　　　(모두 내려간다)

이양진 :
　　　【낭도사浪淘沙】
　　　귀뚜라미 깊은 방에서 울어
　　　가을밤에 일어나 서성인다.
　　　찬 이슬은 성근 대나무에 방울지고
　　　구름처럼 물처럼 떠돌아 고향 꿈도 못 꿀 터
　　　외로운 등불만 잠자리 벗일세.
　　　벗이 나를 잊지 않고
　　　바둑과 술로 마루에서 더위 식히니
　　　발 앞에는 또 석양이 지네.
　　　총채자루와 타호 옆에 맑은 대화 길어지고
　　　그대와 한가히 거니노라.
　　　(다음날 다시 만난다. 내기 바둑을 둔다)

이양진:오늘 복수전은 아우가 일곱 집을 졌습니다. 서동아! 주인 불러 오너라.

(주인이 오른다)

주 인:영감님! 무슨 분부라도 있으신지요?

이양진:오늘 벗과 바둑을 두었으니 술자리가 없을 수 없네. 나를 위해 닭을 잡고 안주를 내오되 정성을 다하게. 또 현감 나리를 모셔 오게.

주 인:알았습니다.

(주인이 술자리를 마련한다. 계당고(桂糖膏) 두 병, 산효주(山崤酒) 세 단지, 화산춘(花山春) 다섯 병, 영계 스무 마리, 금붕어찜 서른 마리, 얇게 친 선지머리 한 부(部), 얇게 썬 쇠고기 오십 근, 전련정절 병(煎臠靖節餠), 탕평채(蕩平菜, 청포묵), 청수면(淸水麵), 수정과 따위의 온갖 음식을 갖추었고, 수박, 참외, 능금, 사과 따위의 탐스러운 과일을 다 가져왔다. 본관사또가 오른다)

본관사또:낙안, 양진 두 노형께서 무슨 하실 말씀이라도?

이양진:어제 낙안 형님과 내기 바둑을 두어 아우가 이겼고, 오늘 복수 전에는 아우가 졌습니다. 그래서 술상을 한자리 차려 감히 형 님을 오시게 하였습니다.

본관사또:내기에 무엇을 걸었소?

이양진:이것이 문권이니 한번 보시면 아실 거외다.

본관사또:(문권을 본다) 아! 요즘 남초 오백 근은 작지 않소이다. 작지 않아. 내기는 이미 약속하였고, 문권이 또 증명하니 관가에 소 송할 것까지야 있겠소? 노형의 오늘 이 자리는 성대한 모임이 라 하겠군요. 자리에 없어선 안 될 것이 풍악이지요. 교방에 분 부하여 기녀와 악공들이 삼현(三絃)을 완전히 갖추어 송국헌 동 쪽 범파정(泛波亭)에 대령케 하라.

낙안선생:그러면 정말 금상첨화요.

(자리를 옮긴다. 기녀와 악공이 함께 등장한다. 음악을 연주한다. 술 을 바친다)

본관사또:봉래선이 자리에 있으니 한잔 권하지 않을 수 없겠지요?
(좌중이 모두 그렇다고 한다. 봉래선이 오른다)

봉래선:(노래한다)

【제천락齊天樂】
화려한 누각 동편으로 산봉우리 빽빽하고
화양강 가에는 가을빛이 새롭구나.
무너진 성곽에 비 개니 작은 못에 연잎이 깨끗하고
거문고와 바둑은 유난히도 맑고 그윽하다.
좌중의 현감 어른은 고상하고
절제사(節制使, 장단부사 이양진)는 풍류로워
산처럼 높고 물처럼 유장하다.
하물며 선생은 청풍이라 세상사에 초탈하시네.
머뭇머뭇 한잔 술 권하노니
오늘밤 즐기며 머무시라.

님에게 권하노니 큰 술잔 물리치지 마셔요.
인생은 늙마에 들어 하루살이처럼 세상에 머무나니.
매미도 힘겹게 소리를 끌고
기러기도 가을 정취 끌고 가니
귀양 온 나그네 시름만 깊어간다.
그대는 잘 들으소서.
저 호탕한 현악기가 사람을 붙잡고
청아하게 목청을 뽑아내는 소리를.

꽃이 피면 그대로 꺾어
머리 가득 흰 눈이 내리길 기다리지 마셔요.
(온 좌중이 갈채를 보낸다)

본관사또:오늘 이럴 줄은 생각지도 못했소. 노형들과 합석하여 맑은
　　　　노래로 귀를 씻고 마음 즐거운 일로 돌아가길 잊을 정도이니
　　　　정말 다행이오.

낙안선생:작은 술자리가 큰 잔치가 되었고, 바둑 잔치가 춤 잔치로 변
　　　　했소이다. 두 분 노형의 풍취 덕분입니다.

본관사또:오늘 이 자리가 아우와 무슨 상관이 있겠습니까만, 말석에
　　　　참석하여 아름다운 복수전 모임을 함께하였습니다. 노형의 대
　　　　국 내기는 액수를 지키셔야 합니다.

낙안선생:그야 물론이지요.
　　　　(종일 취한다. 모두 내려간다)

이양진:봉래선은 잠시 남으시게. 내가 할 말이 좀 있으니.

봉래선:나으리! 무슨 분부이시옵니까?

이양진:오늘 잔치에 다행히 현감께서 광림하셔서 풍악을 베풀어주셨소. 또 봉래선이 잔치에 있어 광채가 곱절이나 빛나니 내 귀양 온 처지임을 잊었소. 진실로 기쁘오. 진실로 기뻐. 그러나 손님이 흩어지고 잔치가 끝나자 여관은 다시 적막해져 시름이 불쑥 엄습해온다네. 봉래선이 잠시 걸음을 멈추어 이 시름을 풀어주오. 곧 서쪽 고개로 해가 넘어가고 창밖에 문득 황혼이 오리다.

(봉래선은 좌우에서 시중드는 솜씨가 아주 요령 있다. 등불 앞의 자태가 더욱더 아름답다)

이양진:(낮술이 깨지 않는다. 봉래선에게 몸을 기대고 그녀의 흰 손을 잡아 마음을 담은 눈길을 보낸다) 봉래선! 오늘밤 내 속마음을 알아주게.

봉래선:천첩이 늙고 천한 몸으로 대인의 보살핌을 연달아 입었으니 황감하여 몸둘 바 모르겠습니다. 밤새 모시고 싶지 않은 것은 아니나 긴요한 일 한 가지가 마음에 걸려 돌아가보지 않을 수 없습니다. 내일 다시 안전(案前, 부사)을 모실 터이니 이만 돌아가길 고하옵니다.

이양진:봉래선은 박정하구나.
　　　(내려간다)

남초를 빌리다

(순옥이 오른다)

순 옥:어머니, 오늘 저녁 왜 늦게 돌아오셨어요?

봉래선:그 어른이 잡아서지. 일이 하나 터졌는데 마음을 놓지 못하겠
      구나.

순 옥:무슨 일요?

봉래선:선생님이 어제 나으리와 남초 오백 근을 걸고 내기 바둑을 두
      셨다. 선생님이 지셨단다. 오늘 주연이 대단히 풍성했는데 현
      감 나으리도 술자리에 참석하셔서 교방의 삼현을 데려다가 종
      일토록 즐기셨다. 이 자리는 부사 나으리가 복수전에 져서 베
      푼 잔치였단다. 이제 내기에 건 물건을 약속대로 갚아야 한다.
      요사이 담뱃값이 두서너 곱절 폭등하여 돈이 있어도 사기 어렵
      단다. 이거야말로 놀라 자빠질 일 아니냐?

순 옥:어젯밤에 오시지 않은 이유가 틀림없이 이 일 때문이구나. 선

생님이 오시면 물어봐야지. 하지만 물어본들 뭣하나. 일은 벌써 벌어졌는데, 벌써 벌어졌어. 선생님! 어디다 대고 입으로는 지지 않으려는 늙은이의 오기를 부리셨단 말인가? (노래한다)

【어가오 漁家傲】
달은 차지 않고 우레와 구름에 덮여
배 대려니 폭풍 몰아친다.
한평생을 거의 다 알겠어.
고꾸라지지 않을 도리가 아무데도 없네.
낭군을 원망치 않고 하늘을 원망하네.
어떻게 근두운을 타고 하늘 문을 두드릴까.
해는 져서 적적하고 겹문을 닫노니
가련한 밤, 끝없는 시름
대화 나눌 이 없구나.
(낙안선생이 오른다)

순 옥:선생님! 어젯밤엔 왜 안 오셨어요?

낙안선생:양진 형님과 술을 마시고 몹시 취해서 돌아가 잤다. '누가 부축해 말에 태웠나? 누대에서 내려온 줄도 모르겠다'는 지경이었다.[205]

순　옥:술에 취해서가 아니라 내기 바둑이 괴로우신 게지요. 선생께서
는 남초 오백 근을 어떻게 하시렵니까? 약속을 하셨으니 떼먹
을 수도 없고, 남초를 사자니 또 맨주먹입니다. 옛날부터 남초
는 망로초(忘勞艸)라고 불렀건만, 선생에게는 도리어 생우초(生
憂草)입니다.

낙안선생:지금 이 물건은 산지에서도 쌓아놓고 파는 것이 다 떨어져
살 방도가 없다. 새 담배가 나기를 기다려 약속을 지켜야 할 처
지이다. 양진에게 이삼십 일 기다려 달라고 부탁할 참이니라.

순　옥:피! 선생님, 그만두세요. 내기판의 관례로 보면, 벌써 복수전
술까지 마셨으니 하루 이틀 미루는 것도 면목이 없는데 더구나
날을 보내고 새 담배 나기를 기다린다구요? 오늘 내일을 따지
지 말고 정한 물건으로 약속을 지켜야 친우 간에 신의를 지키
는 도리지요. 지금 댁에는 모아둔 재물도 없고 저희집에도 골
동품이며 집물과 장신구 약간을 몽땅 내다 팔아도 적잖이 부족
할 겁니다. 선생님은 무슨 수로 그 수백 근을 채우시렵니까? 당
초 셀 수도 없는 돈을 내어 저를 속환하셨으니 다시 저를 팔아
갚는 이외에 또 무슨 방책이 있을라구요?
　(낙안선생은 말이 없다. 퇴장한다. 이화양이 오른다)

---

205. 이백의 〈노중도 동루에서 술에 취해 일어나 짓다(魯中都東樓醉起作)〉에 나오는 구절이다.

이화양:형님, 그동안 남초를 갚았소?

낙안선생:아직 안 갚았네.

이화양:그렇다면 앞으로 무슨 수로 갚겠소? 올해 한 근 값이 평년의 대여섯 곱절이라서 시가로 싸게 사더라도 그 액수가 적지 않습 니다. 뿐만 아니라 저 진안(鎭安), 청양(靑陽), 삼등(三登, 평안남 도 강동군), 금성(金城) 등 평소에 담배 산지로 명성이 높은 곳에 서도 열댓 근을 사기가 거북이 등껍질에서 털 깎아내기[206] 같다 하더군요. 제 어리석은 생각으로는 손을 써볼 데가 정말 없습 니다. 형님은 약은 꾀를 내어 처리하십시오. (내려간다)

(다음날 오른다)

이화양:형님! 밤새 어떻게 처리하셨습니까?

낙안선생:아직도 처리를 못해 한창 고민 중일세.

이화양:친지 사이에 이미 약속했고, 복수전도 나흘이 지났으니 양진

---

206. 속담으로 '거북이 잔등의 털을 긁는다' 또는 '거북의 털' 따위로 널리 쓰였다. 아무리 찾아도 얻지 못할 곳에서 물건을 구하는 어리석은 행동을 비꼬는 표현이다. 중국에서도 널리 쓰이는 표현이다.

형님이 아무 말 안 해도 제가 오히려 부끄럽습니다. 제게 세 가지 면에서 묘책이 있기는 하나 형님께서 나무라실까 두려워 여러 번 말하려다가 그만뒀습니다.

낙안선생: 이것은 아우와는 상관없고 오로지 변변찮은 형의 체면을 위한 일이니 무엇을 나무라겠는가?

(이화양이 말하려다가 그만둔다)

낙안선생: 올곧은 이를 벗하고, 신실한 이를 벗하면 이로운 벗이라. 어려울 것도 없고 쉬울 것도 없네. 말해도 괜찮네.

이화양: 일전에 순옥의 일로 형님께 충고 드렸으나 형님이 아우의 말을 듣지 않고 외면하는 듯한 기색을 보여 말 꺼내기 어려웠습니다. 이제 어차피 형님을 위하기로 했으니 제가 망령을 부린다고 나무라지 마십시오. 형님이 무익한 꽃송이 한 가지를 버려서 이 남초 오백 근과 바꾼다면 형님에게는 늘그막의 우물(尤物)을 끊어버리니 첫 번째 좋은 점입니다. 돈을 쓰지 않고 내기를 갚으니 두 번째 좋은 점이고, 친우 간에 신의를 잃지 않으니 세 번째 좋은 점입니다. 이거야말로 일거삼득이 아니겠습니까?

낙안선생: 무엇을 버려서 무엇으로 바꾼다고?

이화양:남초를 구하기 어려워 나무에서 물고기를 찾는 꼴입니다. 순옥은 내기를 갚으면 파초로 숨겼다가 잃어버린 사슴과 다르지 않습니다.[207] 형님은 생각해보십시오. 순옥의 미모와 기예로는 필경 유기(柳妓)[208]와 홍불기(紅拂妓)[209]처럼 될 겁니다. 끝내 내 것이 되지 못할 바에야 이 기회에 초나라를 위하지 조나라를 위하지 않는다는[210] 꾀를 쓰셔서 순옥으로 남초를 대신하는 것이 낫습니다. 저 역시 좋아라 받아들여 머리 숙여 사례할 것입니다. 오늘 계책이 얼마나 좋습니까!

(낙안선생은 말없이 생각한다)

이화양:첩을 벗에게 준 이도 있고, 첩을 말과 바꾼 이도[211] 있습니다. 제 말이 정말 고문(古文)에는 없고 금문(今文)에만 있는 것[212]이

---

207. 제1강의 각주 16번 참조.

208. 유지(柳枝)의 오자이다. 유지는 이상은(李商隱)이 만나기로 약속하였다가 만나지 못한 여인이다. 후에 남의 첩실이 되자 이상은은 〈유지(柳枝)〉 다섯 수를 지어서 그녀가 살던 집에 써 두었다.

209. 홍불기는 양소(楊素)의 시녀였으나 이정(李靖)에게 반하여 태원으로 야반도주한다. 여기서 유지와 홍불기는 모두 자신과는 결합하지 못하는 여인을 비유한다.

210. 《사기》〈평원군우경열전(平原君虞卿列傳)〉의 '합종은 초나라를 위한 것이지 조나라를 위한 것이 아니다(合從者爲楚, 非爲趙也)'란 말에서 나왔다. 이 어구는 겉으로는 위하는 체하면서 실상은 다른 것을 위하는 태도를 말한다.

211. 위의 각주 200번에 첩을 말로 바꾼 사례가 나온다.

212. 원문은 '고문무(古文無) 금문유(今文有)'이다. 그러나 이 표현은 '고문유(古文有) 금문무(今文無)'의 잘못으로 보인다. '고문에는 있고 금문에는 없다'는 말은 널리 쓰이는 중국의 수수께끼로 입 구(口)자를 말한다. 다시 말해 이 대목은 내가 말로만 하는 것이 아니라 실제로 있다는 점을 강조한 것이다.

아닌 줄 형님도 잘 아시잖소.

낙안선생:(한참 만에 입을 연다) 아우의 말이 일리가 없는 것은 아니네
　　　만 그 아이가 종신토록 남자를 바꾸지 않겠다고 맹세하였네.
　　　정조를 빼앗지 않는 것을 군자는 귀하게 여기기에 그래서 내가
　　　결정을 내리지 못하네.

이화양:그 아이에게 그런 마음이 있다니 과연 얻기 어려운 여자입니
　　　다. 제가 한 말도 순옥의 뜻을 억지로 빼앗자는 게 아닙니다.
　　　형님을 위하여 여자의 마음이 어디 있는지를 다시 살펴보되 만
　　　약 난색을 표하지 않는다면 더 이상 망설일 필요가 없습니다.

낙안선생:다시 생각해보겠네.

　　　(이화양이 퇴장한다. 이화양이 등장한다. 순옥이 오른다)

순　옥:무슨 바람이 불어 이렇게 왕림하셨나요?

이화양:방금 양진 영감을 방문하고 돌아가는 길에 순옥을 보고자 잠깐
　　　들렀네.

순　옥:와주셔서 영광이긴 하나 갑작스러워 대접할 게 없습니다. (담

배를 권한다)

이화양:요즘 담뱃값이 아주 비싸니 한두 대라도 내기 담배에 보태야
　　　하지 않겠나?

순　옥:어르신께선 비웃지 마세요.

이화양:우스개가 아니네. 티끌 모아 태산이고, 백 근 천 근도 한 대부
　　　터 시작하지. 이렇게 하지 않으면 오백 근 남초를 어떻게 모으
　　　려는가?

순　옥:이 한두 대로 오백 근을 모은다면 누가 어렵다 하겠습니까?

이화양:낙안선생의 일이 순옥의 일이고, 낙안선생의 어려움이 순옥의
　　　어려움일세. 순옥은 무슨 수로 이 어려움을 풀려는가?

순　옥:남초가 이렇게 비싸고, 시절이 이렇게 어려우니 오백 근은 고
　　　사하고 일이십 근도 못 채우겠습니다. 돈이든 남초든 따질 것
　　　없이 선생댁에는 모아놓은 것이 없고, 저도 겨우 이 게딱지만
　　　한 집 서너 칸에 누더기 열댓 벌뿐입니다. 제 몸을 판다 해도 그
　　　반도 못 채울 것입니다. 이를 어쩌면 좋나요? 어쩌면 좋아요?

이화양:이 늙은이는 아무래도 순옥을 못 믿겠네. 마음은 말과 똑같지 않거든. 설령 팔 데가 있다손 쳐도 자네 몸을 자네가 팔 리가 있는가?

순 옥:어르신은 모르십니다요. 첩이 비록 아녀자이나 은혜와 의리를 대강 압니다. 마음과 입이 다르다면 사람이 아니지요. 애당초 선생께서 저를 침선비 일에서 빼내느라 허다한 재물을 쓰셨으니 그 은혜가 벌써 깊습니다. 게다가 선생님과 한집안 사람이 됐는데 첩이 근심을 함께 나누려고 하지 않고 다시 누구를 기다리겠습니까? 다만 저는 몸이 팔려 남의 종이 될지언정 남의 첩이 되지는 않기로 맹세하였습니다. 이 지경에 이르렀으니 선생께서 원하든 원하지 않든 저는 몸을 팔아 내기를 해결해야지요. 그런 후에 귀천이고 원근이고 가리지 않고 시키는 대로 광주리를 잡든 부엌데기가 되든 맡겨야지요. 무엇을 원망하고 무엇을 부끄러워하겠어요? 오로지 희첩(姬妾) 두 글자가 귀에 들어오면 바로 우물바닥에서 가라앉은 진주를 찾고, 시렁 앞에서 낙엽을 쓸어야 할 것입니다.[213]

이화양:순옥의 말을 들어보니 치마 두른 열혈 대장부로서 부끄러움이 없구나.

───────

213. 물에 빠져 죽거나 목을 매 죽겠다는 말이다.

순　옥:선생님의 의중이 어떤지 아직 모르니 벙어리 사위가 첩집 가리
　　　키는 데 지나지 않지요.[214] 제 뜻은 결단코 이밖에는 없으니 어
　　　르신의 가르침을 듣고자 합니다.

이화양:선생을 대신해 해명하자면 이것은 재물을 아껴서 일부러 그런
　　　것도 아니고, 사람을 가볍게 여기고 즐겨서 하는 것도 아닐세.
　　　게다가 순옥이 한 말은 선생과 영영 헤어지자는 것도 아니니
　　　선생께서도 당연히 이해하실 게야. (내려간다)

---

214. '벙어리가 서방질을 해도 제 속이 있다'는 속담과 같은 것으로 보인다. 무슨 일을 하거나 말은
　　　하지 않더라도 제 딴에는 제게 정당한 이유도 있고 뜻도 있어서 하는 짓이라는 뜻이다.

제 몸을 팔다

(이화양이 오른다)

이화양:형님께선 어젯밤에 순옥을 보셨습니까?

낙안선생:밤새 일이 마음에 걸려 한가로운 걸음 할 겨를이 없었네. 저
도 오지 않더군.

이화양:제가 어제 여기서 돌아가는 길에 순옥에게 잠깐 들렀다가 이
일을 이야기하였습니다. 그 아이 말이 이랬는데 그게 외려 이
치에 닿습니다. 그 아이 말대로 해야 형님과도 떨어지지 않습
니다. 아우의 말을 믿지 못하겠거든 그 아이에게 한번 물어보
십시오.

낙안선생:내가 그리 마음먹은 것은 아닐세. 아우는 들어보게나. 이런
놀이판 내기에 사람으로 물건을 바꾸는 것은 정말 인간이 할
짓이 아닐세. 또 늙은 나이에 큰 일 작은 일 따질 것 없이 스스
로 해결하지 못하고 첩을 잡혀 내기를 갚는다면 이 무슨 수치
인가. 그래서 여러 날 망설이고 있다네. 또 제 말대로라면 저를

저당잡힐 수밖에 없는데 다른 사람에게 넘어가면 노비와 첩이 무슨 차이가 있겠는가. 그런데도 침이나 질질 흘리며 서로 떨어지지 않음을 요행으로 여긴단 말인가? 이 일이 끝나기 전에는 그 아이 얼굴을 보지 않을 작정이고, 그 아이를 만나 이러쿵저러쿵하지도 않겠네. 다시 그 아이를 만나면 내 뜻을 전해주게. (내려간다)

(이양진이 오른다)

이양진: 화양은 무슨 일로 여러 날 걸음을 하지 않았는가?

(이화양이 오른다)

이화양: 낙안 형님의 간청으로 남초를 사느라고 며칠 전에 금성(金城)에 갔다가 어젯밤에 돌아왔다오.

이양진: (미소를 짓는다) 그래 남초는 사셨는가?

이화양: 남초 산지에서도 매매가 끊긴 지 오래라 열댓 근도 모을 수가 없는데 더군다나 수백 근 아닙니까? 그래서 발품만 팔고 말았으니 석가모니가 말한 대로 한치의 풀도 남지 않고 육근(六根)이 깨끗하다는 격입니다.[215]

이양진:애초에 내기를 하면서 문권까지 만들었지만 이는 담소를 나누
　　　 는 자리의 장난거리에 지나지 않네. 일이 원래 맹랑하고 물건
　　　 도 구하기 어려우니 굳이 빈말 때문에 실제로 마음을 쓰겠는
　　　 가. 낙안 형이 근자에 오래도록 오지 않는 것은 반드시 이 맹랑
　　　 한 연고 때문이리라. 내 대신 이 뜻을 전해주고 이 문권을 이행
　　　 하는 일일랑 지워버리고 말하지 말게나. 그게 좋을 걸세. 그게
　　　 좋아.

이화양:영감께서 불쑥 내뱉은 그 말씀은 겉으로는 낙안에게 부담을 없
　　　 애주는 듯하지만 가만히 따져보면 절대로 그에게 할 말이 아니
　　　 지요. 그의 마음을 부끄럽게 만들 테니 다시는 이 말을 꺼내지
　　　 마십시오.

이양진:아이쿠! 나도 모르게 실언을 했구먼.

이화양:그렇지요. 내게 허리가 꺾어질 만큼 재미있는 이야기가 있어서
　　　 영감에게 들려주리다.

이양진:그것도 훌륭한 소일거리 중 하나이지. 자네의 허리가 꺾어진다

215. 육근이 청정하다는 말은 여섯 가지 감각기관으로 들어오는 즐거움을 끊어 마음이 맑
　　　은 상태를 가리킨다.

면 나는 배꼽을 잡겠네.

이화양:영감께선 원주 기생 순옥의 이름을 못 들어보셨소?

이양진:이름만 들은 게 아니라 벌써 서너 번 얼굴을 봤지. 그 자태며
　　　가무가 과연 관동의 독보더군.

이화양:그뿐이겠습니까! 거문고며 바둑과 글솜씨도 얻기 어려운 수준
　　　이오. 영감이 만약 이런 소실을 둔다면 정말 훌륭할 텐데. 설도
　　　(薛濤)가 다시 살아오고 관저(關雎)[216]가 죽지 않은 셈인데.

이양진:나도 그런 생각이 없는 건 아니네만 유감스럽게도 파랑새 한
　　　마리가 없네. 근데 이건 허리 꺾어질 재미있는 이야기가 아니
　　　라 입맛 다실 풍화(風話, 음담패설)로구먼.

이화양:영감은 잊지 말고 다음 이야기를 들어보시오. 낙안 노형이 순
　　　옥의 미색과 기예에 빠졌었지요. 달포 전 순옥이 침선비에 뽑
　　　혔을 때 낙안이 많은 돈을 써서 가까운 사람을 보내 침선비에
　　　서 빼내 첩으로 삼았소. 근자에 낙안이 내기 남초를 구하지 못

---

216. 《시경》 처음에 실린 시로 그 내용 가운데 '요조숙녀(窈窕淑女, 아리따운 숙녀)는 군자호구(君子
　　好逑, 군자의 좋은 짝)로다'라는 대목이 있다. 그 때문에 요조숙녀를 비유한다.

하자 순옥이 제 몸을 팔아 내기 빚을 갚기로 작정했지요. 이러니 외모만 사랑스러운 것이 아니라 마음까지 가상한 게지요. 영감은 왜 그 망우초(忘憂草)를 이 망우인(忘憂人)과 바꾸지 않는 게요?

(이양진은 눈이 둥그레지다가 말이 없다)

이화양:영감은 내 말을 듣고 배꼽을 잡고 허리를 꺾기는커녕 눈을 휘둥그레 뜨고 혀를 동여매는군요. 내 말을 듣고 싶지 않으면 왜 절레절레 고개를 흔들고 귀를 틀어막지 않으시오?

이양진:자네는 이렇게도 남의 마음을 헤아리지 못하다니. 무겁기로 따지자면 제 몸만 한 것이 없고, 귀하기로는 사람만 한 것이 없으며, 가볍기로는 바둑만 한 것이 없고, 천하기로는 잡물만 한 것이 없네. 온천하 만인 가운데 귀한 것으로 천한 것을 바꾸고, 무거운 것으로 가벼운 것을 바꿀, 3할은 중생(衆生)이고 7할은 중사(衆死)인 꼴같잖은 사람이 어디 있겠는가? 이건 정말 허리를 꺾고 배꼽을 잡기는 고사하고 오히려 심장에서 피를 토할 일일세.

이화양:군이 그렇게 말할 일이 아니지요. 영감이 경중과 귀천으로 말했으니 나도 경중과 귀천으로 따져보겠소. 경중으로 따지자면

벗이 무겁고 첩은 가벼우며, 귀천으로 따지자면 믿음이 귀하고 재물은 천하지요. 가벼운 첩을 사랑하고 천한 재물을 아껴서 무거운 벗과 귀한 믿음을 잃느니보다는 차라리 가벼운 첩을 버려 무거운 벗을 선택하고 천한 재물을 버려서 귀한 믿음을 보전하는 것이 낫겠지요. 영감은 둘 중 어느 것을 선택하겠소? 할 말이 또 하나 있습니다. 내기 바둑이 가볍기는 하나 약속을 지킴은 무겁고, 재물이 천하기는 하나 자신을 위해서는 도리어 귀합니다. 낙안의 형편이 괜찮다면 반드시 이렇게 하지 않을 것이고, 형편상 도리가 없다 해도 기분 좋아서 하는 건 아닙니다. 이 귀천경중과 하고 하지 않는 차이를 들여다보면, 낙안이 낙안인 이유와 순옥이 순옥인 이유를 알 수 있습니다. 또 내 말이 옳은지 옳지 않은지도 잘 알 수 있습니다. 내가 이 말을 하는 것은 다름이 아니라 순옥의 심중을 헤아려보니 기어코 남편을 위해 몸을 버리고자 한다는 것이오. 그 마음씀이 갸륵하여 이 집 저 집 다니며 사달라고 애걸하는 꼴을 차마 볼 수 없어서 과정을 넘기고 절차를 생략하여 홍불기가 곧장 태원으로 도망간 계책을 쓰려는 것이지요. 이것이 누이 좋고 매부 좋은 꾀가 아니겠소. 한편 순옥이 노비로 팔려 갈지언정 첩으로 교환되기는 원치 않는다고 말합디다. 이익을 따지기로 치면 내기 담배의 시가에 거의 사백 냥이나 모자랍니다. 첩으로 들일 노비 한 명을 사자면 제아무리 많아도 백 냥을 넘지 않지요. 값의 차이가 현격하지만 사람이 귀하고 물건이 천하기가 정말 영감이 말한 대로입니다. 더군다나 영감과 낙안이 평소 교분이 두터우니 첩으로 교환하는 일은 순옥을 난처하게 만듭니다. 저가 본래 침선비로부터 속환했기 때문에 노비로 사도 안 될 게 뭐가 있 겠소? 이제 노비로 사서 영감이 조정으로 돌아갈 때 서울 집으로 데리고 가서 비단을 두르고 찰밥을 먹게 하든 광주리를 잡고 부엌데기로 부려먹든 모두 영감이 시키기에 달렸지요. 그 후의 일은 내 알 바가 아닙니다.

이양진:내가 하고 싶은 말을 자네가 꼬치꼬치 다 말했으니 달리 덧붙일 게 뭐가 있겠나? 오로지 낙안이 하자는 대로 따르겠네. 그가 왼쪽이면 나도 왼쪽이고, 그가 오른쪽이면 나도 오른쪽이니, 오면 굳이 막지 않고 가면 굳이 따라가지 않겠네.

이화양:나는 장님이 아닙니다. 순옥이 왔을 때 영감의 어깨가 들썩이는지, 나막신이 부러지는지를 다 보았소이다.[217]

(이양진이 크게 웃는다. 이화양은 퇴장한다. 김낙안이 등장한다. 봉

---

217. 극치지절(屐齒之折)의 고사이다. 《진서(晉書)》〈사안전(謝安傳)〉에 나온다. 동진(東晉)의 사안 (謝安)은 전진(前秦) 부견(苻堅)의 침략을 막기 위해 정토대원수(征討大元帥)로 출정하였다. 손님과 바둑을 두다가 비수(淝水) 전투의 승리 소식을 들었다. 사안은 기쁜 표정을 얼굴에 나타내지 않고 태연하게 바둑을 두었다. 바둑을 다 두고 안방으로 들어가다가 너무 기쁜 나머지 문지방에 걸려 나막신 코가 부러지는 것도 알아채지 못했다. 후에는 마음속으로 몹시 기뻐하는 것을 비유한다.

래선이 등장한다. 순옥이 오른다)

봉래선:선생님은 왜 여러 날 동안 안 오셨어요?

낙안선생:우연히 그리 됐네.

순 옥:우연이란 말이 오히려 자연스럽네요. 모를 게 뭐 있겠어요? 지
금도 굳이 오실 필요 없는데 제가 엿장수 아줌마에게 모셔 오
라고 부탁했어요. 선생님! 일전에 제가 한 말을 화양 어르신께
서 전하셨을 테지요.

낙안선생:듣기야 들었지.

순 옥:남과 내기를 약속하여 벌써 열흘이 넘었는데도 여태껏 이렇게
미적미적대다니 제가 봐도 부끄럽습니다. 신뢰를 잃어서는 안
되니 다른 걸 고려할 것 없어요. 일을 의심하여 지체하지 말고
제 말대로 내일 문서를 만들어 그에게 보내세요. 그분도 물건
값을 따지면 손해가 있겠지만 사람으로 갚는다면 귀천이 있으
므로 허락하겠지요. 저도 내일부터는 남의 집 노비이니 선생님
과 만날 날은 오늘밤뿐입니다. 혹시 하늘이 가련히 여겨 좋은
바람이 불면 오백 년 후에 원수끼리 다시 만날지도 모를 일이
지요.

(낙안선생은 무릎을 부둥켜안고 말이 없다)

순　옥:결정할 것은 결정하고, 떠날 것은 떠나야지요. 선생님은 경위
　　　를 분명히 가릴 때는 아녀자보다 못하군요. 약한 배포와 여린
　　　담력으로 저렇듯이 미적거리고 우물쭈물하다니. (선생이 벌떡
　　　일어선다. 순옥이 옷을 잡아 앉힌다) 제가 이렇게 애쓰는 것을 두
　　　고 딴마음을 품었다고 생각하실지 모르나 그건 결코 그렇지 않
　　　습니다.

낙안선생:그만. 남의 마음을 너는 헤아리지 못하는구나. 내 얼굴을 내
　　　가 때렸으니 누구에게 얼굴을 쳐들겠느냐.

순　옥:선생께서는 한굉(韓翃)과 유씨(柳氏)의 사연을[218] 못 들으셨는지
　　　요? 인생에서 만나고 헤어지는 일은 정녕코 자기 때문에 생기
　　　는 법이지요. 무엇을 마음에 두겠습니까? 선생님은 아녀자에게
　　　정이 깊어 한결같이 주저하시는데 호사가의 비웃음을 살까 걱
　　　정입니다. 이별이 하루 뒤 일인데 심간(心肝) 둘이 오늘밤을 그
　　　대로 보내렵니까?

218. 한굉(?~785?)은 당나라의 시인이며, 유씨는 그의 가기이다. 뒤에 나오는 각주 267번 참조.

(낙안선생은 길게 탄식한다. 봉래선은 눈물을 머금고 문밖으로 나간다. 순옥은 선생을 끌어당겨 마음속 일을 말한다)

순 옥 :

봄바람의 끝없는 한을 풀어주고자
헤어질 때 은근히 다시 말 전하네.[219]

【심원춘沈園春】

하늘은 왜 나를 내셨나?

나는 왜 사람이 되었나?

누구를 원망하나, 그이를 원망하네.

생각하면 부모님 세상 버리고 혈육 하나 겨우 남아

형제도 없이 그림자만 의지했지.

이름이 교방에 속해 가무가 사람을 그르쳤네.

홍안은 예로부터 떨어진 꽃잎과 같지.

자세히 보면 세상사 일장춘몽이요

인정은 흐르는 물이라.

노랑(盧郎)[220]이 무정한 님은 아니지만

---

219. 이백의 〈청평조사(清平調詞)〉 제3수에 '봄바람의 무한한 한을 풀어주고자, 침향정 북쪽에서 난간에 기댔네[解釋春風無限恨, 沉香亭北倚闌干]'라고 하였고, 백거이의 〈장한가(長恨歌)〉에서 '헤어질 때 은근히 다시 말을 전하니, 맹세의 사연을 두 마음은 안다네[臨別殷勤重寄詞, 詞中有誓兩心知]'라고 하였다. 두 편의 시에서 한 구절씩 가져왔다.

거울 속에는 벌써 백발이 성성하네.

호리병 찬물을 가져다 마음을 깨끗이 씻고

가을 산 흰 구름처럼 여유로워

사는 법 바꾸지 않네.

청빈한 삶 부끄럽지 않아

노역을 하든 부귀를 누리든 가린 적 없어.

그만두자. 맹광(孟光)[221]이든

벽옥(碧玉)[222]이든 될 대로 되라지.

---

220. 앞의 각주 72번에 자세한 사연이 실려 있다.

221. 후한 양홍(梁鴻)의 처로 가난한 살림에도 남편을 공경하여 거안제미(擧案齊眉)하였다.

222. 당나라 교지지(喬知之)의 가기(歌妓). 후에 무승사(武承嗣)가 그녀를 빼앗아 돌려주지 않자 교지지는 〈녹주원(綠珠怨)〉을 지어 보냈다. 벽옥은 그 시를 읽고 눈물을 삼키며 사흘간 식음을 전폐하고 우물에 몸을 던졌다.

문서 작성

(이화양이 오른다)

낙안선생:며칠간 아우가 보이지 않더니…….

이화양:일이 없어 어쩌다 오지 않은 게지요.

낙안선생:내가 어제 엿장수 아줌마가 와서 청하기에 순옥을 집에 가서
　　　　만났네. 그의 말이 아우 말과 똑같더군. 문권을 작성하라고 재
　　　　촉하니 이 일을 어떻게 조처해야 할지?

이화양:제가 순옥이 아니니 순옥의 속마음을 어떻게 알겠습니까? 다
　　　만 그의 말을 듣고 그의 마음을 살펴보면, 조정의 관리를 사모
　　　하고 부귀를 탐내는 것은 결코 아닙니다. 정말 어쩔 도리가 없
　　　어 그러는 것이지요. 지금 당장은 이렇게 때우고 형편 따라 처
　　　리하지요. 저의 기예로 재물을 모아서 스스로 속환(贖還)할지
　　　어찌 압니까? 만사를 한 번에 싹 쓸어버리고 저 아이 말대로 문
　　　권을 만들어 그에게 보내십시오. 그도 얼마간 재량이 없지 않
　　　을 테고, 저도 향청(鄕廳, 지방의 자치기구)에 참석하여 적절한

기회를 보아 권유하겠습니다.

낙안선생:부끄럽구나. 미치겠구나. 문권을 다 썼으니 아우가 내 대신
　　　전해주게.

이화양:(문권을 펼쳐 보며) 명목은 문권이나 사륙문(四六文) 글값이 남
　　　초 오백 근에 필적하겠군.

　　　(이화양이 퇴장한다. 오른다)

이화양:영감! 오늘 왜 축하주를 차리지 않으시오?

　　　(이양진이 오른다)

이양진:무슨 좋은 일이 있다고?

이화양:이게 좋은 일 아니면 뭐가 좋은 일이겠소? (문권을 전달한다. 본
　　　다) 이 문건의 내용은 이렇소. '한 판마다 백금을 걸었다는 저
　　　포놀이 옛 풍류를 들었으니[223] 세 판에 두 판을 져 부끄럽게도

223. 당나라 잠삼(岑參)의 〈비자를 무창으로 돌려보내며[送費子歸武昌]〉에 '그대 객관을 열어 늘 손님을
　　　맞이해 저포놀이 한 판에 백금을 걸었지[知君開館常愛客, 樗蒲百金每一擲]'라고 하였다.

모자란 바둑 솜씨 탄로났다. 거미줄이 재앙을 만들었을 뿐 아미(蛾眉, 미인의 비유)가 무슨 잘못이랴? 이 순옥은 화류계의 몸이지만 송죽의 드높은 절개를 지녔다. 사랑 놀음이 시인에게는 어울리지 않건만, 꽃에서 자고 구슬을 희롱하다가[224] 끝내는 여인에게 이끌렸다. 송국헌 서쪽의 놀이바둑이 결국 남초 내기판이 될 줄은 전혀 몰랐다. 열아홉 줄 가로세로 바둑판에서 번번이 길을 잃다 말이 죽었고, 오백 근 담바고는 나무 타고 올라가 물고기를 찾는 꼴이 되었다. 쌓아놓고 파는 것도 다 떨어졌으니 어디서 이 물건을 살 것이며, 금전도 바닥났으니 오늘은 전날의 맹약을 어길까 두렵다. 이에 신의를 지켜 굳은 우정을 보존하고자 마침내 담배를 대신해 옥(玉, 순옥)을 버린다. 꽃[순옥]을 보내 풀[남초]과 바꾸는 것이 어찌 조화옹의 애증이 아니랴? 아교처럼 들러붙었다가 거문고를 태우듯[225] 버리는 짓이 깊고 야박한 인정과 비슷하다. 신선 바둑을 구경하던 나무꾼의 도끼가 벌써 썩었으니 신선의 묵은 인연이 없음이 한스럽고, 동산(東山)의 사안(謝安)처럼 나막신 굽 부러졌으나 산음(山陰)에 별장이 없어 부끄럽다.[226] 이 일은 부득이 하는 것이나 숨어

<hr />

224. 여자와 동침하고 희롱하였다는 뜻이다.

225. 거문고를 불태우고 두루미를 삶는 것은 대표적인 몰취미한 행위이다. 각주 64번 참조.

226. 사안의 나막신은 각주 217번을 참조하라. 사안이 정토대도독(征討大都督)에 임명되어 출정할 때 벗들이 다 모였는데 사안은 그들과 바둑을 두면서 별장을 내기로 걸었다. 여기서는 별장 같은 재물이 없음을 말한다.

있는 감정은 어이하나. 서원(西園)에서 꾀꼬리 소리가 들릴 때 유지(柳枝)[227]는 이미 남의 손에 꺾였고, 북상(北廂)에서 원앙의 꿈을 문득 깨자 소랑(蘇郎)[228]은 남이 되었다. 이제 두루미 떠나고 휘장 안은 비었으며, 까마귀 흩어지고 오작교는 끊겼다. 늙은 처가 그린 종이 바둑판만 남아 왕유[229]를 따르기는 어렵고, 젊은 며느리의 바둑솜씨를 듣지 못해 왕적신(王積薪)[230]은 어디로 가야 하나. 뜻하지 않게 중도에서 헤어졌으므로 이 세상에서 다시 만난다고 누가 말하랴? 망우초(忘憂草)로는 새로 생긴 시름을 잊지 못하니 어찌 순옥을 잊을 수 있으랴? 소일거리 바둑으로는 긴긴 해를 어찌 보내랴? 다만 넋만 녹일 뿐이지. 이제 끝이로구나. 둘의 마음 똑같으나 붓질 하나로 끊겼구나. 소주 석 잔으로 자초한 재앙을 창랑(滄浪)의 물에 씻어 보내고, 담배를 다섯 번 당겨 무명업화(無明業火)를 싹 태워 없앤다. 해는 자(子)의 자리에 있고, 달은 유(酉)의 자리에 있을 때, 낙안당의 휴서(休書, 이혼증서)가 천 명 만 명의 입에 오르지 않기를. 양진재(養眞齋)에서 원고와 피고가 문권을 작성하여 충분한 증빙으

---

227. 유지는 이상은이 만나기로 약속하였다가 만나지 못한 여인이다. 후에 남의 첩실이 되자 이상은은 〈유지(柳枝)〉 다섯 수를 지어서 그녀가 살던 집에 써 두었다. 앞에 나온 각주 참조.

228. 소랑은 《옥교리(玉嬌梨)》의 주인공 소우백(蘇友白)으로, 여기서는 낙안선생을 가리킨다.

229. 바둑을 좋아하였다.

230. 당 현종 때의 국수(國手)이다. 현종을 따라 사천으로 피난 가다가 험난한 촉도(蜀道)의 한 초가집에서 바둑을 두는 시어머니와 며느리를 만나 그들의 기예를 전수받았다.

로 남긴다.'

이양진:(웃는다) 이는 노비 매매 문권이 아니라 첩과 헤어지는 휴서로 구먼. 지금은 그저 낙안 형이 시키는 대로 하세나. 내 주절주절 무슨 말을 하겠나. 며칠 기다리다가 낙안 형이 오지 않으면 내가 직접 댁에 가서 자세히 들어보도록 하지.

이화양:영감 하고픈 대로 하시오. 이제 문권을 작성했으니 순옥이 제 발로 와서 뵐 거요. 일전에 더위 먹어 마침 몸져누웠으니 조금 늦게 올지도 모르겠소이다.

이양진:병이 없다 해도 내가 낙안의 얼굴을 한번 보기 전에는 그 아이가 먼저 올 필요 없네.

(이화양이 퇴장한다. 봉래선이 등장한다. 순옥이 오른다)

순 옥:어머니! 제가 팔리기를 자원했고, 몸은 벌써 남에게 예속됐어요. 본래는 선생님을 위해 한 일이라 억울하지는 않으나 그래도 한 토막 근심이 마음을 떠나지 않아요.

봉래선:몸을 팔아 은혜를 갚는 것은 의로운 일이자 하기 힘든 일이다. 옛날에도 드문 일이고, 지금은 볼 수가 없지. 어미가 이번에 네

하는 일을 보면서 꾹 참고 한 마디도 하지 않았다만 이제 와서 이리저리 생각하니 그저 죽어 모르고자 하는 일념뿐이다. 요행으로 기다린 것은 죽을 데도 쓸 약이 있다[231]는 속담으로 그 말을 믿고서 그냥저냥 잔 목숨 이어왔다. 이제 생각해보니 이런 바닥에 이르렀는데 다시 또 무슨 못 다한 업보가 있다고 애를 태우느냐?

순　옥: 이제 노비가 되면 생사는 남의 기분에 달렸어요. 제가 맹세했다고 하지만 남이 알아주기 어려워요. 주인을 따라 서울로 들어간 후 제 뜻과 다른 일로 저를 핍박하면 녹주(綠珠)[232]의 분신을 면치 못할 처지라 선생님과 다시 만날 길은 오늘부터 영영 끊어졌어요. 곰곰 생각하면 먼저 죽어 모르는 것이 더 낫겠지만, 어떻게 수습해야 할까요?

봉래선: 딸아이의 걱정이 정말 틀리지 않아. 기러기란 본래 물을 좋아하고, 나비는 꽃에 물리지 않아. 어미 역시 이런 염려가 없지 않아 속으로 곰곰이 생각한 지 여러 날이 지났는데 방금 한 가

---

231. 속담으로 '죽을병에도 살 약이 있다', '죽을 수가 닥치면 살 수가 생긴다', '죽을 땅에 빠진 후에 산다', '하늘이 무너져도 솟아날 구멍이 있다'와 함께 비슷한 경우에 쓴다.
232. 녹주는 진(晉)나라 거부인 석숭의 애첩이다. 손수(孫秀)가 녹주를 요구하였으나 주지 않자 석숭을 핍박하였다. 석숭이 누각에서 연회를 열고 있을 때 군사들이 들이닥치자 녹주는 누대 아래로 뛰어내려 목숨을 끊었다.

지 묘수가 떠올랐어. 이야말로 동오(東吳) 황개(黃蓋)의 고육책
(苦肉策)이지만 딸아이를 위해서 쓰지 않을 수 없구나. 빨리 쓰
는 것이 유리하고 망설여서는 절대 안 되겠다. 바람 불기를 며
칠 기다렸더니 이제 막 자세히 보이는구나.

(돌이가 오른다)

돌 이:봉래선 아주머니! 나으리가 부르십니다요.

봉래선: '봄바람이 내 마음 몰랐다면 무엇 때문에 낙화를 날려 보냈을
까?'[233] 애야, 마침 맞게 사람이 오니 내 꾀가 이루어지지 않을까
왜 걱정하겠니? 돌이야, 먼저 가거라. 내 곧 뒤따라가마.

(몸단장한다. 눈썹을 옅게 칠한다. 두 마리 나비 같은 작은 쪽머리를
하고 추봉(雛鳳) 비녀를 꽂는다. 볼에 가볍게 분을 바르고 입술에 연
지를 살짝 바른다. 백갑사(白甲紗)로 안팎을 댄 겹적삼, 설화능단으
로 무늬를 놓은 허리띠, 십오승(十五升) 모시로 안팎을 댄 고쟁이,
반청학라백견(半靑鶴羅白絹)으로 안을 댄 치마, 외날코 버선, 가는귀
초혜(草鞋)로 차린다. 갖가지 패물을 차고 쓰개를 손에 들고 오른다)

─────────────────────────

233. 왕유의 〈장난삼아 너럭바위를 읊다[戲題盤石]〉에 나오는 구절이다. "너럭바위 샘물가에 있어
예쁘구나, 더욱이 수양버들 술잔을 스치니. 봄바람이 내 마음 몰랐다면 무엇 때문에 낙화를 날
려 보냈을까[可憐盤石臨泉水, 復有垂楊拂酒杯. 若道春風不解意, 何因吹送落花來]?"

나으리! 요사이 평안하신지요?

(부사가 오른다)

이양진:말이 없으면 보질 못하고, 청해야 비로소 오는구나. 옛사람 말
　　　에 신선은 얼굴을 보기가 힘들다더니 봉래선녀 한번 보기가 과
　　　연 쉽지 않구려.

봉래선:신선은 본래 찾는 것이 없지요. 찾는 것이 없거늘 어째서 오겠
　　　습니까? 그러나 연분이 있다면 찾지 않아도 저절로 옵니다. 장
　　　석(張碩)의 두란향(杜蘭香)²³⁴, 문소(文簫)의 오채란(吳彩鸞)²³⁵이
　　　그렇습니다. 나으리의 서안 위에서 위랑(韋郞)의 태백경(太白
　　　經)을 보지 않았다면, 제가 꿈에 나타나 한번 밀회하지 않았겠
　　　습니까?

이양진:(뚫어지게 바라보며 속으로 생각한다) '저와 몇 번 만나지 않아
　　　서 벌써 대단한 줄은 알아차렸지만, 오늘 보니 눈이 번쩍 뜨이

---

234. 두란향은 《수신기(搜神記)》에 나오는 선녀로, 장석에게 자주 나타나 부부가 되고자 했다. 그러
　　　나 나이와 운명에 차이가 나서 부부가 되지 못한다고 하면서 장석에게 과일을 주고 떠났다.
235. 문소는 당나라 배형(裴鉶)이 지은 《전기》에 등장하는 인물이다. 당나라 태화(太和) 연간에 서
　　　생 문소는 중추절에 한 미인을 만나 서로 마음이 끌린다. 문득 선동(仙童)이 와서 오채란이 사
　　　욕 때문에 천기를 누설하였으니 백성의 아내로 내려보내 한평생을 살게 하라는 하늘의 판결
　　　을 전한다. 두 사람은 부부가 되었다가 후에 호랑이를 타고 신선이 되어 올라갔다.

는구나. 이 차림새는 화사하게 꾸미지 않았으나 기품 있고 고우며, 이 자태는 농염하지 않으면서 천연의 아름다움을 지녔구나. 과연 얻고자 해도 얻지 못할 사람이다.' 봉래선! 그대를 못 본 지 벌써 열흘이 가까운데 끝내 한 번도 오지 않다니 사람이 이다지도 박정하오.

봉래선:아침저녁으로 모실 생각이 없진 않았으나 가난한 살림살이 때문에 한가로운 걸음 할 여유가 없었답니다.

이양진:오늘은 비가 내려 술 마시고 바둑 둘 벗도 없고 외로운 여관은 적적하여 견디기 어려워서 부르지 않을 수 없었네. 종일 내 곁에서 외로운 나그네를 위로해주기 바라네.

봉래선:감히 분부를 받들지 않겠습니까만, 나으리께서는 근자에 무슨 마음 쓰실 일이 있어 이렇게 초췌하신지요?

이양진:시름겨운 사람의 심사란, 풍경을 보든 일이 생기든 비감해지지 않을 수 없지. 그렇지 않을 도리 있겠는가?

봉래선:소첩의 휴대용 약주머니 안에 기분을 맑게 하고 답답함을 풀어 주는 차가 있으니 나으리께서 한번 드셔보시지 않으렵니까?

이양진:그 말을 일찍 듣지 못해 유감이네. 자네에게 이런 좋은 차가 있
는 줄 알았다면 목이 마르는 간병에 약물 방울로 입술을 축이
지 않았을 텐데? 차 이름은 뭔가?

봉래선:차 이름은 하나가 아니고, 조리해서 마시는 방법도 각각 다릅
니다. 그러나 제가 사는 곳이 본래 육우(陸羽)의 《다경(茶經)》에
나오는 데가 아닌가요.[236] 또 동파(東坡)가 품평한 황금루(黃金縷)
나 밀운룡(密雲龍)[237] 따위도 아니고, 또 요사이 즐겨 마시는 황
차(黃茶)[238]나 백산(栢山) 따위의 명품도 아니지마는 효과는 무적
입니다. 나으리께서는 강화자음차(降火滋陰茶) 한 종지를 드셔
보세요. 저를 사람을 독살하는 양숙자(羊叔子)[239]로 보지는 마시
고요.

이양진:정말 좋구나. 좋아. 봉래선의 의술 공부가 착실하여 얕지 않아.

236. 《다경》에 다기의 산지로 홍주(洪州)가 유명하다고 하였다.
237. 두 종의 차는 소식(蘇軾)의 〈행향자(行香子)·차(茶)〉라는 사에 이름이 나온다. 소식이 즐겨 마
셨던 차로 알려졌다.
238. 황차는 차의 일종으로 조선후기에는 중국에서 수입하여 마신 차이다.
239. 삼국시대 위나라 양호(羊祜)가 양양(襄陽)을 수비할 때 동오(東吳)의 명장 육손(陸遜)의 아들 육
항(陸抗)이 오군을 이끌고 그와 대치하였다. 두 사람은 적이지만 서로 존중하였다. 우연히 두
사람이 동시에 군사를 데리고 사냥할 때 양호는 오나라의 경계를 침범하지 않았고, 잡은 짐승
중에 오나라 군사의 화살을 먼저 맞은 것은 돌려보냈다. 육항은 이에 사례하여 자신이 직접 빚
은 술을 선물로 보내자 양호는 이 술을 의심하지 않고 마셨다. 육항이 병이 나자 양호는 약을
지어 보냈다. 부하들이 약에 독이 들었을지도 모르니 먹지 말라고 말렸으나 그는 "남을 독살
할 양숙자가 어찌 있겠는가? 너회들은 의심하지 말라"고 하고서 약을 먹고는 다음날 나았다.

봉래선:저는 수십 년간 시름과 답답함을 풀어주는 기생이었지요. 기녀
　　　는 기백(岐伯)과 통한답니다.[240]

　　　(다관을 씻고 숯불을 피운다. 차를 끓여 진하게 달인다. 종지에 부어
　　　부채로 식힌다. 손으로 차종을 들고 붉은 입술에 살짝 대어 먼저 맛
　　　을 보고 눈썹 높이로 올려 바치며 권한다) 나으리! 이 종지를 다
　　　마시소서.

　　　(이양진은 차를 받아 손에 들고 한 번 마시고 한마디 한다. 또 웃고
　　　마시고 하다가 차는 다 마셨으나 말과 웃음은 끊이지 않는다. 원래
　　　이 차는 최춘옥설(催春玉屑)이라 하는데 차를 마셔서 뱃속에 들어가
　　　면 춘흥을 일으킨다. 봉래선의 손을 움켜잡고 무릎을 붙여 바짝 다
　　　가앉는다. 눈가에 춘색이 돌고 눈빛에 그윽한 정이 담겨 처음 왔을
　　　때보다 훨씬 더 흔들흔들거린다)

봉래선:나으리! 이 차를 마시니 가슴이 시원하게 뚫리시나요? 이어서 조음
　　　보양차(調陰補陽茶) 한 종지 드시면 바로 효과를 보실 것입니다.

이양진:더 좋지, 더 좋아. 그대는 마비산(麻沸散)을 써서 뼈를 깎아내지

240. 기백은《황제내경(黃帝內經)》을 지었다고 하는 황제 때의 명의이다. 《황제내경》은 전국 진한
　　　시대의 의학자가 황제와 기백의 이름을 가탁하여 지었다.
241. 마비산(麻沸散)은 삼국시대 명의인 화타(華陀)가 외과수술을 할 때 사용한 마취약이다.

는 못했어도[241] 위와 장을 씻어내기는 하니 참으로 화타(華陀)의 정문일침(頂門一針)의 경지에 못지 않네그려.

봉래선:모두가 월모선녀(月姥仙女)의 비전신방(秘傳神方)으로, 저는 그저 증상에 따라 처방했을 뿐이랍니다. (다시 향차를 달인다)

(이때 여인은 아교처럼 좌우에 달라붙어 고운 눈매에 아리따운 웃음을 흘리니 그 눈매가 손에 잡힐 듯하다. 부사는 참지 못하고 품에 안는다)

이양진:봉래선! 마음에 드는 사람이 누구지?

(봉래선은 미소를 지으며 안긴다. 이양진은 마음을 가라앉히지 못한다. 봉래선은 머리를 가다듬고 옷깃을 여민다)

봉래선:해가 벌써 서쪽으로 넘어갔으니 저녁 진지가 곧 오겠군요. 저는 물러갑니다. 이 향차를 다관에 가득 달여 놓았으니 식후에 드세요. 그러면 신령한 효과를 보고 또 오묘한 효험이 나타날 겁니다. 무릇 남녀가 교접할 때 각각 한 종지씩 마시면 온유하고 향기롭고 달아서 말할 수 없는 묘미가 있습니다. 제가 일찍이 들은 풍문으로는 나으리께서 이곳에 정인을 두고 있다고 하던데, 왜 서동을 시켜 부르지 않습니까? 한번 시험해보시면 이

차의 묘처를 바로 아실 텐데요. 저는 내일 아침에 찻값을 받으러 오겠습니다. 한 종지에 백금 밑으로는 내려가지 않을 겁니다. (작별한다)

이양진:정말 안 돼! (허리를 안아 무릎 위에 앉힌다) 정인이라구! 정인! 누가 나의 정인이란 말인가. 자네가 잠시 머물러 함께 묘차를 마시세.

봉래선:소첩은 나으리의 정인이 아니지요. 차는 함께 마시더라도 무슨 묘처가 있겠습니까. 정말 맛도 없고 흥취도 없을 텐데요.

이양진:내 정인이라면 자네 말고 누구란 말인가. 또 맛없는 가운데 맛이 있고 흥취 없는 가운데 흥취가 있을 줄 어찌 아는가.

봉래선:결코 그렇지 않습니다. 첩은 나이도 많고 미모도 사라져 어르신의 심부름하기에 어울리지 않습니다. 더군다나 침석 위의 풍류를 여러 해 동안 멀리했어요. 소첩이 노처녀로서 모수(毛遂)

242. 모수자천(毛遂自薦)의 고사. 모수는 전국시대 조(趙)나라 평원군(平原君)의 식객이다. 조나라 효성왕(孝成王) 9년에 진(秦)나라가 조나라를 공격하자, 왕은 평원군 조승(趙勝)에게 초(楚)나라로 가서 원병을 청하게 하였다. 모수는 스스로 따라 나섰다. 초나라에 도착하여 평원군과 초왕이 담판을 벌였다. 해가 중천에 이르도록 결판이 나지 않자 모수는 칼을 잡고 계단을 올라가 직접 손익을 진술하여 초왕이 삽혈(歃血)하고 맹약을 체결하게 만들었다.

의 계책을 쓰더라도[242] 나으리께서는 차를 입에 바르고 합종(合從)할 욕망이 안 나겠지요. 또 이병아(李甁兒)의 마파(馬爬) 자세[243]를 흉내 내고자 한들 나으리께서는 다리를 끈으로 묶는 짓을 하지 않을 겁니다. 이 모두가 형편없는 이바지를 받은 시부모 앞에 앉은 추한 며느리 꼬락서니입니다.

(묻고 대답하는 사이에 황혼에 이른다. 처마 끝에는 가랑비가 똑똑, 창틈으로 외로운 등불이 깜박인다. 봉래선은 구름 같은 검은 머리를 어깨에 드리우고, 눈 같은 복숭아가 가슴에서 살짝 비치며, 허리띠는 저절로 느슨해져 가는 허리가 살짝 드러나고, 추파를 몰래 보내니 춘정이 사람을 움직인다. 이때 여인은 극히 교묘한 춘물(春物)을 벌써 아름다운 풍월의 장소에 장치하고 이부자리 베갯가에서 갖은 교태를 부리니 꽃가루를 머금은 꽃인 양, 여음(餘音)을 희롱하는 꾀꼬리인 듯하다. 촛불 앞으로 가서 손으로 은주전자를 당겨 향차를 부어 한입 가득 머금고 나으리의 목구멍으로 넣어주니 사람 향기와 차 맛이 한 가지로 풍겨난다. 이양진은 정신이 제 집을 지키지 못하고 혼백마저 오두막을 떠난다. 그대여, 너를 어이할까? 손을 잡고 잠자리에 들어 운우가 끝이 없다)

봉래선:나으리! 오늘밤 뜻하지 않게 이런 일이 생겼네요. 베갯머리에

243. 《금병매》 50회에서 이병아가 시도한 성행위 자세이다.

서 그윽한 정을 담아 사 한 수를 지어 봅니다.

【임강선臨江仙】

어현기(魚玄機)²⁴⁴로 태어나지 못하고

제운사(齊雲社)²⁴⁵에서 헛되이 늙었지만

강주(江州)에서 백사마(白司馬, 백거이)를 만나

비파곡 한 곡조에 깊은 정 끝없이 쏟아내네.

기이한 향이라 단약 굽는 연기에 섞이지 않나니

도가의 영아(嬰兒)와 차녀(姹女)라고 말하지 마오.²⁴⁶

누가 알았으랴! 봉래산의 한 조각 구름이

인간 세상의 비가 되어 초나라 산을 다시 찾을 줄을.

이양진: 네 비록 어현기는 아니지만 누군들 사랑하고 싶지 않겠는가.

(창문이 밝아온다. 함께 내려간다)

---

244. 어현기(魚玄機, 843?~868?)는 중국 만당(晚唐)의 여류시인으로 염정(艶情)을 섬세한 필치로 표
   현한 작품을 많이 지었으며 동시대 명사들과 교제하며 시를 지었다. 기생 신분이었으나 나중
   에 도교 사찰인 함의관(咸宜觀)으로 출가하여 여도사(女道士)가 되었다.
245. 각주 101번을 참조. 기생집단으로 보인다.
246. 도교의 내단학(內丹學)에서는 보통 영아로 원기(元氣)를, 차녀로 원신(元神)을 비유한다.

사랑을 돈으로 사다

(이양진이 오른다)

이양진: 봉래선! 오늘도 비가 내리니 굳이 집에 돌아갈 것 없이 하룻밤
　　　　더 머무르며 날씨를 보는 게 더 좋겠네.

봉래선: 하룻밤을 더 머물러도 다른 일은 상관없지요. 그저 늙은이의
　　　　취약한 가죽주머니가 외눈박이 용을 다시 만나 이십여 년을 지
　　　　켜온 옥문새(玉門塞)를 돌파당해 죽기로 싸워온 지난날의 공훈
　　　　으로도 능연각(凌烟閣)[247]에 들어가지 못할까봐 걱정입니다. 어
　　　　찌 애석하지 않겠습니까?

(부사가 웃는다. 종일 소일한다. 다시 만나 잠자리에 든다)

이양진: 봉래선! 내 자네에게 물어볼 게 있네. 자네는 올해 마흔인데

---

247. 능연각은 당나라 때 공신의 화상을 보관하던 전각이다. 태종(太宗)은 천하를 통일하고서 643년
　　　장손무기(長孫無忌) 등 24명의 공신 초상화를 그려서 여기에 보관하였다. 이후로 공신의 화상
　　　을 보관해 두는 장소의 대명사로 쓰였다.

나이와 용모가 어울리지 않을 뿐만 아니라 잠자리의 모든 것이 사람을 겪어보지 않은 이팔 소녀와 다르지 않네. 참으로 괴이한 일일세.

봉래선:제가 듣기로 진나라 하희(夏姬)[248]와 수나라 소후(蕭后)는 나이 오십이 넘어서도 젊은 때와 똑같이 방사를 했다 하더이다. 다들 남자의 정기를 채취하는 방법을 깊이 터득한 때문이지요. 소첩처럼 두메산골 천한 몸뚱아리는 종놈들에게도 어울리지 않는 줄을 잘 알지요. 그럼에도 큰 사랑을 입어 외람되게 잠자리 시중을 들었으니 오리나 너새가 난새나 봉새와 짝을 맺은 격입니다. 만약 남들이 저를 보았다면 동정호와 소상강이 부질없이 공중에 비친 꼴이라[249] 머리를 설레설레 저으며 칠백 리 밖으로 도망갈 거란 사실을 왜 모르겠습니까? 다만 입육쌍겸(入肉雙鉗)과 투심일협(透心一夾)[250]만은 소첩이 남들과는 조금 다릅니다. 수많은 품 안에서 나누는 풍화는 새벽까지 밤잠을 자지 않게 할 수 있지요. (정이 무르익는다) 나으리! 낙안선생 같은 처지가 되신다면 저를 잡혀 내기 남초를 갚으실 겁니까?

---

248. 앞의 주 163번 참조.
249. 두보의 〈모춘(暮春)〉 중 '병들어 누워 삼협에 갇혔으니, 소상강 동정호는 부질없이 공중에 비쳤어라[臥病擁塞在峽中, 瀟湘洞庭虛映空]'의 한 구절이다. 삼협을 지나 소상강 동정호를 보러 가야 하지만 병이 들어 움직이지 못하고 삼협에 갇혔다는 말이다.
250. 입육쌍겸과 투심일협은 방중술의 기법인 듯하다.

이양진: 그렇게 하지는 않으리라.

봉래선: 그러면 낙안선생의 이 일을 나으리께서는 어떻게 보시는지요?

이양진: 선생이 문권을 써서 보냈다만 아직 직접 만나지 않았네. 선생
과 만난 이후에 결정이 날 걸세.

봉래선: 결국 문권대로 시행한다면 나으리께서는 노비로 데리고 가시
렵니까?

이양진: 그렇지 않기는 어렵지. 다만 순옥의 용모와 기예로는 끝내 남
의 노비가 되지는 않을 테지.

봉래선: 결국 남의 노비가 되지 않는다면 나으리께서는 순옥을 어찌하
시렵니까?

이양진: 자네 다음 소실로 삼을 수밖에 없을 것 같군.

봉래선: (품에 안기며 자기도 모르게 웃음을 흘린다) 나으리! 순옥이 누군
지 아세요?

이양진: 누구긴, 낙안의 첩이지.

봉래선:낙안선생의 첩이 바로 나으리의 노비가 되었고, 노비가 멀쩡히 살아서 나으리의 세 번째 소실이 됩니까? 나으리께서는 순옥이 낙안선생의 첩인 줄만 알고 낙안선생의 첩이 봉래선의 딸인 줄은 모르셔요.

이양진:어, 봉래선이 누군고? 두 사람인가?

봉래선:누구긴요? 방금 나으리와 풍월을 희롱하며 몰염치한 일을 치렀잖아요. 다른 봉래선은 없답니다.

이양진:세상사가 십중팔구는 이렇게 공교롭구나. 내 속마음을 자네에게 털어놓지 않을 수 없겠네. 도박은 본래 놀이요, 남초 오백 근 약속도 짓궂은 장난에서 출발했지. 결국 장난이 진실이 되어 사람으로 물건을 대신하고 문권을 작성하기에 이르렀네만 아름다운 일은 결코 아니지. 더구나 친구의 첩을 취하여 제 노비로 삼는 짓이 친구 사이에 행할 도리이겠는가? 낙안의 이번 행동은 비록 망발에서 나왔으나 그래도 신뢰를 잃지 않았네. 그런데 내가 고약한 일인 줄 모른 체하고 아무렇지 않게 받는다면 남들이 나를 어떤 인간으로 보겠는가? 즉시 문권을 돌려주려고 하다가 얼굴이나 한번 본 뒤에 끝내려고 했었지. 뜻밖에도 연분이 겹쳐 자네가 이제 심간(心肝)에다 원수 덩어리가 되어 순옥이 양녀가 되다니. 내일 낙안을 만나 문권을 없애는

것이 좋으리로다. 좀 전에 한 말은 장난일세.

봉래선:(두 손으로 허리를 안고 소곤소곤 말한다) 우리 나으리께서 늙은 봉래선의 낡은 가죽 주머니를 이렇듯이 사랑하시니 나으리를 아버지라고 부르지 않을 수 없네요? 천 나으리 만 나으리, 원래 순옥 어미가 잠자리 시중을 든 것만도 꿈도 못 꿀 일인데 순옥이 노비의 몸에서 양녀로 바뀌었으니 얼마나 기이한 일인가요? 일이 여기에 이르고 보니 소첩에게 한 가지 꾀가 생겼어요. 낙안선생께는 발설하지 마셔요. 함정을 하나 만들어서 이리저리 하여 속여 골탕을 먹이자구요. 자꾸자꾸 고생시키는 게 좋겠어요.

이양진:기묘하도다. 기묘해. 자네 마음대로 소동을 일으켜보게.

(퇴장한다. 순옥이 오른다)

순 옥:어머니! 아기가 어머니를 기다린 지 벌써 이틀 밤낮입니다. 어디 가셨다가 이제야 돌아오세요?

봉래선:애야, 어미가 문을 닫고 손님을 사절한 지가 지금 십 년이 되었다만 딸을 위하여 미인계 수단을 쓰지 않을 수 없었다. 이틀 밤 동안 적벽강에서 배 묶는 계책을 써야만 했는데 다행히도 고육

책이 성공했구나. 대박동(大剝洞) 불로노파(不老老婆)의 옥화겸
(玉火鉗)[251]이 없었다면 하마터면 패배해서 코피를 쏟을 뻔했다.
이제야 어미 노릇 하기가 진짜 어려운 줄 알겠다.

(순옥이 웃는다)

그렇게 됐지만 어미의 늙은 가죽주머니에는 아직도 파내지 않
은 꾀가 있단다. 이것은 장의(張儀)의 화를 돋워 진(秦)나라로
가게 만드는 계책이지.[252] 이렇게 저렇게 너는 계책대로만 하고
절대 바람소리도 흘리지 말거라.

순 옥: 잘 알았어요. (화장한다. 송국헌으로 간다. 안부를 묻는다)

이양진: 순옥아! 오랜만이로구나. 요사이 병이 났다더니 다 나았느냐?

순 옥: 쾌차하지는 않았으나 그래도 늦게 뵈었어요. 죄송합니다. 죄송
해요.

이양진: 병은 사람을 가리지 않으니 어찌 너를 탓하겠느냐.

---

251. 옥화겸은《후서유기(後西游記)》의 대박산(大剝山) '불로파파(不老婆婆)'가 사용하는 무기로서
　　　여성을 상징한다. '옥화(玉火)'는 '욕화(欲火, 욕망의 불)'와 발음이 같다. '소행자(小行者)'가 쓰
　　　는 '여의금고봉(如意金箍棒)'은 남성을 비유하는데 이 둘의 대결은 성행위를 비유한다.
252. 소진(蘇秦)은 일부러 장의를 푸대접하여 진나라로 가서 객경(客卿)이 되게 만들었다.

(종일 이야기를 나눈다. 이화양이 오른다)

이양진:내 마침 자리를 쓸어놓고 아우님을 기다리던 차일세. 자리를
　　　빛내주어 고맙네.

이화양:무슨 시키실 일이라도?

이양진:낙안 노형을 오래 못 보아서 지금 가서 뵈려는 참인데 벗님이
　　　마침 왔으니 함께 가세나.

이화양:저도 여길 들렀다가 찾아뵐 참이었습니다. (함께 올라간다. 오
　　　른다)
　　　(낙안선생이 오른다)

낙안선생:연형께서 힘들게 왕림해주셨군요.

이양진:노형을 오래도록 못 뵈었소.

낙안선생:근자에 더위 먹어 구토 설사로 며칠 누워 있다가 오늘 아침
　　　에야 수건을 벗어 던졌소. 식후에 찾아뵈려 했는데 연형께서
　　　먼저 왕림하셨구려.

이화양:아우도 송국헌에 들렀다가 영감께서 마침 작은 술자리를 마련
하여 형님을 모신다기에 함께 왔습니다.

이양진:오늘 현감 형님도 오실 듯하니 노형께서는 호의를 베푸셔서 저
와 함께 가십시다.

(세 사람이 함께 간다. 순옥이 낙안선생을 보고 말도 못하고 눈물을
훔친다. 선생이 묵묵히 뚫어지게 본다. 이양진은 속으로 웃는다)

이화양:인정상 저럴 수밖에요.

(봉래선이 오른다)

봉래선:인정은 정도 아니죠. 애초 남초 내기 바둑을 둘 때 이 늙은것이
어쩔 수 없이 증인이 되었더랬는데 지금 보니 남초 한 다발을
순옥과 바꾸었습니다. 선생께서 순옥을 잡힌 게 아니라 제가
딸을 판 것이니 무슨 낯짝으로 관동의 화류계를 다시 대하겠습
니까? 제가 이제 늙어서 맨발에 이빨도 빠졌을망정[253] 딸을 대
신하여 노비가 되고 싶습니다만 나으리께서 물리칠까 염려입

---

253. 한유(韓愈)의 시 〈노동에게 부치다[寄盧仝]〉에서 '사내종은 긴 수염에 머리도 싸매지 않았고,
계집종은 맨발에 늙어서 이빨도 없구나[一奴長鬚不裹頭, 一婢赤脚老無齒]'라고 하였다. 이후
에 계집종을 '적각비(赤脚婢)'라고 부른다.

니다.

이양진:그건 절대 안 되지.

　(본관사또가 오른다)

본관사또:마침 공무 때문에 두 분 형을 모시고 말씀을 나눈 지 오래되
　　었습니다. 형님들을 받들 터이니 시키실 일이라도?

이양진:따로 부탁할 것은 없고 다만 낙안 노형이 내기 바둑에서 약속
　　을 지킨 지가 벌써 여러 날이 지난 지라, 박주 한 잔이나마 마
　　련하여 동석했던 여러 벗들에게 감사를 표하고자 합니다. 더구
　　나 현감 형께서 복수전 자리에도 참여한데다 중간의 곡절도 있
　　으니 꼭 오셔야만 합니다.

본관사또:내기한 물건을 다 갚았는데 또 무슨 곡절이 있단 말이오?

이양진:이 문권을 보시면 절로 다 아실 겁니다. 바둑은 본래 잡기이고
　　물건내기도 짓궂은 장난에서 출발했습니다만 결국에는 장난이
　　진실이 되어 이렇게 물건을 대신 납부하는 일이 생겼습니다.
　　이 과정에서 빠져서 안 될 것이 현감 나리의 판결입니다.

본관사또:(문권을 보고 대소한다) 이는 노형의 졸렬한 계책에서 나왔으나 옛사람들도 오늘 같은 일이 많았소. 포생(鮑生) 같은 큰 부자도 사현(四鉉)이란 첩을 위생(韋生)에게 잡혔고,[254] 동파 같은 고귀한 인물도 춘낭(春娘)이란 기녀를 장운사(蔣運使)에게 보내야 했지요.[255] 더군다나 낙안 형의 그동안 처세를 볼 때 손을 써볼 데가 있었다면 어찌 이런 일을 했겠소. 바둑 한 수로 생긴 득실은 승부를 따질 것 없이 "패배를 피한다면 목이라도 자르리, 후회하며 제 뺨을 치네"라는 왕안석(王安石)[256]의 말에 견줄 만하오. 그래도 낙안 형이 원고와 피고가 여럿을 앞에 두고 공안(公案, 관아의 판결) 한 마디를 요청하였으니 어찌 판결하지 않으리오. (필가(筆架)에서 서까래만 한 큰 붓을 잡아 든다) 본관은 문권에 따라 판결하노라. (판결문을 쓴다)

바둑은 본래 소일을 위한 것이지 초나라 처녀의 뽕나무 싸움이

---

254. 앞의 각주 200번 참조.

255. 이 사연은 풍몽룡(馮夢龍)의 《정사(情史)》〈정감류(情憾類)〉에 나온다. 동파가 황주(黃州)에서 유배가 풀려 떠날 때 장운사가 전송연을 베풀었다. 동파가 춘낭이란 여종에게 술을 권하게 하자 장운사가 "춘낭도 갑니까?"라고 물었다. 동파가 "에미 집에 보내려 한다"고 하자 장운사가 "제 백마와 춘낭을 바꿔도 되겠는지요?"라고 물었다. 동파가 허락했다. 장운사와 동파가 이 일을 두고 시를 읊자 춘낭은 옷깃을 여미고 앞으로 나와 자신을 말과 바꾼 것을 원망하였다. 이에 한 편의 시를 지은 다음 섬돌 아래 느티나무에 몸을 부딪혀 죽었다. 동파가 몹시 애석해했다.

256. 왕안석의 〈앞 시의 운을 써서 장난삼아 섭치원 직강에게 준다[用前韻戲贈葉致遠直講]〉에 나오는 구절로, 바둑 두는 사람의 인정을 곡진하고 오묘하게 묘사한 빼어난 시로 알려졌다.

257. 초나라 변방 고을 종리(鍾離)와 오(吳)나라 변방 고을 비량(卑梁)의 처녀들끼리 뽕나무를 놓고 다투어 집안싸움이 되고, 고을 싸움이 되고, 나라 사이의 싸움으로 커졌다. 이익을 놓고 서로 다툼을 말한다.

아니로다.[257] 순옥이 비록 남초를 대신하여 노비가 되었으나 어찌 달나라로 도망간 후예(后羿)의 마누라보다 못하랴. 이는 도랑에서 목을 매는 필부의 작은 신의이자[258] 스스로 선택한 창랑(滄浪)의 맑은 물이로다.[259] 이 순옥의 사람됨을 보니 설경(薛瓊)이 죽지 않은 것이 이상하지 않구나. 양채채(楊采采)가 상생(商生)과의 맹서를 끝까지 지킬 줄 알았더니[260] 도곡(陶穀)을 따라가지 않은 진약란(秦弱蘭) 같은 경우를 진짜 보았네.[261] 늙은 선비의 수단이 갑자기 악소년의 풍류로 바뀔 줄이야. 침선비에서 빼내는 돈으로 백오십 냥을 다 써버렸고, 거문고 사르는 불로 또 오백 근 담배를 다 태워버렸네. 도박에 져 계집을 대신 주었다는 말을 일찍이 들었더니 남초 내기에 져 첩 잡히는 일을 이

〰〰〰

258. 《논어》〈헌문(憲問)〉에서 '필부필부가 믿음을 지켜 스스로 도랑에서 목을 매어도 알아주는 이가 없는 것과 어떻게 같으랴[豈若匹夫匹婦之爲諒也, 自經於溝瀆而莫之知也]'라고 하였다.

259. 창랑의 물이 맑으면 머리를 감고, 흐리면 발을 씻는 것처럼 자신이 결정한 일이라는 뜻이다.

260. '양채채'와 '상생'은 구우(瞿佑)의 《전등신화(剪燈新話)》에 실린 〈추향정기(秋香亭記)〉의 주인공이다. 사촌남매 간인 두 남녀는 어릴 때부터 사이가 좋아 '양채채'의 할머니가 둘을 혼인시키기로 언약한다. 둘은 시를 주고받으며 사랑을 키워가지만, 장사성(張士誠)의 난으로 뿔뿔이 흩어졌다가 10년 후 서로 만나게 된다. 그러나 '양채채'는 이미 남의 아내가 되어 있었다.

261. 도곡(903-970)은 오대(五代)와 북송 초의 인물이다. 후주(後周) 세종(世宗)의 명으로 남당(南唐) 이후주(李後主)의 의중을 살피러 가서 허약한 남당을 무시하며 군자인 체한다. 한희재(韓熙才)의 계략으로 후주를 만나지 못하고 두 달을 지체한다. 때는 가을이라 쓸쓸하여 객관의 벽에 '西川犬百姓眼馬包兒禦廚飯' 12자를 쓴다. 남당의 승상 송제구(宋齊丘)가 이 자미(字謎)를 풀이한다. '西川犬'는 蜀犬이니 '獨' 자요, '百姓眼'은 民目이니 '眠' 자이며, '馬包兒'는 爪子이니 '孤' 자요, '禦廚飯'은 官食이니 '館' 자라는 것이다. 12자는 '독면고관(獨眠孤館), 쓸쓸한 객관에서 홀로 잔다'의 뜻이다. 도곡의 심사를 알아챈 송제구는 금릉(金陵)의 명기 진약란을 역리의 딸로 가장시켜 도곡을 유혹한다. 진약란에게 마음이 끌린 도곡은 〈풍광호(風光好)〉란 사를 지어준다. '좋은 인연, 나쁜 인연, 어쩌하라고? 객관의 하룻밤, 신선과 이별하네. 비파는 그리

제야 보았네. 바둑의 신은 인간의 마음을 몰라서 끝내 남령초(南靈草, 담배)의 넋까지 잃었고, 순옥은 천생연분이 없어서 동산(東山, 사안(謝安))의 기녀가 되었네. 유마천녀(維摩天女)는 원앙 바둑을 두어본 적이 없었고, 연초(烟草, 담배)와 장화(墻花, 순옥)는 이미 흩어진 나비의 꿈이로다. 친우 사이에는 신의와 약속이 있으니 색계의 일을 어찌 돌아보리오. 손님과 주인이 합의했으므로 본래 무력을 쓰고 완력으로 빼앗은 것이 아니요, 첩과 노비를 서로 바꾸었으므로 절로 문서가 있어 입증할 수 있다. 소장 제출자가 자초한 것일 뿐만 아니라 촌갑(村甲, 향청의 좌수)의 보증이 있다. 동쪽 집 꽃을 서쪽 집 화단에 옮겨 심었으니 옛날 벌이 동쪽 담을 넘지 못하게 하고, 남초로 인해 저 혼자 북상을 저버리고서 짝 잃은 난새가 홀로 추는 춤이 가련하구나. 홍루(紅樓)의 검은 머리 미인은 장자야(張子野)의 흰머리를 비웃고,[262] 허공 중의 거미줄로는 월궁항아의 붉은 줄을 잇지 못하네. 경자년 8월 이후로는 견우와 직녀의 칠석 상봉을 끊

움의 곡조를 뜯지만 알아주는 이 적구나. 끊어진 줄 이을 날은 언제이런가[好姻緣, 惡姻緣, 奈何天. 只得郵亭一夜眠, 別神仙. 琵琶撥盡相思調, 知音少. 待得鸞膠續斷弦, 是何年]?' 며칠 후 후주는 주연을 베풀어 도곡을 초대했는데 도곡은 여전히 군자인 체한다. 진약란이 나와 권주가로 〈풍광호〉를 노래하자 낭패한 도곡은 임무를 마치지 못하고 서둘러 돌아간다. 원나라 대선부(戴善夫)의 잡극 《도학사가 취하여 〈풍광호〉를 쓰다[陶學士醉寫風光好]》는 이 사연을 다루고 있다.

262. 장자야(990~1078)는 북송 초의 사인(詞人) 장선(張先)이다. 그는 89세까지 살았는데 85세에 젊은 첩을 샀다. 소식(蘇軾)이 축하시를 써주었다.

는다. 낙안이 만약 소송을 걸면 이 배탈(背頉, 사후변동 상황)의 공안(公案)에 의지하라. 양진이 이제 새 주인이니 관아에서 내준 관제(官題, 소송에 대해 관에서 써주는 지령)를 발급하노라.

(모두들 갈채한다. '절묘호사(絶妙好詞)'라고 외치며 술을 바친다)

봉래선: (큰 잔에 가득 따라 낙안선생에게 권하고) 애야, 고별사가 없을 수 있겠느냐?

순 옥: (노래한다)

【자고천鷓鴣天】
그대는 작약 가지 꺾지 마세요.
그 대신 문무초(文無草)를 드리겠어요.
제게는 단극(丹棘, 망우초(忘憂草))과 청당(靑堂, 합환초(合歡草))이 있나니
유정한 이는 무정한 이를 괴롭히지 않지요.
한잔 술을 또 권하노니
초목이 무성한 도성문 길로는 가지 마세요.
어머니와 끝까지 함께 갈 수 있다면
학림(鶴林)에서 어찌 사군(使君)의 사랑을 받았겠어요.

제자리로 돌아오다

본관사또: 순옥의 고별사에는 수많은 꾸지람이 담겨 있구나. 그 중간에
필시 기이한 일이 있으렸다. 내가 노형을 위해 구절구절 풀이
해 드리리다. 작약은 가리초(可離草)라고도 하니 꺾지 말라는
말은 헤어질 수 없다는 뜻이지요. 문무초는 당귀초(當歸草)라고
도 하니 그대에게 드리겠다는 말은 비록 헤어지지만 반드시 돌
아오겠다는 뜻이지요. 단극은 일명 망우초(忘憂艸)요 청당은 일
명 합환초(合歡草)이니 근심을 잊고 다시 합환하겠다는 뜻이 있
음을 스스로 밝힌 것이지요. 무정한 사람에게 시달리지 않겠다
는 것은 노형에게 근심을 잊고 끝내 합환을 이루려고 애쓰기를
당부한다는 뜻이고요. "새벽 해 비치는 서울 길, 초목 서늘한
가을"은[263] 옛사람들이 송별할 때 부르는 절창이라, 지금 고별하
면서 향하지 말라 하니 정녕 헤어지지 않겠다는 뜻이지요. 조
하(趙嘏)의 첩이 조하가 서울로 떠날 때 그 어미와 함께 가고자
학림에 나들이 갔다가 그 지역 장수의 사랑을 받았으나 결국은
조하에게 돌아갔지요.[264] 순옥이 부사에게 몸이 붙잡혀 어미와
함께 이 자리에 참석하였는데 부사의 사랑을 받았으나 끝내 노

---

263. 원문은 '曉日都門道, 微凉苑樹秋'로 구양수가 좋아했다는 송별시로 작자 미상이다.

형에게 돌아가겠다는 뜻이지요. 겉으로는 고별사이건만 구구절절 석별의 심경이 조금도 없군요. 특별히 기발한 뭔가가 없다면 어찌 이런 고별사가 있을까? 노형, 이 풀이가 어떠하오?

낙안선생:이 이별 자체가 기발한 일이거니 이 밖에 또 무슨 기발함이 있겠소? (모두 박수를 친다) 꾸짖는 노래를 풀이하는 솜씨를 보니 위낭(韋娘)과 우문(字文)이 살아 와도 춘등미(春燈謎)에서 장원을 독점하지는 못하겠소.[265]

이양진:현감 형의 수수께끼 풀이는 전문 풀이꾼에 맞먹지만[266] 제가 후

264. 조하가 절서(浙西)에 살 때 미인에게 빠졌다. 서울로 과거 보러 갈 때 어머니가 막아서 미인을 데려가지 못했다. 미인이 중원절 날 학림에 나들이 갔을 때 절서의 장수가 보고서 빼앗아 차지하였다. 다음해 조하는 과거에 급제하였고, 그에게 절구 한 수를 지어 보냈다. '적막한 집 앞에 해는 또 따뜻하고, 양대를 떠나 돌아오지 않는 구름이 되었구나. 그때에 사타리(沙吒利) 이야기를 들었더니 지금 청아는 사군의 것이 되었구려寂寞堂前日又曛, 陽臺去作不歸雲. 當時聞說沙吒利, 今日青娥屬使君.' 불안진 장수는 미인을 조하에게 돌려보냈다. 조하는 마침 횡수역(橫水驛)에 머물러 있다가 미인의 행차를 만나고, 미인 역시 가마 안에서 조하를 알아보았다. 미인은 조하를 안고 울다가 죽어 횡수 북쪽에 묻혔다(왕정보(王定保), 《당차언(唐摭言)》 권15). 사타리는 한익(韓翊)의 첩 유씨(柳氏)를 빼앗아 차지한 번장(蕃將)이다.

265. 춘등미는 정월 대보름날 등불에 내거는 자미(字謎)이다. 명말(明末) 완대성(阮大鍼)의 전기《십착인춘등미기(十錯認春燈謎記)》는 이를 소재로 쓴 희곡이며, '위낭'과 '우문'은 그 주인공이다. '우문박학(字文博學)'의 차남 '우문언(字文彦)'은 어머니를 모시고 아버지의 임소로 가다가 황하역(黃河驛)에 배를 대고 묵는다. 마침 원소절(元宵節)이라 우문언은 노복 진영(陳英)을 데리고 관등놀이를 간다. '위(韋) 절도사(節度使)'의 배도 가까이 정박하고 있었다. 그의 장녀 '위랑(韋娘)'도 등불을 구경하기 위해 시녀 '춘앵(春櫻)'과 남장을 하고 도관(道觀)으로 간다. 춘등미에서 두 남녀가 각각 답을 맞추고, 이를 인연으로 열 가지의 오해가 얽히고설키며 벌어지다가 우문씨와 위씨의 장남과 차녀, 차남과 장녀가 짝을 이룬다. 이 작품은 위충현(魏忠賢)에 아부하여 문인 사회에서 소인배로 지목된 완대성이 자신의 입장을 변명하려고 지었다.

희일(侯希逸)이 되지 못하니 어쩝니까?[267]

(모두 배를 잡고 웃는다. 술이 떨어진다. 모두 내려간다)

봉래선:애야, 너는 나으리 곁에서 밤을 새워 모시거라. 어미는 노선생
　　　을 모시고 집으로 돌아가마. 집에는 새로 받은 옥빛 술동이와
　　　오래 묵힌 홍옥(紅玉)술이 있으니 선생의 해장술로 쓰마.

순　옥:어머니! '현재의 사랑 믿고서 옛 은혜를 잊어서야 되나요.'[268]
　　　제가 비록 집에 없으나 선생님을 붙잡아 제 방을 깨끗이 치워
　　　오늘밤을 보내게 하셔요. 만사를 서풍에 날려 보내고 한잔 술
　　　로 전송합니다. 선생님! '그대 분수(汾水)가에 가시거든, 흰구

266. '두가(杜家)'는 명(明) 최시패(崔時佩)와 이경운(李景雲)이 남곡(南曲)으로 개편한 《남서상(南西
廂)》에 나오는 용어이다. 왕실보(王實甫)의 《서상기(西廂記)》에는 '사가(社家)'로 되어 있다.
《서상기》 제3본 제2절에서 '장군서(張君瑞)'가 '앵앵(鶯鶯)'이 보낸 시 '서상에서 달을 기다리
며 바람 맞아 문을 반쯤 열었네. 담장 너머 꽃 그림자 어른거리니 옥인이 오심인가[待月西廂
下, 迎風戶半開. 隔牆花影動, 疑是玉人來]'를 받고 앵앵이 자신을 담 넘어 오라는 암호로 해석
한다. 그 까닭을 묻는 '홍낭(紅娘)'에게 말한다. "나는 시 수수께끼를 잘 맞히는 사가요, 풍류
넘치는 수하이며, 떠돌이 육가이니라. 내가 어찌 틀리는 일이 있겠느냐[俺是個猜詩謎的社家,
風流隋河, 浪子陸賈, 我那裏有差的勾當]?" 시 수수께끼('詩謎')는 송원 시대에 유행한 놀이이
며, '사가'는 그 방면의 전문가라는 뜻이다. 당시 전문 직업인의 조직을 '사회(社會)'라고 하였
고, 그 구성원을 '사가(社家)'라고 불렀다. '시미(詩謎)'를 전문으로 하는 사회도 있었다. 수하
와 육가는 한(漢) 초기의 인물들로 모두 언설에 능하였다. 이 '사가(社家)'가 《남서상》에서는
'두가(杜家)'로 바뀌었다.

267. 당나라의 시인 한굉의 첩 유씨는 아름답기로 유명하였다. 한굉이 그녀를 장안(長安)에 남겨 두
고 귀성한 사이 안사(安史)의 난이 일어났고, 유씨는 출가하여 비구니가 되었다. 후에 한굉은
평로절도사(平虜節度使) 후희일(侯希逸, ?~765)의 서기가 되었고, 유씨에게 〈장대류(章臺柳)〉라
는 시를 지어 보냈다. '장대의 버들, 장대의 버들, 지난 날 푸르더니 지금도 남아 있을까? 긴 가
지 옛날처럼 드리웠다 해도 분명 남의 손에 꺾였으리[章臺柳, 章臺柳, 昔日靑靑今在否. 縱使長

름이 그 시절과 같은지 보소서.'²⁶⁹ 북상의 작은 방에 정든 주인이 없더라도 그곳은 지난 날 함께 놀던 옛 장소이니 하룻밤 묵고 가셔요. 어머니와 술단지를 열어 해장하시고요. 저는 이미 주인이 있으니 제 맘대로 모시고 가지 못합니다. 이제부터 삼성(參星)과 상성(商星)²⁷⁰ 되어 동서로 헤어지니 영원토록 한을 머금을 것입니다. (낯을 가리고 눈물을 훔친다. 마당으로 내려서서 고별한다)

(봉래선은 선생을 데리고 북상으로 간다. 정원과 마루에 놓인 물건이며, 동천(洞天)의 깔끔함은 완연히 예전과 똑같다. 하늘에 해는 기우는데 채색 구름은 어디로 가는가. 빈 이부자리에 홀로 앉아 혀만

條似舊垂, 亦應攀折他人手].' 이때 유씨는 번장(蕃將) 사타리가 차지하고 있었다. 후희일의 부장 허준(許俊)이 계략을 써서 유씨를 빼앗아 한굉에게 돌려주었다. 후희일이 되지 못한다는 말은 현감이라도 순옥을 빼앗아 낙안에게 돌려주지 못한다는 말이다. 당나라 허요좌(許堯佐)의 전기소설 〈유씨전(柳氏傳)〉이 이 사연을 다루었다.

268. 왕유의 저명한 시 〈식부인(息夫人)〉의 앞 대목이다. '현재의 사랑 믿고서 옛 은혜를 다 잊었다 하지 마셔요. 꽃을 보자 눈동자에 눈물 그득해 초왕과 말도 나누지 못해요[莫以今時寵, 能忘舊日恩. 看花滿眼淚, 不共楚王言].'

269. 당나라 잠삼(岑參)의 시 〈괵주 후정에서 진강으로 가는 이 판관을 보내며[虢州後亭送李判官使赴晋絳]〉에 나오는 구절이다. '서원역 가는 길은 성머리에 걸렸고, 나그네는 홍정에서 흩어지나 비는 그치지 않는다. 그대 분수가에 가시거든, 흰구름이 한나라 때 가을과 같은지 보시게[西原驛路掛城頭, 客散紅亭雨未收. 君去試看汾水上, 白雲猶似漢時秋].' 기원전 113년, 한무제가 하동(河東, 산서성) 분양현(汾陽縣)으로 가서 후토(后土)에게 제사를 지내고 배를 타고 분수를 유람하면서 〈추풍사(秋風辭)〉를 지었다. 그 첫 구절이 '가을바람 일어나니 흰구름 날린다. 초목은 누렇게 시들고 기러기 남으로 돌아간다[秋風起兮白雲飛, 草木黃落兮雁南歸]'이다. 이때가 한나라의 전성기였다. 당나라도 정관(貞觀)에서 개원(開元)에 이르는 백여 년은 한무제 시절에 못지않은 번성기였으나 안사의 난으로 몰락하기 시작한다. 잠삼은 이 판관을 진강, 즉 산서성의 분양 부근으로 보내면서 전란에 피폐한 현실과 한무제의 옛일을 대비하여 분수가의 흰구

쯧쯧 찬다. 문득 그림 병풍을 보니 활짝 핀 복사꽃이 마치 그 사람처럼 아리땁다. 술기운이 도도하여 필가에서 붓을 잡아 먹을 듬뿍 문혀 분벽(粉壁)에다가 최호(崔護)의 시를 쓴다)

지난해 오늘 이 문 안에는

님의 얼굴, 복사꽃이 서로 어우러졌건만

님의 얼굴은 어디 갔는지 모르겠고

복사꽃만 여전히 봄바람에 웃고 있구나.[271]

(붓을 던지고 취하여 쓰러진다. 삼경이 다 갈 무렵 점점 술이 깨어 몽롱한 눈을 뜨니 한 미인이 곁에서 등심지를 돋우고 있다. 봉래선이라고 생각하고 불쑥 "봉래선! 술 좀 가져오시오! 목에 갈증이 나오"

름이 그 옛날 한나라 때와 같은지 보라고 한 것이다. 순옥도 낙안이 자기의 방에 가거든 산천은 의구하되 인걸은 간 데 없는 현실에 부딪칠 것임을 더욱 부각한다.

270. 삼성은 삼수(參宿)로서 서방(西方) 백호(白虎) 칠수(七宿)의 끝자리이다. 사냥꾼 자리에 해당한다. 상성은 이십팔수 중 심수(心宿)로서 동방(東方) 창룡(蒼龍) 칠수(七宿)의 다섯 번째 자리다. 이 두 별은 하나가 뜨면 하나가 져서 동시에 떠 있을 수가 없으므로 영원한 이별을 상징한다.

271. 최호는 중당(中唐)의 시인이다. 맹계(孟棨)의 《본사시(本事詩)》에는 이 시에 얽힌 사연이 실려 있다. 박릉(博陵)의 최호는 자질이 매우 아름답고 품행이 깨끗하여 남들과 잘 어울리지 않았다. 진사에 응시하였으나 낙제하고만 그는 청명일(淸明日)에 홀로 도성 남쪽으로 나들이 갔다가 한 민가에 다다랐다. 작은 터에 화목이 빼곡하고 적막하여 사람이 없는 듯하였다. 문을 두드린 지 오랜만에 한 여인이 문틈으로 내다보며 물었다. "누구셔요?" 최호는 성씨를 알려 주고 말하였다. "홀로 봄놀이를 왔다가 술을 마시고 목이 말라 마실 것을 찾습니다." 여인은 들어가 잔에 물을 담아 왔다. 문을 열고 상을 펴 앉히고는 홀로 작은 복숭아나무 비스듬한 가지 아래에 서서 매우 마음에 들어 하였다. 아리따운 자태에 어여쁨이 넘쳤다. 최호가 말을 걸었으나 대답하지 않았다. 서로 눈빛만 오래 주고받았다. 최호가 작별하니 문까지 바래다주고 정을 못 이기

라고 소리친다. 미인이 웃음을 머금고 섬섬옥수를 등불 아래로 빼어 병을 당겨 술을 따른다. 선생은 눈동자를 가다듬고 자세히 본다)

낙안선생:눈에 보이는 사람이 누군가? 순옥은 지금 양진의 처소에 있고, 방금 봉래선이 나를 데리고 여기로 와서 옷을 벗기고 눕혔거늘, 봉래선은 어디 있고, 이 사람은 누구인가? 내가 취중이라 노소를 분간 못하는 겐가? 꿈속이라 사람과 귀신을 분간 못하는 것인가? (촛불을 당겨 바짝 다가앉아 눈을 씻고 다시 본다)

(여러분 들어보세요. 이 모든 것이 봉래선이 꾸민 함정이라오. 송국헌에 술을 차려 선생을 모시고, 현감에게 부탁하여 문권에 판결문을 쓰고, 딸에게 고별사를 시키고, 선생을 데리고 집으로 돌아와 깊이

는 듯 들어갔다. 최호도 뒤돌아보며 돌아가 이후 다시 오지 않았다. 이듬해 청명절이 되자, 문득 생각이 나 마음을 억누르지 못하고 다시 찾아가니 문과 담은 이전과 같으나 빗장은 굳게 잠겨 있었다. 최호는 문에 시를 썼다. '지난 해 오늘 이 문 안에는 님의 얼굴, 복사꽃이 서로 어우러졌건만, 님의 얼굴은 어디 갔는지 모르겠고 복사꽃만 여전히 봄바람에 웃고 있구나去年今日此門中, 人面桃花相映紅. 人面不知何處去, 桃花依舊笑春風.' 며칠 후 우연히 도성 남쪽으로 갔다가 다시 찾아가니 집 안에서 울음소리가 들렸다. 문을 열고 물어보니 노인이 나와서 말하였다. "그대가 최호요?" "그렇습니다." 또 울었다. "그대가 내 딸을 죽였소." 최호는 놀랍고 두려워 대답할 바를 몰랐다. 노인이 말하였다. "내 딸은 장성하여 글을 알며, 아직 혼인을 허락하지 않았소. 작년부터 늘 멍청히 무언가 잃은 듯하였소. 며칠 전 함께 나갔다가 돌아오니 문짝에 글이 있어 읽고는 들어와 병들어 드디어 식음을 끊고 며칠 만에 죽었소. 나는 늙고 오직 이 딸 하나뿐인데 시집보내지 않은 것은 군자를 구하여 내 몸을 맡기려 하였기 때문이오. 이제 불행히 죽었으니 그대가 죽인 거나 마찬가지 아니오." 또 최호를 잡고 울자 최호도 슬피 곡하겠다고 들어가니 여인이 침상에 살아 있는 듯 누워 있었다. 최호가 그녀의 머리를 들고 다리를 베고 곡하면서 빌었다. "내가 여기 있소. 내가 여기 있소." 조금 있다가 여인이 눈을 뜨고 반나절 만에 살아났다. 노인은 매우 기뻐하며 딸을 최호에게 보냈다.

잠든 틈을 타서 양진의 처소로 가서 딸을 데리고 북상으로 돌아왔답니다. 선생은 술수에 빠져 순옥이 송국헌에서 밤 시중을 들리라고만 여겼지, 웬수가 돌아와 눈앞에 있을 줄이야 어떻게 알겠습니까?)

낙안선생:어이쿠! 자네가 누구인고? 너는 그 얼굴이 아니냐? 네가 어떻게 여기 있느냐? 너는 꿈속에 들어온 게냐?

순　옥:(웃는다) 선생님! 취중이 아니라면 몽중이겠지요. 이 무슨 추태입니까? 양진 나으리께서 제게 이러더군요. "바둑이란 본래 객중의 소일거리요, 남초 내기는 우스갯거리와 짓궂은 장난거리에 지나지 않는다. 낙안선생이 끝까지 약속의 실천을 중히 여겨서 남초로 갚아도 단연코 받지 않을 터인데 더군다나 사람으로 물품을 대신하다니. 또 그 사람이 노비도 아니고 더군다나 첩 아니냐? 친우 사이에 옛사람의 훌륭한 일을 본받아야지 이런 기회를 이용하여 못할 짓을 할까 보냐? 그 즉시 놀이를 끝내고 문권을 없애려 했으나 그가 신의를 지키고자 했기에 나도 약속을 끝까지 완수하려 했다. 그래서 열흘 너머 지체하다가 이제 신의도 지켰고, 약속도 이행되었으니 다음에는 문권을 없애고 순옥을 돌려주노라. 이래야 친우 간에 부끄럽지 않고 낙안에게 야박하지 않으리라." 그분이 이렇게 말씀하시곤 저를 돌려 보내셨어요. 중간에 끼어 조정하느라 어머니도 힘깨나 썼구요. 다만 이 일은 원래 짓궂은 장난에서 출발했으니 끝맺음도 짓궂은 장난과 창피

주기로 해야 한다고 했지요. 그래서 나으리께서 어머니에게 이런 함정을 파서 선생님을 한바탕 골탕 먹이라고 한 거죠. 선생님은 내일 사례 주안상을 차려야 할 겁니다.

(그리고 품에서 종이 석 장을 더듬어 꺼낸다. 하나는 남초 내기 표기(標記)요, 하나는 순옥을 잡히는 문권이요, 하나는 관결입안(官決立案)이다. 문서 가운데는 크게 효(爻, 효력의 상실) 자를 그어 놓았다)

낙안선생:(대소한다) 양진의 일 꾸미는 수완은 정말 얻기 어렵고, 현감의 수수께끼 풀이도 과연 틀리지 않았도다. 내일 주안상은 절대 소홀히 할 수 없지.

순   옥:(노래한다)

【행향자行香子】
북상의 작은 방이 송국헌만 하랴만
가만히 보니 조나라 벽옥이 갑으로 돌아왔고
거문고는 옛 곡조를 찾았구나.
바둑은 새 판 두고 세상사는 다시 황량몽(黃粱夢),
가을밤 길고 가을달 밝으며 가을물 푸르네.

진약란이 도곡과 헤어져 슬퍼했더니[272]

원수의 인연이라 기약 안 해도 다시 만났네.

부사의 풍류가 두목(杜牧)에 못지않아

북상투한 여인은 옛집으로 돌아갔네.[273]

병체화(幷蒂花) 연리지(連理枝) 사라목(絲蘿木)[274]이 되고파라.

(다음날 다시 만난다. 술을 바치며 권한다. 부사가 오른다)

이양진:낙안 형은 노비를 팔았다가 도로 찾아갔으니 순옥을 산 돈 삼천
　　　　꿰미[30냥]를 내어야 하리라. 내 다시 관에 소송을 걸어야지.

(본관사또가 오른다)

---

272. 각주 261번 참조.

273. 태화(太和) 연간에 두목(杜牧, 803~852)은 시어사(侍禦史)에서 선성(宣城) 심전사(沈傳師)의 막료
　　　가 되어 나갔다. 평소 호주(湖州)가 절서(浙西)의 명소로 풍물이 아름답고 미인이 많다고 들어
　　　왔기에 들르게 된 것이다. 당시의 호주자사는 두목과 사이가 좋아 그 뜻을 알아채고는 명기를
　　　다 불렀으나 두목의 마음에 드는 이가 없었다. 두목은 물놀이를 열어 백성을 다 모으면 그중에
　　　서 눈에 띄는 여자를 고르겠다고 하였다. 물놀이를 열어 강 양안에 사람들이 구름처럼 모였으
　　　나 날이 저물도록 눈에 띄는 미인이 없었다. 물놀이를 마칠 무렵 고을의 노파가 북상투를 한 십
　　　여 세 소녀를 데리고 나타났다. 두목이 뚫어지게 쳐다보고는 "이 아이가 참으로 국색(國色)이
　　　라" 하고, 노파를 배로 부르자 노파와 소녀가 두려워하였다. 두목은 "이번에는 들이지 않고 훗
　　　날을 기약하겠노라. 10년 후에 내가 반드시 이 고을을 다스리겠다. 오지 않으면 가고 싶은 데
　　　로 가거라" 하고, 폐백을 많이 주어 약속하였다. 이어서 두목은 황주(黃州) 지주(池州)에 제수
　　　되었는데 그의 뜻이 아니었다. 주지(周墀)가 재상이 되자 두목은 그와 사이가 좋았으므로 글을
　　　올려 호주자사로 보내 달라고 하였다. 대중(大中) 3년에 호주자사가 되어 가니 14년 전에 약속
　　　한 소녀는 이미 결혼한 지 3년이 되었고 아이가 둘 있었다. 두목이 그녀를 부르자 시어머니는
　　　빼앗길까 두려워 아이를 안겨 보냈다. 두목이 그 어미에게 이전에 나에게 보낸다고 약속하고
　　　서는 왜 남에게 보냈냐고 힐난하였다. 그 어미는 이전에 10년이 지나도 오지 않으면 남에게 보
　　　내도 된다고 하셔서 이제 시집간 지 3년이 되었다고 하였다. 두목이 말은 옳다 하고 예를 갖추

본관사또:관리 노릇하기 갈수록 어렵도다. 남초 내기를 해도 관에 소송, 노비를 사도 관에 소송, 순옥을 찾아가도 관에 소송이니. 양진 형은 영락없이 마구잡이 소송꾼이요, 낙안 형도 아무에게 나 행패 부리는 무뢰배인가 보오.

(봉래선이 오른다)

봉래선:늙은 년의 베주머니 안에 귀 떨어진 돈 삼 문(文)이 있지요. 일 문은 동정호(洞庭湖) 용왕딸의 시집갈 밑천이요,[275] 일 문은 운영(雲英) 아씨 약 찧을 돈이요,[276] 일 문은 이 년이 삼십 년 동안 풍월로 번 돈이지요. 이삼 문이면 삼천 꿰미를 당해내지 못할까?

(낙안선생이 오른다)

어 돌려보내고 다음 이별시를 지었다. '꽃을 찾아왔더니 이미 늦었구나, 왕년에 만났을 때는 아직 피지도 않았더니. 지금은 바람이 꽃을 어지러이 터뜨리고, 푸른 잎은 그늘을 드리우고 열매는 가지에 가득하구나 自恨尋芳到已遲, 往年曾見未開時. 如今風擺花狼籍, 綠葉成陰子滿枝.'

274. 병체화는 꼭지를 함께 가진 꽃이고, 연리지는 뿌리가 다른 나뭇가지가 서로 엉켜 하나처럼 된 것이며, 사라목은 매꽃과의 일년초인 새삼은 나무에 붙어사는 기생 식물로 착 달라붙어 사는 것을 의미한다. 모두 남녀가 헤어지지 않고 사이좋게 사는 것을 비유한다.

275. 당나라 이조위(李朝威)가 지은 〈유의전(柳毅傳)〉에 나오는 내용이다. 유의(柳毅)가 상수 부근에서 만난 동정호 용왕딸의 불행한 사실을 동정호 용궁에 들어가 알려준다. 후한 선물을 받고 지상에 나온 유의는 뒤에 여러 번 상처하고 난 뒤 용왕의 딸을 아내로 맞이한다.

276. 배형이 지은 《전기(傳奇)》에 여자 주인공인 운영이 흰토끼가 되어 약을 빻는 장면이 등장한다.

낙안선생: '누가 파씨(巴氏) 집이 곤궁하다 하는가, 유전(楡錢)[277]이 흩어져도 거두지 않거늘.'[278] 우리 초당 앞 세 그루 느릅나무에는 잎이 무수하니 전부 쓸어 담으면 싯누런 삼천 금이거늘 돈 장만을 왜 걱정하여 관에 소송하고 남에게 빌리나.

(이화양이 오른다)

이화양: 삼 문이든 삼천 꿰미든 모두 테두리가 없고 동전 구멍도 없으니 다 쓸어 담으시오. 오늘 이 자리는 바로 낙안 형의 장가드는 축하주 자리이니 차라리 순옥이 술잔 둘로 술을 권하는 게 낫겠소.

(순옥이 오른다)

순　옥:

　　장군과 정승의 공명이 끝내 무엇이던가?

　　달리는 북 같은 세월을 이기지 못하네.

---

277. 느릅나무의 열매는 엽전처럼 생겨 유전이라고 부른다.

278. 명나라 만력(萬曆) 연간 팽대익(彭大翼)이 지은 《산당사고(山堂肆考)》에 실린 이야기이다. 원나라 때 이당학(李黨學)의 딸이 파장경(巴長卿)에게 시집갔다. 몹시 가난하였으나 딸은 만족하였다. 자매 중에 추씨(鄒氏)에게 시집간 딸은 몹시 부유하여 놀리자 파씨의 아내는 〈파가부시(巴家富詩)〉를 지었다. '누가 파씨 집이 곤궁하다 하는가, 파씨 집은 추씨보다 열 배는 부자라네. 연못에는 수마(水馬, 소금쟁이)가 늘어섰고, 마당에는 와우(蝸牛, 달팽이)가 줄을 지었네. 연맥(燕麥, 귀리)가루 무수하고, 유전(鍮錢, 느릅나무 열매)이 흩어져도 거두지 않네. 밤에도 횡재가 쏟아져 초생달 은갈고리가 걸렸네[誰道巴家窘, 巴家十倍鄒. 池中羅水馬, 庭下列蝸牛. 燕麥紛無數, 楡錢散不收. 夜來添驟富, 新月挂銀鉤].'

인간 만사 물어 무엇 하리.

술잔 앞에 두고 고운 노래나 들으소서.[279]

이것은 낙안선생께서 순옥을 돌려받아 사례하는 술잔이니 잔을 가득 채워 드소서.

(종일 술에 취하고 자리가 흩어진다)

화양강 강물은 잔잔한 물결 일고

공작산 산빛은 가을 단풍 짙어가네.

가야금 타는 여인은 앉아 잠들고 술 벗은 떠나간 뒤

달은 서남쪽 마당 나뭇가지에 걸렸네.

낙안선생: (노래한다)

【전강前腔】

달은 이지러지면 다시 둥글고

---

279. 구준(寇准)이 하루는 독작하면서 가객에게 노래를 시키고 비단을 주었으나 가객이 만족하지 않았다. 구준의 첩 천도(蒨桃)가 안에서 엿보고 시 두 수를 지어 주었다. '노래 한 곡에 비단 한 줌인데, 미인은 그래도 적다고 싫어하네. 직녀가 반딧불 창 아래서 몇 번이나 북을 움직여 짠 줄은 모르고[一曲清歌一束綾, 美人猶自意嫌輕. 不知織女螢窗下, 幾度拋梭織得成].' '추운 밤 홑겹 옷에 손을 호호 불며, 어두운 창에서 찰깍찰깍 싸늘한 북을 놀리네. 동짓달이라 해는 짧아 한 자도 못 짜니 기생의 노래 한 곡과 어찌 같으랴[夜冷衣單手屢呵, 幽窗軋軋度寒梭. 臘天日短不盈尺, 何似妖姬一曲歌].' 이 시에 구준이 화답하였다. '장군과 재상의 공명이 무엇이던가. 달리는 북 같은 세월을 이기지 못하네. 인간 만사 그대는 묻지 말고 술잔 앞에서 고운 노래나 들으시게[將相功名終若何, 不堪急景似奔梭. 人間萬事君休問, 且向樽前聽豔歌].'

제자리로 돌아오다

줄은 끊어지면 다시 잇지.

오늘밤이 있을 줄 누가 알았던가.

곰곰이 생각하니 진약란도 복비(宓妃)도 아니요

바로 순옥, 순옥이라네.

그림에서 보았던가, 꿈에서 놀았던가, 거울에서 얻었던가?

두 성인께서 다스리시니

팔도가 은택에 흠뻑 젖었네.

봄날의 누대²⁸⁰에 올라 태평성대를 누리네.

사랑하는 이들 모두 인연 이루게 하소서.

한 인간도 제 짝을 얻지 못할까 염려로다.

산 같은 장수, 바다 같은 천수에 갖은 축복²⁸¹ 누리소서.

이것이 바로

동관기(東關妓) 서린매(西隣媒) 남초도(南艸賭) 북상기(北廂記).²⁸²

---

280. 봄날의 누대는 평화롭고 살기 좋은 세상을 뜻한다. 《노자》 21장에 '사람들은 흥에 겨워 마치 큰 잔칫상을 받은 듯하고, 마치 봄날 대에 오른 듯하다[衆人熙熙, 如享太牢, 如春登臺]'라고 한 데서 나왔다.

281. 원문은 화지축(華之祝)으로 화봉축(華封祝)을 가리킨다. 화봉인(華封人)이 요(堯)임금에게 "오래 살고 부유하며 아들을 많이 두라"고 축원하였다.

282. 이 마지막의 네 구는 동서남북의 방향을 뜻하는 말로, 이 희곡의 큰 줄거리를 압축하여 표현함으로써 희곡의 대미를 장식하려는 의도를 보여주었다. 그 의미는 '관동 땅의 기녀가 서쪽 이웃과 인연 맺어 남초로 내기를 했다가 북상으로 돌아간 기록'으로 풀 수 있다.

원문

四而堂新編第七外書北廂記

東皐漁樵 撰

원문의 교감과 표점 일러두기

1. 원전에는 곡패(曲牌)를 구분하는 부호가 없다.【 】부호로 곡패를
   표시한다.
2. 하나의 곡패 아래 두 곡의 가사를 썼을 때 두 번째 가사 앞에 ○
   부호를 붙여 표시한다.
3. 원전에는 지문(地文)을 구분하는 부호가 없다. ( ) 부호로 지문을
   표시한다.
4. 오자(誤字)는 바로잡고 각주로 그 사실을 밝혔다.
5. 이체자(異體字)와 약자(略字)는 정자(正字)로 바꾸었으며, 일일이
   각주로 밝히지 않았다.
6. 장면 전환을 고려하여 단락은 편의대로 구분하였다.
7. 지문인지 대사인지 구분하기 모호한 문장이 있다. 여기서는 역자
   들의 생각대로 지문 또는 대사로 처리하였다.

東皐北廂記序

是年冬, 余有事, 往西村之臥龍巖, 憂過東皐. 主人登高去, 案頭只有一書, 曰北廂. 此東皐漁樵客居關東之洪川所作也. 東皐於書雖不茫昧, 本不作書者也. 本不作書者也, 而怊其有是書, 第視其爲說. 於是大不能釋然于東皐者, 何也?

東皐曾受業於梅峰門下. 其平日所讀, 詩書也, 子史也. 其所與談論也, 有時吟掇也, 未嘗擺脫騷人科臼之外. 余只以是知是人矣. 及見是作, 一篇十九腔爲目, 除非是烘[1]雲托月喬風粧花, 眞如是, 則是人之言實相舛也. 余何必多知於是人也耶? 掩卷良久, 終不能劈疑, 將欲一質, 還又反復繹思. 哀乎哉! 是人之有是作也. 見是作, 而後始知是人之爲是人也.

遂爲之警曰: 文字上論人, 但拈章句湑淸, 詞華妍媿, 不究其指意所在, 則終不免爲葉公之好龍也. 東皐者, 生在僻陋窮陬, 不得於人, 晚年托跡於漁樵者也. 余知是人四十年于今矣. 然但知四十年是人之人與書而已, 不知四十年是人之心與操也. 今見是作, 始知人. 如不見是作, 非但余不知東皐, 東皐亦必以余之四十年知東皐之心知余也. 大凡煙花之在世也, 風雨之所拉蹋, 錦玉之所溫甘, 不爲之摧折陷溺者, 殆絶無而僅有者也. 寓言一妓備經許多磨折, 終能不改本志, 是人之以是而不顧負其本不作書之心,

<hr />

1. 원래 哄으로 되어 있으나 바로잡는다.

敢爲之是書. 是書也, 寓言也, 或待如余者, 俾見其心與操所在也. 豈以其
事實之如彼, 譴浪之如此, 有費是人之緒頭毫端者也耶?

余本不知書, 又不能知言. 其詞調淸字之淸新奇巧, 雖不能批評, 於東皐
之心操所在, 有不能含禀看過, 不由東皐許否? 覓筆弁首, 纔畢而東皐歸
見, 一笑而止. 上章困敦陽月, 鳳谷友人, 書于龍岡之淸渠書室.

自序

器無足載道, 秦焚似不有罪. 楚適爲咻, 齊漢求, 還亦無益. 況秦漢以降, 作者除非屈巨指大家, 相率歸隕空哇淫, 甚至如啞欲懸河 · 躄擬追電, 輒秉筆臨紙曰: "吾於文已已若茲無休." 居無何, 其將牛車不能庋其重, 絲忽不勝計其繁. 是誠大一慟嘔血抉目搤喉而不可得. 且竟天下, 亘後世, 旣不能人譬戶喩, 救過其萬牛一毛, 寧其劇心絕毫, 自不作竟天下亘後世斯文罪人, 固幸矣而已. 夫何效尤踵武, 猶且不免有是說.

是說也, 非文也. 大地上不問高下智拙, 見傀儡襍劇, 聞下俚風話, 無不大噱至矧, 抑且忘其倦疲. 是非人情所同然, 固俗尙使然. 今且不免有是說, 是實旅居愁寂中適有話本如是, 記其顚末如是, 間廁風話如是. 欲人如見傀儡聞下俚, 供一大噱, 聊破愁寂計, 是已.

是說也, 只是說也, 非文也. 於作家顧何足以有無? 然喜見傀儡, 樂聞下俚, 固俗尙, 而稗[2]官諸說亦文字中傀儡下俚. 以其俗尙之喜見樂聞也, 故作家之愈往而愈其繁且多, 誠然矣. 今日是說, 又安知後來作家如今日之爲斯文, 欲大一慟嘔血也乎哉?

東皐漁樵, 旣爲是說, 又爲之自訟如是.

2. 원래 神로 되어 있으나 바로잡는다.

提腔

【行香子】(看官唱.) 朱鳥未逐, 黃粱已熟, 問人生何榮何辱. 寒灰灸手, 易失難得. 算當年虛送金谷, 笑夢中蝴·槐中蟻·隍中鹿.

○ 麈尾墜玉, 牙頰生馥, 且聽取清談今夕. 月暎庭柯, 漏催高閣. 請君吹新翻一曲. 正山之峨·水之洋·風之竹. (衆聽科. 應科.)

【清江引】(應唱.) 世間萬事泡花樣, 後看今亦往. 閒愁一萬堆, 白髮三千丈. 拄頤細筭來, 底都是糊塗紙帳.

○ 流水高山堪放曠, 窓間酒蟻漾. 請君畢此樽, 聽我歌新腔. 一部傳奇話, 且莫忙種種思想.

(應上.) 看官聽着者. '駕³鴦繡出從君看, 莫把金鍼度與人.' 今日演搬的好事, 不是別的. (看官上.) 是甚的. (應) 是那:

美舜玉獨擅關東名, 處蓬萊撮合西隣媒.

前府使棊贏南靈睹, 老先生詩續北廂記.

---

3. 원래 鳶으로 되어 있다.

擅名

【滿庭芳】(舜玉唱.) 桃猜紅頰, 柳展翠眉, 輕盈玉賽西施. 嬌開喉嚨, 新鶯囀春枝. 試拂翩躚舞袖, 洛浦上羅襪輕移. 錦瑟傍繡氍離披, 香汗沁臙脂.

(舜玉上.) 妾姓金, 名舜玉, 年方二九, 係花山人氏. 早失爺孃, 寄養母舅, 曾遇掌樂院玉善才, 學得一身好歌舞, 兼解詩詞絲竹, 人都叫妾做楚山雲賽花藥. 東關二十六州兌坊勾欄[4], 以歌舞鳴者, 無出妾右. 生來性僻, 自恨命不腆. 雖名屬敎坊, 矢志不更, 欲遂三從. 直恁地刺史太守筵. 公子豪士會, 纏頭的綾紈釵環, 指不勝摟, 而于今若干年能保紅點, 這不是好麼呵. '一自高唐賦成後, 楚天雲雨盡堪疑.' '斜倚朱門翹首立, 往來多少斷腸人.' 俺不是這等人, 每當斜月殘燈, 幽輝繡幕, 燕語鶯聲, 撩亂紗窓, 這時節別有一段幽愁暗恨, 有誰知得哩. (手托香腮, 脉脉不語科. 下科.)

【前腔】(蓬萊唱.) 露冷蓮房, 月斜花梢, 知辜負春多少. 朝對粧奩, 鏡裡秋霜皎. 試看芳草綠楊, 少年時行樂難紹. 夢何處香雲杳杳, 紗窓風裊裊.

(蓬萊上.) '門前冷落鞍馬稀, 老大嫁作商人婦.' 老身的姓金, 小字蓬萊仙, 少係原州敎坊, 舊關新腔, 哀絲豪竹, 無一不解, 亦無一不善. 春去秋來, 色技俱衰, 杜門謝客. 所天行商在外, 經年不來, 遂作三家村燒香念

佛嫗. 膝下又無一男半女, 老年的靠着生涯, 只是撮合山前馬泊六田數畝而已. 細思量, 甚是凄楚哩. (下科.)

(舜玉上.) 生世裡, 一日爺孃不得養. 自非空桑中生出的身軀, 况此一身好色技, 每見人家椿庭舞彩, 萱闈視膳, 不自覺淚沾羅帕. 我想來, 媽媽既無嗣屬, 孩兒又無親爹娘, 自今日在媽媽膝下作乾女, 認一世娘女, 這不是好事哩. 請媽媽受兒四拜呵. (拜科. 蓬萊上.) 阿呀. 天麼. 是何天麼. 是何說麼. 是何阿閦國善才菩薩麼. (喜科.)

【鳳將雛(改調行香子[5]新腔)[6]】(蓬萊唱.) 昔日鄧攸, 今世師臯, 老天理不絶劬勞. 夜來仙子, 投我蟠桃, 朝看是海上蚌珠. 正喜孜孜·嬌滴滴·樂陶陶.

【後腔】(舜玉唱.) 母烏未哺, 子規又號, 一聲聲儂心怐怐. 萱庭日永, 雛燕自娛, 向堂前幾回怡愉. 期融洩洩·和衎衎·效區區.

(蓬) 女兒呵. 珠呵. 娘以掌擎. 金呵. 娘以懷藏. 倦呵. 娘以肱枕. 行呵. 娘以背負女兒. 慎[7]無勞你形. 焦你思. 爲娘的, 雖至脫落些產門傍五七根禿不盡的陰毛, 奔走一世上, 女兒頭上戴的, 足下穿的, 身上被的, 口內茹的, 一些兒不缺哩. (娘女相悅科.)

5. 원래 者자로 되어 있다.
6. 원래 괄호가 없다.
7. 원래 夼으로 되어 있다. 이하 같다.

慶壽

【水龍吟】(樂安唱.) 十年燈下詩書, 月桂宮花期折取. 日月如梭, 功名未遂, 雲程萬里. 簞瓢陋巷自安, 夢外春朱門桃李. 榮辱渾忘, 世事三分, 一分浮雲, 二分流水.

(上.) ‘携取琴書歸舊隱, 野花啼鳥一般春.’ ‘今朝有酒今朝醉, 莫管門前是與非.’ 小生金樂安, 世家花山, 早攻擧業, 粗解詞賦, 屢屈南省, 無意聞達. 遂棄却黃槐, 歸守靑氈. ‘世事數莖白髮, 生涯一片靑山.’ 生來性僻, 非直繁華上等閒, 驪花色界, 尤爲澹如. 辣蔬殼粟, 黑貂驪麻, 處之自安. 人都叫小生做樂安堂, 敢怕是樂道安貧之義也呵. (下科. 上.) 呀. 今年今日, 是小生六十一歲周甲壽辰, 備一席水酒, 陪姻親故舊, 以圖慶壽暢飮者. (子弟上, 姻戚上, 故舊上科. 獻壽科.)

【改調齊天樂】(衆唱.) 南極壽耀, 南極壽耀, 箕疇五福壽爲先. 今夕何夕, 今夕何夕. 子弟喜懼日, 親朋合簪筵. 今日一日, 比人間勝百年.

○ 怪來和氣滿林園, 庭前玉樹, 堂上龜蓮. 酒獻南山, 壽齊北斗. 更願年豐, 醉管絃, 醉管絃. (宴科. 飮酒科.)

(本官上.) 今日是西隣故友樂安金先生壽朝, 下官聊獻壽酒一盃, 管下的教坊, 吹彈歌舞, 濃粧盛餙, 齊齊的整待于樂安堂北訪花隨柳亭者. (俱上科. 衆樂上. 鷎槊秬琴荷笛匏鼓, 五加二絃綠綺桐, 一十二絃伽倻瑟, 帔霞獻桃引斑爛, 弄雀舞, 凌波采蓮曲, 繞梁永新歌, 一件件諸拍咸擧. 盃盤交錯科.)

(二上.) 今日此筵, 專爲故人晬慶. 下官自製獻壽齊民樂詞一首, 舞妓中揀選色技俱絕者, 歌以侑觴則箇. (選科. 諸妓上.) 俺關東樂府句欄, 色技雙全, 只有蓬萊仙一人. 今老且病, 其女楚山雲舜玉, 學母無不爲, 更擅卅六州第一名. 今日賽選, 似不寂寞哩. (催舜玉科. 舜玉上科.) 如非群玉山頭見, 會向瑤坮月下逢. 眉帶遠山, 眼橫秋水, 唇猜碧桃, 齒賽水晶. 太華峰頭玉井紅蓮腮, 渭城朝雨客舍細柳肢. 烏雲堆裡斜插雙鳳, 含花鍍金釵, 釵股上鏤着古人詩: '想思一夜梅花發, 忽到窓前疑是君.' 貼肉上, 內穿大紅甲紗襯衣, 外罩金陵一箇四端軟綠相思紋紗窄袖衫, 上着杭州金絲織就八寶緞長袖襖子, 袖端露出十枚春蔥. 左拇指扱着紫金碧甸環, 環上鑲銀子, 寫道: '願爲雙繞指, 長掛玉人手.' 下穿靑州繭苧交織雪花白雙紋, 綃表裡褌襠. 上係猩猩大紅緞石榴繡裙, 裙底下微露三寸金蓮白花緞凌波寶襪, 籠着喬花殘柳飛雲繡鞋. 手中掩着瀟湘十二節竹八摺太史金牋扇, 扇面寫趙松雪[8]字体道: '竹間有淸風, 風來幸相憶.' 流眄星眸, 輕移蓮步, 詣筵前插燭也似拜了. (兩拜問安科. 纖擧玉腕, 高擎壽杯科. 微啓櫻唇, 唱道壽詞科.)

【改調齊民樂】(本官製, 舜玉唱.) 六十年重逢今日, 可正是故人壽辰. 絳縣花甲, 聖世逸民. 但願人長久, 百年共一春.

○ 君何從求此多福, 難道是耕義種仁. 盤桃舡兒, 園棣庭麟. 錢甘皆自致, 寄語世間人.

---

8. 원래 雲으로 되어 있으나 바로잡는다.

(唱畢, 下科.)

(先生上.) 今日賤降, 老兄光顧, 多謝生受. 闋壽詞一闋, 重陪佳人侑觴, 小生何能當此盛禮. 美人呵. 俄者華詞, 乃是年兄贈壽的, 更請佳卿新詞一翻, 以助餘興則箇. (上, 唱科.)

【點絳唇】(舜玉唱.) 月圓易晦, 花落無春. 得多少古今幾人, 當令美味入唇.

○ 良辰美景, 已傾西輪. 請看取喬松翠筠, 四時不改長春.

(上, 稟上.) 先生此日, 難得亦難駐, 願滿此盃. (上, 飮科. 不轉睛看舜玉科. 舜玉別轉臉, 朝看簾外, 唱科.)

【八聲甘州】(舜玉唱.) 簾外斜陽, 見緩絲促竹滿堂. 悠揚清風引袖, 自覺身在清凉. 翰墨未題司馬柱, 鬟環誰贈韋娘⁹香.

○ 金烏轉, 倦鳥翔, 杜鵑聲裡客彷. 眼落井, 鬢點霜, 青山特地笑人忙.

(下科. 衆下科. 席散科.)

4

寄詩

(先生上.) 昨日席間, 別的不打緊. 這舜玉甘州詞一腔, 甚是可惡. 我且解其詞意哩. (解科.) 斜陽絲竹二句, 怪我終日沉涵, 厭其支離. 清凉一句, 自詫渠自閒自適. 司馬一句, 嘲我早未登科, 白首窮經. 韋娘一句, 見我微有繾綣, 示其無意解珮. 杜鵑一句, 自道不如歸去. 眼井鬢霜二句, 弄我沉醉衰老. 青山一句, 笑我老去猶忙, 不忘世情. 這是其跡可原, 其情難容. 參以當日功過, 我且休題. 怪呀. 怪呀. 咱在世六旬于今, 許多紅粉隊・花柳叢, 經歷殆遍. 最憎的溜骨髓三字, 竊慕程夫子心中無妓. 每見世人的憐香惜玉, 未嘗不無賣鶴焚瑟的意想. 呸. 一自見阿舜, 接其容聽其歌以來, 眼花撩亂, 心魂蕩揉, 側耳猶鶯鶯, 合睫尚燕燕, 不思自思, 欲忘難忘. 拈取葩經中顏如舜華玉如其人二句, 寫付常目處, 作爲左右銘, 便是畫餅求飽, 望梅止渴. 怎的時怎麼好. (自語自唱科.)

【意難忘】(先生唱.) 楚山迢迢看, 高臺依舊, 雨去雲消. 蝴散莊園夢, 烏飛河漢橋. 春已暮, 可憐霄. 所懷人咫尺, 遙眄庭除花梢, 月影無聊.

呀. 你不過的句欄中一箇烟花, 我且慢慢地句引, 他來可可的. 洞庭湖裡一片無底船, 難免老梢工曳柁手段. 先製一首情詩, 看他動不動哩. (作詩科. 封科.) 書童呵. 咱有一段緊要之說話, 可去招東街第二衖左側綠楊樹下小小角門内居住的蓬萊老婆來. 如問甚事, 但道去看. (書童去科. 蓬上.) 先生有何話說老身來了. (先生上.) ‘入門休問榮枯事, 看着容顏更得知.' 日前寒舍晬席, 你的令愛多勞擾, 纏頭且置, 一言半辭, 尚闕謝儀, 甚是色叫. 我修一帋謝書, 伸咱不安情曲. 你可傳你嬌兒, 愼無付洪喬哩. (蓬) 知道了. 我去哩. (傳書科.) 呀. 兒呵. 俄者西隣樂安先生, 引我說他壽筵勞爾甚多, 連因冗故, 尚稽表衷, 甚是惡忸. 先以一封謝書, 要娘傳你. 你且念念, 我聽. (玉上. 拆¹⁰書科.) 呀. 原來是一首七言絶句, 這都是謝我的不打緊. 媽媽, 聽甚麼. (蓬下.)

(玉上.) 西隣來書, 娘道謝書, 乃坼其書, 不是謝書, 乃是情書. 娘問其書, 若對實書, 慮其聽聞不雅, 姑爲含糊以答. 我且更審其書哩. (再看科.) 看道: 臨卬才子太情癡, 不及文君未嫁時. 獨抱瑤琴中夜坐, 孤鳳堪笑睡梧枝. 吥. (柳眉暗皺, 星眸睜圓, 歎道.) 爹娘棄我賠錢貨, 不免作兌坊¹¹中身. 自欲潔身守紅, 了此一段宿願, 人都不諳妾心內事, 似此囉啈, 非直一再, 終無奈何. 只自含姤操身, 式至今日. 又見此詩, 他道有司馬長卿鳳求凰曲, 要妾作卓文君. 到地頭其實兩難. 寧不如衣架上一條白綾汗巾, 看作涅槃王圓寂眞言, 玉沉珠碎, 倒一上着. 但若以二十八個字粧幌詩, 把作森羅殿攝魂符, 此便是戒飮的杯中弓影, 斷不可爲. 欲渝素盟, 副他風情, 奈誤百年身世, 欲其不副, 隔隣間長老的面皮, 亦難刮却. 自古道不錯: '漁翁撒下鉤和線, 釣出人間大是非.' 如無一行壽筵. 他豈知妾身醜姸. 除却多少念頭, 和其詩句, 示妾本志, 嘗試他一嘗試, 看他差也不差, 再作區處哩. (作詩科.) 莫怨盧郎老郎痴, 只嫌不在少年時. 窗前小塢梅花早, 休敎傍人

10. 원래 折로 되어 있으나 바로잡는다.
11. 원래 妨으로 되어 있으나 바로잡는다.

折瘦枝. (封科.) 媽媽. 兒欲謝西隣之謝書, 糊封在此. 媽媽. 必不躬傳, 央及壁間賣糖的老婆傳道. 他問娘何不來, 但說有故不來. (請糖婆科. 糖婆上.) 老身坐冗, 許久不來, 有何事令, 但言不妨. (玉) 奴家於西隣老先生宅, 方欲傳一封謝書, 阿媽適有事, 老娘替他傳致則箇. (婆) 有何難事. 他於吾爲主人宅, 朝亦往, 暮亦往. 吾必躬傳, 討回書哩. (下科. 傳書科.)

(先生上.) 日昨蓬萊麻姑去時, 付一緘書, 三過霄, 青鳥不來, 愁杳杳. 此日又難捱, 長吁短歎, 散步空庭. (唱科.)

【憶多嬌】(先生唱.) 可憎柳猜眉花賽腮, 問何處得此長相思. 又今日落景已前池, 儂有深情說與誰. 青鳥來遲, 青鳥來遲. 大家是晼晚佳期.

呀. 此日厭厭傍, 山門無剝啄. 好不悶人也呵.

撮合

糖婆呵. 你俄來纔去, 今又來, 何幹. (婆) 東街上楚山雲, 有書在此. (呈書科.) '踏罷鐵鞋無覓處, 覺來全不費工夫.' (拆封科. 初拆時, 十指上風捲殘雲, 圖窮而匕首見, 右手欲執其袖, 屏高而漏月不見. 依柱無語, 心解詩意道.) 第一句怪我老痴, 二句嫌求不早, 三句自比寒梅高節, 四句喻人莫使偷香. 可惡可惱. 向者甘州一詞, 已料七八分, 尚且隱忍, 終未免到老搔風, 至再至三, 正是耐不得. 自古道若不用文, 勢當用武哩. 糖婢呵. 你去你去. 我有別的話. 且緊且急, 不干你事. 日未夕, 快招蓬萊姑來. 如不如言, 是你不招, 怎肯干休. 你去你去. (婆) 老婢理會得. 敢不敢不. 飛也似跑. (去科. 傳言科.) 如此這般, 俺不知本事顚末. 俺來時, 也倒有十分懊惱的氣色. 蓬萊姑. 蓬萊姑. 今若不去, 是必連累老身. 快去快去. (玉) 羞人怯怯, 媽媽. 第去, 看他甚麼. (蓬) 娘知道了. (去科. 蓬上.) 逐日家賤冗褻遷, 數日不來. 兒女謝書, 亦不手上, 罪悚罪悚. 先生有何分敎, 老身肅耳恭聽哩. (先生上.) 事到此地, 不瞞你說. 老人家, 自來不知雲雨上風月. 緣何一見你女兒, 心不能定, 情不能忘. 日前所寄, 非謝情書, 乃示情詩. 今見其答, 平白折我老痴, 自比節高. 不欲人奈何他. 老人家, 誠老且痴, 你是個深閨貯的千金少姐麼. 有財不破忍粮的乞瓢, 有力難拔入耳的言鋒. 桂雖到老而辣性愈烈, 花非不妍而狂風無私. 我不瞎的, 佇看你早梅高節, 倘無花落結子的時節麼. 瘦枝雖無人折, 晚藥終有蝶採. 你試看如何擺布的. (蓬) 先生少間. 老婢實係不知端末, 何不早言. 老婢於風月事, 自謂手高的孫武女子軍, 智賽的陳平美人計. 雖以他人的鐵石心腸, 若男若女, 一入老身手中, 一懸老身舌端, 無不做落湯鷄‧入爐鐵, 頃刻鎔化. 況女兒哩. 況先生哩. 況烟花哩. 況士夫哩. 俗諺倒好聽; 三年公事, 負入無事. 先生且勿煩惱, 待我三亭南. (先生) 慚愧了. 俄者頂門上出的三千丈無明火, 盡入瓜注園去了. 果如姑言, 人間蓬姑是天上月姥. 事貴萬全, 是必記心. 幸無變卦, 當有應爻. (蓬) 呀. 老身不是別人, 是陷人坑上勾[12]魂判官, 迷魂陣中攝命使者. 先生縱有沙索縛虛空的手段, 南無大明王佛母菩薩孔方大施主, 何以支當. 少不可無者, 西門慶所服梵蒴百丸‧石季倫所買綠珠十斛, 先生是必銘記銘記. 老身明日準來, 定有分曉哩. (下科.)

【滴溜子】(玉唱.) 作人難, 作人難. 一身寠藪. 行路難, 行路難. 粧花睡柳. 弱姿未慣風雨, 悄然懶下床, 自覺消瘦. 恨片雲無情, 明月辜負.

(上) '心中無限事, 不語怨東風.' 呀. 媽媽呵. 俄去西隣, 有何觀褸. (蓬上.) 吥. 謝書. 謝書. 是你的好謝書. 書意果若蹺蹊, 何不早說. 爲娘的俄去, 他說如此這般平地上起一風波的, 我是凌雲渡無底破船, 你是華林津未經小舸, 將何以濟了. 爲娘的, 故已滿口承應, 不住舌送諾. 阿兒. 深思深思. 你我俱是教坊出身, 送人迎人, 自是相傳衣鉢. 雖以潑皮光棍, 亦難支吾, 況作亭者誰也呵. 居在一城, 以道理, 以顏情, 誰敢一言道箇不字. 娘以明朝準來成約, 你有何說. (玉拄頤不語科. 蓬) 西隣宅一件不足, 只是年紀老大一事. 假如人家年老喪耦, 行媒通婚于相敵門閥. 婦家亦以年老拒婚, 世更無再娶的老郎麼. 你的不更矢心, 神明想已傍質. 上天可憐見, 生下一男半女, 終身亦有所托, 年老何傷. (玉玉手托腮, 珠淚滿眶, 脈脈自思科. 蓬) 紅蓮雖淨, 根自在泥. 白沙雖潔, 質變成涅. 娘亦非不知遷喬的可貴, 養鴨的可賤. 所可恨的, 身已在千百仞黑洞洞深坑內, 上天落下的水, 何處避得. 你若一心嫌老, 是不過耽其衾褥間那話兒好風流. 你的十八歲, 保得一點紅的本意安在. 人又安知你十八歲兌院中, 能保一點紅的高行麼. (玉) 媽媽言亦有理. 娘既許他, 兒何違娘. 但有一件事在心, 委決不下. 兒既有誓銘肺, 他若待以煙花, 一二遭舒情, 更不相顧, 此豈不大誤身世麼. (蓬) '留得五湖明月在, 何愁沒處下釣鉤.' 先受他盟, 後許吾身, 曲直分明, 有何不可. (玉) 媽媽. 既以明日有約, 可於孩兒臥房的那北廂小軒上, 治一小酌, 向午間請他延坐. 兒以實情相告, 如副所願, 萬事俱好. 如不如意, 從兒所欲. 媽媽. 再勿舌强. (蓬) 好呵, 好呵. 更何容贅. (母女俱下科. 治酒科.)

【長相思】(先生唱.) 燕飛樑, 花拂墻, 窓前漸漸斜陽. 楚山雲雨無消息, 誰復賦高唐. 小池塘, 杜若香, 幾度迎風錯忙. 雲英應悔隨裴航, 無人共採芳.

(上) 蓬萊姑今日約會, 日已嚮午, 形影杳然. 他名倒好, 實題東海上蓬萊山, 隔水三千里呵. 何不借孫大聖觔斗雲, 頃刻飛到, 做了苦海中濟人的功德麼. 呀, 蓬姑來了, 何太遲了, 悶殺我了. (蓬上) 來卽來了, 遲卽遲了, 成已成了, 悶何悶了. 好呵笑了. (先生) 果眞成了. 我不信了. 願聞了. (蓬) 萬事除了, 孩兒坐屈. 願先生枉臨了, 枉臨了. (先生) 敢不, 敢不. 何勞蓮步, 蓬姑占先, 咱當繼後了. (蓬下科. 先生) 書童呵. 我與親友約會, 日晚纔歸, 丌頭亂帙, 軒上散棋, 一一點檢. 有客來問, 但道不在者. (書童) 小人理會得.

證盟

(先生上. 訪東隣科. 蓬迎科. 上.) 女兒呵. 先生光臨, 胡不拜迎. (玉上. 殘粧淡服, 烏雲斜嚲, 新睡初覺, 眉睫朦朧. 衫襟半綻, 酥胸微露, 玉桃雙圓, 嬌容可掬. 拜迎科. 問安科. 引入北廂科.) 請先生.

上周覽科. 一座四間, 十二作茅亭, 西一間樓房, 次一間臥房, 前後退軒交子小欄, 東二間廳軒, 三面外粧臥龍風穴欄干. 內掩完字細矢涼榻軒, 上設藤簟竹几. 几傍有烙桐幷枇板面棋局, 黑白各在紅漆盒中. 臥房後面雙橋子, 中間斜捲青紗蚊[13]帳, 前面欄頭掛着青細絪龜竹簾. 簾內菱花粧分合紗窓, 半開半掩. 窓內置文楸花梨粧丹架, 架大方圭壁青匣牙籤, 峽峽位置. 架側置一紫檀龜膝交子床, 床左邊安古銅瓶碧玉壺, 壺植假四季雙朶, 瓶插孔雀羽六尾. 床右邊有斑竹石假山筆筒, 斜簪各色花牋. 筒傍置一無灰粧硯家, 上安藍浦水沈硯一, 水晶獅子笔架一, 玫瑰石蓮瓣涓滴一, 各色彩管弗律七枚, 海唐眞玄各三笏. 床中面鋪三十二扇宣和牙牌. 床側置博山青銅爐, 爐內噴芙蓉香細烟, 赤銅灰板, 黃銅唾壺, 烏銅質銀花南草舌楹, 雪花錫斑竹陰陽烟坮. 房內外紙絹粧餙, 糊油膠塗, 各盡其巧. 房中鋪七尺龍鬚畵紋席, 席上設蒙古細氈. 下邊近壁安山柳子細矢平牀, 上鋪喬桐細茵席方錦褥. 褥上橫置竹婦, 牀下又一湯婆. 四壁掛着上上太史牋

---

13. 원래 蛟로 되어 있으나 바로잡는다.

各幅珠聯, 字体或做米元章, 或摸李道輔. 寫道：一年杜宇明月, 萬樹桃花杏花. 春. 一夜江南雨後, 滿庭芳草綠陰. 夏. 幽人睡起彷徨, 上下天光水色. 秋. 堆來玉啄銀粧, 盖盡人間惡路. 冬. 南墻下列植渭城五柳, 垂絲四檜, 碧梧桐二樹, 千枝松一株, 金絲烏竹五七十竿. 東墻頭一畝花砌, 安石廣南榴各二盆, 臘雪春玉梅各一盆, 月季四盆, 棕櫚一盆, 暎山紅二盆, 梔子二盆, 薔薇一盆, 海棠一盆, 各瓣菊五盆, 牡丹二盆, 芍藥二盆, 芭蕉二盆. 外他, 玉簪繡墩鳳凰山蘭萱諸品, 逐類芬芯. 北墻下餘地稍寬, 隨新果屬, 分列成行. 洞天排置, 不甚侈麗, 濟楚則有餘. 入其室, 見其物, 其人可想. 其人呵誰. 舜玉的便是.

請先生少坐片時. 先生目瞪口呆, 不坐不語. 良久佇立科. (玉) 蟹殼窮舍, 公然坐屈, 甚是褻慢. 水酒一杯, 唐突已久. 請先生勿以人鄙物. (先生) 護脏掩膝, 奉身逡巡, 比如窮村野夫忽入宝肆, 瞥見錦繡珠宝輝煌溢目, 恨不得一手攫盡. 正是不住的抖, 移時纔定. (入席科. 相見科. 先生上) 玉卿. 濶別玉顏. (玉) 先生有勞尊步. (先生) 今日甚風刮吹, 窮酸得到此地, 可可的逢着五百年前歡喜冤家. 一時妄想, 按捺不得, 不免有叙情詩句, 溷及粧臺. 何幸麻姑, 用盡機關, 仙娥不惜臨凡, 引入佳境, 將見啖蔗滋味, 慚愧了. (玉) 先生不必如此說, 合從當以一言決. 少停了, 少停了. (蓬上. 提着倭紅大印楂, 楂中一鐔松節酒, 三隻熟兒雞, 一碗兩子乳汁, 一腔蒸豚, 薑粉清水糰, 棗花白雪糕, 錦鱗細膾, 栢子寒具. 果列甘酸, 菜具香嫩. 菊花刻東萊高足圓盤, 蓮蘂樣濟州橘皮小盂. (上) 先生呵. 窮家薄醪, 甚是村野, 無甚孝順. 但看女兒薄面, 一勞卜箸[14]. (上) 人鄙物膿, 只有一情相投, 願滿此盂. (先生) 呵. (擧杯科. 侑觴科.)

【西江月】(玉唱.) 池中荷葉珠轉, 墻外柳枝風輕. 小閣深沉簾拂地, 一樽酒爲誰傾. 萬事不過前定, 一心付與深舡. 滌器本非兒女志, 犢褌肯學長卿.

(飮科.) 次者媽媽. 次者卿卿. (上) 且停冗辭, 但說正經. 先生日前詩意, 留戀賤質, 此意可眞是麽. (先生) '但得一片橘皮喫, 遮莫忘了洞庭湖.' 有何他論. 不瞞你說, 玉卿如恬一宵和風, 明日求我於相思嶺外白雲叢中哩. (玉) 一宵呵. 一宵呵. 媽媽呵. 兒言果何如哩. (蓬) 有是了. 有是了. 先生且勿塞耳, 少納容喙. 女兒雖係敎坊賤品, 矢志不更. 年今十八歲, 雖逾 梅, 未經破瓜. 將欲擇人以事, 遂其三從. 玅年佳耦, 不爲不多, 不意先生留心賤品, 其實兩難. 如欲不從, 下流不敢抗拒大人, 一哩, 風雲本無私於花月, 二哩, 同居一城, 顏熟情厚, 三哩. 如欲勉從, 先生老矣, 一薦枕席, 長守柱下, 一男半女, 付諸元分了. 渠十八年銘鏤至願, 亦一娼妓中所罕見. 先生試思者. 誠如所敎, 一霄暢情後, 仍以娼妓相待, 兒必不欲養漢, 不免爲望門寡. 日前兒女所言, 果以此一段爲難. 老婢以老身家不如是立志質言, 乃有今日請屈. 一宵二字, 竟中兒女實病, 雖使秦越人更生, 投以和合當劑, 難回女兒的膏盲久症. 先生請勿留心. 兒女曾有一誓, 如違所料, 三木囊頭, 看如七寶金筝, 十年囹圄, 把作十襲香閨, 時日桁楊, 甘如八珍佳味. 如是而不失素志, 亦一巾幗中大丈夫. 兒言如此, 先生情從此告別哩. (玉白綾汗巾, 掩着桃脣, 秋波澄澄, 玉淚珊珊. 先生目瞪口呿, 手酥脚麻, 茫然如失, 憮然睚盰, 良久而作.) 蓬姑. 玉卿. 聽咱一言. 唱院中積年守紅, 果是千人一人. 宿昔約, 所罕見聞. 終身不棄老朽, 尤是不敢請固所願的. 玉卿. 玉卿. 一宵二宵, 乃是牙頰間率爾常談. 咱豈木石的. 魚阿. 玉卿其水. 蝶阿. 玉卿其花. 咱非玉卿, 其誰與嚃. 一言蔽的, 海誓山盟, 自有一詞作訂, 玉卿聽着者. (設誓科.)

【金甌線解醒】(先生唱)【金絡索】玉笥看經回, 訪人到蓬萊. 初疑賺出天台, 不覺上金坮, 全憑月姥媒. 【東甌令】天借便北廂此日, 共把百年鸞膠杯. 顏如舜, 心如玉. 可憎才. 【針線廂】這豈是桑間陌上來. 【解三醒】證山海, 怕甚麼. 臨卭歸去白頭猜.

(玉) 先生此詞, 可質神明. 但恐口頭心頭不如詞頭, 果如不渝此盟, 妾當繡出一本, 把作終身守信符哩. (蓬) 先生. 金石留盟, 難得. 難得. 此詞仍作納幣婚書, 松節一樽, 回作合巹杯, 北廂小軒, 便是花燭洞房. 阿兒. 金宵陪你新人, 共諧百年鸞膠. 好呵. 好呵. (玉) 先生. 地不甚上緊的, 妾身是終身初程. 雖無六禮, 已誓三從, 不可造次. 今日初五, 酒是三敗忌日, 日辰又值關亥, 亥不嫁娶, 又係百忌. 豈無后日, 若是顛倒. (蓬) 呀. 微你言的, 幾娘忘的. 後日呵. 後日呵. 後日且多, 不必揀黃道紅鸞, 必以明日初六, 爲合禮全吉日, 以迎先生哩. (先生) 街東街西, 過數百武路頭, 隔如三千里弱水. 一日十二時, 度如十二個春秋. 今日此會, 雖非卓王孫家置酒, 日中相請, 意謂夜中相逢, 直如此多魔. 又隔了三千里, 度了十二年, 使人不覺白髮還黑. (玉) 好笑了. 好笑了. 白髮眞個還黑, 倒先生也好. 妾欲鑷其白毛, 倘或自宅中鑷其還黑, 恐作公然一婆哩. 先生且休錯忙, 明日是人間的六月六日, 比諸天上的七月七日, 孰爲較近. (蓬) 先生不耐一口, 何不棄卻文魔士, 惜寸陰工夫, 去尋紫石街王茶婆, 學得五件事, 中間工夫, 忍耐綿裡針麼. 擔閣閒話, 且說正話. 吉日只隔一宵, 斜陽已到窓前.
(重整席面, 洗盞更酌.) '勸君更進一盃酒, 西出門前無玉人. 我醉欲眠君
且去, 明朝有意抱琴來' 呵. (俱下科.)

京選

（蓬上.）呀. 門外立的, 頭戴雲紋緞, 內縇人毛氈笠, 身穿鴉青色蒙古三升狹袖, 腰繫藍紬纏帶, 脚絣護膝, 足納多耳麻鞋的, 甚麼人. 何處來麽. （步撥上.）俺是關東布政司管下夜不住的步撥軍便是. （蓬）你何幹來. 且請入坐這廊下者. （坐科. 問科. 步撥上）是楚山雲舜玉的家麽. （蓬）是哩. （撥）昨日京城尙衣院關文, 來到布政司. 抄原州妓舜玉, 選上針線婢的, 方在洪川, 勿殢剳刻, 立等起送的. 文憑在此, 火速登道哩. （授文憑科. 蓬驚泣科. 玉上.）媽媽. 有何煩惱. 快說. 快說. （蓬）阿兒. 文憑云何, 你看. 你看. （看文憑科.）原州判官, 因布政司關文, 新選尙衣院針線婢. 舜玉趁初六日早朝待令司下者. （玉）'玉容寂寞淚闌干, 梨花一枝春帶雨.'（言與淚發, 淚和聲咽.）有是事. 有是事. 人生在世, 一至此難. 難如可免, 何事不易. 易若可得, 此亦何難. 公程有限, 此夜將半. 媽媽呵. 自古道: 送君千里, 終須一別, 行且難免, 玩愒何益. 此行旣非死別, 後日自當生逢, 還不如趁今登程, 直往原州母舅家, 伴表兄入京, 庶免中路孤單. 入京以後, 死生付諸天賦. 媽媽呵. 小省無益的悲懷, 馬秣棧豆, 僅飽蓐食, 治兒行具哩. （治行科.）瘁瘁裙帶, 草草行裝, 弱馬單僕, 好不淒涼也呵. （蓬）自逢阿兒以來, 如得萬金珠寶, 相偎相依, 將欲斯須不離. 阿母福薄, 遽當此別, 生亦何爲, 死又無益. 阿兒去後, 將欲入山祝髮, 斷去匕根, 朝夕爲你誦佛, 以開一線前路. 惟願阿兒一去京城, 早配佳婿, 有子有女, 庶副阿母至願. 天麼. 天麼. 此何人斯. 阿兒十八年潔操, 竟以如此結果, 天難諶斯. (玉) 媽媽呵. 此何言也呵. 西隣誓詞, 在兒懷中, 墨痕未乾. 不聞他一言, 豈可輕許去就. 兒曾聞針婢, 亦可圖贖, 費了三百兩錢, 無有不免. 變賣若而家伙, 可湊使用. 但上司關促, 雷疾耳邊, 行程忙迫, 箭在弦上, 措手無暇. 兒去後, 持此鑰匙, 開視臥房粧奩, 當有百五十兩錢, 此是兒在原州時, 一二處纏頭所零, 足消半費. 且原州有一箇姓李的財主, 曾與兒結拜兄妹, 央他假貸, 可以彌縫餘數. 鏡坮中有一封書, 明日傳于西隣, 明其不能面別, 兼道兒本地. 他有成約, 倘念日後重會, 一臂相助, 亦未可知哩. (步撥立促科. 發行科. 母女相抱悲啼科. 相別科. 玉) 兒去也. 媽媽呵. (蓬倚門大哭科.)

(先生上.) 書童呵. 我夜不能睡, 散步庭中, 夜半有哭聲, 出自官道東畔, 是何人哭的. 你去詳探回告者. (童去科. 上.) 日前傳書的那東街上, 蓬萊老嫗女兒舜玉, 被抄尚衣院針線婢, 關促甚急, 不敢待朝, 半夜發行, 母女不忍相別, 所以哭哩. (先生大驚科.) 是眞麼. (書童) 街上左右人家, 盈庭往慰, 誰不知道了. (先生魂飛九霄雲外, 心墜萬丈坑中, 久久不能言. 欲泣不可, 不泣涕零. 自言科.) 薄情哉, 斯人. 薄情哉, 斯人. 今日何日. 非人間的六月六日麼. 非天上的七月七日麼. 人而情薄, 乃如是麼. 且作一詞, 聊以寓懷.

【懶畫眉】夜深還待晨雞聲, 窓曙又須靈鵲鳴. 夢外忽傳飛虎檄, 解元無路見鸎鸎, 有情多被惱無情.

(書童上.) 小的因事俄過東街, 蓬萊嫗倚門悲啼, 見小的道: 俺有所幹, 晚間當往宅下. 小的更不打問甚事哩. (先生) 甚事麼. (自思科.) 阿玉去時, 或有所言也. 未可知. 且他來, 亦碍眼, 不須待他來見, 咱當先往, 問他一言是了. 書童呵. 今日又與人期會, 你切莫閒散心在外, 坐守艸堂者. (書童) 如敎. (先生往見科. 蓬見先生引入科. 生上.) 蓬姑呵. (喉咽不能言科. 蓬上) 先生呵. 況老身呵. 願寬懷. 願寬懷. 兒去時, 留一封書在此, 先生且看, 更容細稟哩. (上書科. 書背有二聯, 寫道: 公程有限, 不免半夜艸露行, 好事多魔, 未踐六日花燈約, 三寸雙武, 肯向無心處亂行. 五句一詞, 寄與有情人開見. (生) 是了. (拆書科.) 呀. 原來是一首詞, 與咱寫懷詞, 不謀同調. 怪呀. 怪呀. (看科.)

【懶畫眉】烏鵲未成河上橋, 鴛鴦驚散沙頭霄, 押衙終惜茅山藥, 怨女芳魂誰更招, 可贈阿睹買阿嬌.

(蓬) 詞意甚麼. 念與老身聽. (生) 玉如其心, 吾已深許, 今見其詞, 非直兩調, 暗合全心. 書背道其本意, 詞中露其多情, 其始終不忘, 可質鬼神. 況對此架上紗衫, 香汗沁碧, 床頭珠枕, 恨淚蘸紅. 見物思人, 鐵石難保. 但詞尾有阿睹買阿嬌句語, 假使今有錢財, 可貰其針婢麼. (蓬) 臨別, 兒言如此這般, 今不瞞先生說. 針婢圖免, 迺是敎坊中茶飯恒事, 費了三四百金, 無慮圖免. 兒去時有一言, 粧匳中有纏頭錢一百五十兩, 足當半費, 不贍尚夥, 急遽中難賣家藏, 西隣宅如不棄葑菲下體, 多少相助, 使不從春川妓桂心於地下, 成都市破鏡, 自有重合的日. 其言雖如此, 俺料先生, 必不欲爲墙花路柳, 能作慶朔堂風流話本. 此無異貸粟監河, 言將何益麼. (生) 咄. 不料蓬姑口吻中, 出此放屁的話. 苟有贖還阿玉的方便, 咱雖如裂三折布道袍, 懸白鷳, 半甕醃蔓菁養十蛆, 走且放賣, 可捧缺耳錢五七分, 可贖三四箇揚水尺, 吾有何所惜爲玉地麼. 這的是除却笑話, 旣有贖玉一路, 奚惜費錢千緡. 事到此急, 勢難延捱, 數雖無多, 倉卒難謀. 巧巧的, 三日前自屈溪庄, 遹有賭租散賣錢百五十兩, 見在文匣中. 兩處所存, 準滿三百, 多少不瞻, 阿玉自當䬺觍, 可能塗抹. 咱有老蒼頭, 名烏有者, 爲人老實, 爲我地足出摩勒奇計者, 趁黃昏時, 使烏有搬錢姑家, 仍令轉送阿玉處, 可以幹事. 君又使心腹人, 伴送至可哩, 至可哩. 還有鴻門宴故事, 樊將軍的事急矣, 范亞夫的急擊勿失, 正爲今日蓬君準備的, 是必銘記者. 人去時, 吾不必有書, 憑其口傳, 但報平安, 別無多囑. 我去哩. (下科.)

圖贖

(蓬上.) 旣湊三百金, 趁明曉, 搬送女兒處的. 誰可使去的呀. 我幾忘了. 廚下樵靑呀. 你可去二十里外三馬峙下松谷, 請俺的姨從娚金若虛來. 我有要緊的所幹, 必趂晚午時回到哩. (樵靑應科. 去請金若虛科.) 請到了. (上.)

(若虛上.) 姨姐我來了, 有何分敎. (蓬) 賢甥. 別來稍久, 近做甚生意. (虛) 近日出入京洛, 販米爲生. 路聞玉姪, 被抄針婢, 果眞是麼. (蓬) 女兒事, 一言難盡. 去夜半已發向原州, 方欲圖免針役, 才湊情銅, 無人可去. 賢娚無惜一步, 幹件句當則箇. (虛) 這是骨肉間莫緊所係, 誰憚不去. 但未知何日起程麼. (蓬) 事在火急, 明曉與此比間某人, 作伴當發哩. (虛) 知道了.

(生) 俄招烏有, 日已黃昏, 怎的不來. (窗外咳嗽科.) 是誰. (烏有上.) 小人. (生) 你來麼. 待已久了. 你持此錢, 往見東街上蓬萊老嫗. 他必有所央, 是必在意料理, 無至僨誤. 如有遠近行役, 不必更來見我, 一從便宜, 務從愼蜜者. (烏有數錢科.) 是百五十兩哩. 小人去了. (下科.)

(蓬上.) 這門外趨趄的是誰. (烏上.) 是我. (蓬) 我道是誰. 是烏別監. 請入來哩. (相見科. 烏) 自俺宅中, 送錢此處. 要俺幹蠱, 是甚事麼. (蓬) 也是一百五十兩麼. (烏) 是. (蓬) 女兒被抄針線婢, 方圖贖還. 先生言君能幹此句當哩, 明曉與俺從甥若虛, 全往女兒在處, 隨便周章, 必期成事則

個. (烏) 巧事哩, 巧事哩. 補陁落伽崑去路, 問于南巡童子哩. 針線妓出納,
專係執吏掌中的. 俺姑娘的媤叔, 姓徐的, 方在尚衣院執吏, 與俺有舊. 央
他周施, 費不多入, 事且易成, 蓬娘且勿慮. 但蒼蠅不坐薄味, 啖梨兼漱齒
牙, 不可專恃其親熱, 所湊情費, 家中更有幾許麼. 只俺所搬, 太少了, 太
少了. (蓬) 家中所存, 如君所搬. (烏) 如是足了. (勸酒科.) (烏) 凡事貴
在萬全, 明日鷄一叫, 俺只齎盤纏, 先爲發行, 到玉娘處, 傳此因由, 相其
事機去就. 若虛兄, 裝此比錢鏪, 明日飯後起程, 躐抵原州則個. (虛) 如此
甚便. (蓬) 計紅數綠, 橫七竪八, 全仗烏別監上下哩. (烏) 理會得. (束裝
科. 鷄鳴, 烏有飯罷. 若虛次第起程科.)

(玉上.) 從甥哥哥, 一言難盡. 小妹被抄針線, 官促甚嚴, 達宵趺躓, 此
時才到此地了. (甥) 賢妹少憩安頓, 徐徐現身, 無甚葛藤哩. (步撥立促科.
現身科. 判官上.) 你是個楚山雲舜玉麼. 你來何遲. (玉) 小的便是. 宵短路
長, 自爾少遲. (官) 你名選入衣襯. 衙門針婢, 程限嚴急, 明曉離發, 再明
入京點名者. (玉) 謹如敎. (下科. 自悲科.)

【畫眉序】(玉唱.) 庭際種梅花, 婆娑冷藥倚殘查. 愛三更斜月, 一窓輕
紗. 最無情半夜風雨, 正可憐春色難賒. 東君無意護惜, 誰知道飄落天涯.

(上) 哥哥呵. 俺婦人家便是沒脚蟹. '不省出門行, 沙場知近遠.' 在路
東西莫辨, 入京生死難分. 哥哥伴我同去, 兄妹相依, 庶免客裡孤楚. (甥)
人無兄弟, 如無手足. 雖微賢妹言, 爲甥的豈無此意. 賢妹安意加飡, 明日
吾與你仝去, 險夷相濟. (玉) 如此甚好, 但在路盤纏不少, 入京冗費且多.
所不能無的阿睹, 自家中必有來人, 明日當到. 且有緊央, 欲訪西門外結義
哥哥哩. 官家必欲使明日發行. 不怕官, 只怕管, 怎生是好. (甥) 常言道;

義州把撥,且喫熱粥.捱差一兩日,有甚不可哩.不的明朝登道,到一站或半舍地,信宿留待,亦一中着.賢妹且省惱哩.(下.)

(首妓上.)'遙知兄弟登高處,遍插茱萸少一人.'楚山雲,原是咱每齊雲社門風昆季,今當遠離,那無握手一別麼.(相別科.)呀.玉姐今日一別,後會良難.俺有一詞贈別,你聽我道來.

【黃鸎玉羅袍】(首妓唱.)【黃鸎兒】生世在鶯院,沒追呼孤鳳,囀青樓,那討個琅玕片.【玉袍肚】紅拂兒未去太原,楊公園一枝春,飛落何宴.【皂羅袍】蛾眉薄命,自古已然.翠被鴛夢,易散難圓.且落得洛陽東陌傍花眠.

(玉上.)姐姐.雖如此說,如無死理,必有生還.俺心內事,說與姐姐聽波.

【水調歌頭】(玉唱.)生來不學踰墻柳,每恨誤入[15]歌舞.芙蓉生在秋江雨,縱使人人看,清香獨自守.昨夜孤雲出楚岫,崇祖長繞山口.無心移上秦京樹,花山阿那邊.留待一勆冚.

(首妓)正是使不得,路塗多艱,只願保重,保重.玉姐呵.(下.)

(烏有上.)'借問酒家何處在,牧童遙指[16]杏花村.'是那玉娘所住麼.(玉上)'兒童相見不相識,笑問客從何處來.'是誰.(烏)'片雲膚寸起,不是天上來.'俺是從蓬媽邊來的.(玉)'眼望旌節至,專等好消息.'且請坐坐.(相見科.烏)玉娘京行,何日發程麼.(玉)今日.(烏)呀.俺所以先來哩,急來哩.遲來的,幾不及哩.寒話且不題,只說正話.蓬媽言的,長這般短如

15. 원래 人으로 되어 있으나 바로잡는다.
16. 원래 指는 빠져 있으나 보충한다.

此. 俺專爲那件事, 曉發才到, 東街粧坮所儲, 西隣文匣所出, 湊成三百金, 若虛從後輪來, 度其行, 明午當至哩. 尙衣院執吏徐承, 與俺有一線門路, 玉娘事庶可一言做得. 但凡下鄕針婢, 一入京城, 潑[17]皮光棍, 如蠅嘬肉, 如蚋嚼血. 着紅衣, 珮通符, 中赤莫, 揮天翼, 其麗百十, 無非是瞲眼魔君色界上餓鬼. 雖以鐵肝銅腸, 一墮大坑, 無不溶液流汁, 況玉娘的這般標致麽. 恐這不二門中, 摩優婆塞空作濟重生的大檀越, 是豈西隣宅送俺的, 蓬媽媽仗俺的, 都將來一絲不着哩. 俺已排置, 山高水底的, 不計日暮, 卽今還發, 星夜去京師, 尋了個旁曲蹊逕, 費了八九箇日, 當有分曉. 玉娘切勿入京, 亦莫近京. 此去楊根二水頭, 迺西上必由的宿頭. 可於此就僻靜人家隱身, 日令人於路頭俟候. 若虛到來, 他亦初不入城, 待俺興仁門外金主簿馬坊. 俺當早晚出門見哩. 俺這金石的話, 遮莫泛浪的聽. 事不疑遲, 俺去也呵. (烏去科. 玉發科. 到二水站, 留待科.)

17. 원래 撥로 되어 있으나 바로잡는다.

夢遇

(玉上.) 店小二哥, 門外路頭, 倘有輪錢來的人, 是必引來見俺哩. (小二上.) 呀呵, 俄者三哩路口, 有這般人問路哩. 俺去引來也呵. (去科. 上.) 這不是娘子所須人麼. (若虛上.) '只在此山中, 雲深不知處.' 楚雲果在此哩. 俺才來了. 烏別監見未. (玉) 呀. 叔氏良苦遠涉, 請稅縕御擔, 容姪細叩. (坐科. 虛) 玉姪怎麼還在這裡. (玉) 烏別監再昨晡時憂過原州, 想已抵京. 叔氏可於此過夜, 明朝登道, 慎勿入京, 於東大門外金主簿馬坊留待. 烏別出來, 隨他左右則個. 他言如是故哩. 姪今留此亦依他言. (虛) 理會得. (翌日發行科. 到興仁留待科.)

(先生上. 自想科.) 虛擲六日佳期, 今已三五夜月明時. 烏有去首尾九日, 一些兒消息頓絕, 贖玉眞贗, 如石投江. 愁人心事, 說與阿誰. 疎簟冷枕, 睫不能相交. 晧月當空, 幽輝窓間, 重門深掩, 庭草露宿, 數點殘螢, 明滅疎箔, 時有有無. 跫音自遠漸近, 寥寥一犬斷續吠月. 呀的, 門微響, 伴風來入. '隔簾須有耳, 窺戶豈無人.' 苔滑弓鞋, 花弄山黛. '潛潛等等嬌滴滴, 忽到窓前疑是君.' 也呵, 俺心內只有一玉無瑕, 方在京城未還. '觀於滄海難爲水, 除却巫山不是雲.' 是誰也呵. 開戶諦視. 呀, 是誰也呵. 你從藍田呵, 洛浦呵, 從何處來在這裡. 一步下庭, 雙手摟腰. 你那仙麼鬼麼. 不是俺玉卿是誰麼. 緣何一閉桃脣, 不呼你的心肝人麼. 先生先生, 兒的針役, 賴先生用心已爲圖免, 今才歸來. 想當先生一念兒玉, 時日難捱, 兹不暇脫此行轅, 深夜造次. 願先生隨我來哩. 玉卿少停. 自此抵東街, 尙有數百步許遠, 何勞蓮步親擧. 俺當負的抱的. 先生休要笑話, 但隨我去哩. 一躄一踓, 恨不能兩步作一步. 剛到綠楊樹下小角門前, 繞廊轉砌, 是那多情的北廂小軒. 庭畔草卉如迎故人, 房內位置一樣前覩. 玉手相摻, 轉入深處, 牀上凉簟, 枕畔輕衾, 月光謝入窓紗, 爐香噴滿房櫳. 偎依就床, 兩情方深. 紗襠脫却褥畔, 金釵抛在床下. 鬖髿寶髻散落枕頭. 綠紗窓裡玉膚膩膩, 白瑩瑩兩屁股, 隱露風月門, 開迎玉莖, 引入珠池, 深陷迷魂洞中. 七情但一, 五味無雙. 呼親親叫達達. 心肝哥, 可憎哥, 兒是未經人的, 軟瓜初破, 那話這樣暴起, 一直搗扳, 有如聾僧的啖薯蕷, 饑鳥的啄西瓜, 是甚麼味. 兒曾從溫柔鄉老師父聞得諸般技藝, 馬爬品簫鞦韆弄鴛鴦[18]脚挾飛仙後庭花件件曉得. 行將次第嘗試一未施逞. 心肝哥, 不住的這般撞兒, 且救溢的無遑, 忍酸的不暇. 海棠新血變成白露, 已洩三五番崩漏, 幾使一縷殘命犯了骨牌格, 斷幺絕六. 不寧止是, 誠恐老將軍氣力只負强壯, 孤軍深入, 倘玉門關主以白水奇兵, 掩其蛙口寨, 攻其龜頭營, 蕭關四塞, 陰陵道險, 一陷大澤, 將未免裹尸泛江, 雖欲再擧, 實無奈何. 心肝哥, 養精蓄銳, 少停徐行哩. 心肝玉, 可憎玉, 你不知道. 你旣以骨牌行令, 難道俺不知眞趣. 雙準三間幺三, 叫做一輪明月當三五. 時乎時乎, 此夜不可失. 雙準六間白六, 叫做白頭翁入少年場. 俺老人家要學老范增七十奇計, 方此乘銳急擊. 不如是, 彼將內負碣石深險, 外備朱厓甬道, 將無攻取的日. 於焉, 雲收雨濃, 慼愧了點汚玉卿淸白. 親嘴交頸, 鳳顚鸞迷. 喔喔的窓外鷄鳴,這非惡聲, 驚起蝴蝶春夢. 自覺一身臥在南柯上冷簟中. 推枕開戶, 不見其處. 華胥夢斷人何去, 只在行雲秋色中. 惘然獨坐, 想像境會, 殘粧印臂, 餘香在鼻. 玉卿呵, 玉卿呵, 來何倏, 去何閃. (似夢伊夢. 自嘆自敍科.)

【風入松】(先生唱.) 瞥見吾家懷裡玉, 鶻伶自是老渌.[19] 細思想夜來經過, 鸚聲在耳, 鴛血沁褥. 形和影雨收雲歸, 悵望江南芳艸綠.

○ 劉阮一入天台谷, 採採杜蘅盈掬. 屈指計七夕何時, 曉烏西飛, 渚次飲犢. 提胡盧夢非眞境, 且待和珍歸趙櫝.

(玉上.) '但見淚痕濕, 不知心恨誰.' 針選行跡, 时耐綿裡金針. 烏老消息, 恐作燕山白烏. 俺前生作甚業障, 十八年磨難未足, 又作此旅館楚囚麼. (自悲自思科.)

【中呂粉蝶兒】(玉唱) 俺這紅顏薄命, 眞個是紅顏薄命. 二水頭白露雙飛, 孤鸞對鏡. 西飛烏自期, 圓月東暎. 那知道應鍾令, 轉眄間建申斗柄. 安得除瘴礙金剛神杵, 撞破些檻人之窣.

---

19. 老渌은 원래 渌老로서 눈동자라는 뜻이다. 여기서는 압운하기 위하여 글자를 도치하여 썼다.

踐約

　(烏有若虛俱上.) 玉娘, 俺們來了. (玉) 呀. 這般勞頓, 甚是不當. 且請坐了. (相敍科. 烏) '春風不道珠簾簾隔, 傳得歌聲慰客心.' 玉娘, 恭喜. 這椿事好了. 從前愁思都休題了. (玉) '十年楚囚楓林下, 今夜初聞長樂鐘.' 願聞. (烏) 俺自原州費二晝夜, 抵京直往崇禮門內會賢洞姑娘家, 請見徐丞, 語及玉娘事, 且央省費. 他道針役如仰本院圖免, 費鈔太夥. 所謂伴倘別陪使令色丘廳直房直兩裝直私庫直催促廐從文牒直助掣茶母妓廳行首領座公員色掌使役堂直等許多名色俱有情例, 已不下三百金. 書吏長房原例一百兩, 別例或百或八九十兩, 亦不在其中. 非但此止, 除非殊疾病軀, 惟費此例, 亦無路頎免. 必欲圖頎, 只有二路, 功臣的賜牌·朝士的別房哩. 俺看烏兄面上, 爲其省費, 那二路上, 第爲通變了. 俺道如此甚好, 但別房二字一筆勾了. 仍留十餘日, 幸有勳臣家賜牌未受一處, 以二百兩折爲續鍰. 且本院各司冗費八十兩, 并二百八十兩, 以金兄所輸錢, 準數塗抹, 今才回來. 這不是功臣家奴名狀名麼. 尙衣院移屬公文麼. 刑曹決立案麼, 掌隸院補充隊文蹟麼. 這都是徐丞的居中用力哩. 餘鈔二十兩中費了俺兩個多日間糧, 只存此十兩, 足償咱每回程的路需哩. 事旣順就, 錢又少費, 造化了, 造化了. (玉) '昨夜燈花落, 今晨庭鵲噪.' 是那救苦救難烏斯國尊者來了. 多虧了, 多虧了. 如無老人家作伐, 兒女事這般順成麼. 此恩此德, 將甚麼報得. (烏) 玉娘不必如此說. 陳平雖有六出手段, 如無四萬

斤黃金·三寸短舌, 將何以掉得. 今非此三百緡青蚨, 俺這三十六個牙齒,
捉對兒空打. 比如趁船, 俺不過捩柂的. 除却他話, '錦城雖云樂, 不如早
還家.' 見今日方才午, 玉娘趁此返程. 俺有相知人在邐州邑內, 方有相約,
計將自此透迤到彼, 信宿當還. 憑玉娘傳語家中. (虛) 俺亦於邐州曲水場
有事, 與烏兄作伴也好. (約後會科. 相別科. 烏金先去科. 玉發科.)

(七月初六日黃昏到家科. 上.) 媽媽, 兒來了. (蓬上.) 尋聲暗問彈者誰,
疑是銀河落九天. 是誰聲, 是誰聲. 呀, 是吾女, 是吾女. (跣足下庭, 雙手
抱腰, 兩腮相接, 淚自眼落, 笑從口發.) 你來了, 你來了. 見你來, 想事好
了. 烏金二人何不同來. 事或未了, 錢或少了. 爲娘的如痴如狂, 不知高低.
備細說與娘聽聽. (玉) 全憑烏老作成, 事旣好了, 錢又足了. 但他與叔氏
俱因己事向別處, 追後歸來. 兒亦從他言, 初不戻洛, 淹留楊根二水頭
來哩. (蓬) 謝天謝地, 謝先生哩. 阿兒作客未幾, 這樣消瘦, 雖緣有事關
念, 必因宿食不佳. 今又日暮, 想當飢乏, 廚下黃粱新熟, 薄切黃肉炒, 更
加爛蒜泥, 黃柑海饅頭, 稍和苦椒屑, 葵羹菘葅, 與娘同卓, 放意加餐, 從
來委曲, 徐徐講了. (母女飯科. 玉.) 兒去後, 自西隣或有來問也未. (蓬)
你去一月零間, 人來三十餘問. (玉有心無言科. 蓬乖覺忖度科.) 阿兒呵,
與西隣旣有前盟約, 又捐半三百緡銅, 送烏有一力作成, 人而負約忘恩, 人
且無良. 況今宵一年一日, 請他來趁此七七佳辰, 踐個六六前盟也好也好.
(玉不言作羞科. 蓬攛掇聳動科. 玉.) 羞人羞人. 任媽媽胡亂. (蓬) 好了好
了. 阿兒呵, 爲娘的二十餘年做了甘酸鄉的大先生, 醫婦人的長桑公, 望問
聞切, 對症投劑哩. 大凡婦人那話事, 初經爲難, 迎人道兒今爲你傳法. 先
試以夏姬股戰法. 老娘塵箱中法物俱存, 不必加減, 當依本方. 銅匣中預灌

旱延草溫湯, 少和女貞實極細末, 牝牡俱洗, 且溫烏梅湯一鍾, 和八實糖末少許, 繼又澡牝. 小金盒中有韓壽香自然油, 取半分重, 和鷄子淸一匙, 塗玉池內兩厓, 調其艱澁, 錦林中有紅白二屑, 紅點那個鷄冠, 助其溫酸, 白和涎沫塗那可憎的龜頭, 補其昂壯. 紅紙匣中有梧子大栢子勉旬丸, 行事時陰陽各嚥二丸, 雖一日百合迎送, 精力少不耗縮, 陽莖如或萎弱, 取澡牝湯加沙糖屑一錢, 海狗腎沫二戔重調和, 限十數次空心令服, 無不神效哩. (玉花心漸萌科. 倚繡枕科. 蓬) 北廂俄已點火, 你可擺設寢具. (玉含羞勉强科. 蓬纏出旋入科.) 阿兒呵, 我去西隣, 不久當歸. 春坾各種, 我已搬置. 北廂床前彩箱中諸般道兒, 依方依方. (去科. 玉粧點北廂科.)

(先生上.) 方夜窓外細咳的是誰. (蓬) 明知是誰. (生) 呀, 甚風吹得到此. (忙步出見科. 蓬.) 玉來了. (生) 誰來了. (蓬) 先生聾了. (生) 聾來了. (蓬) 先生笑了. (生) 笑來了. (蓬) 先生瞬了. (生) 瞬來了. (蓬) 聾與弄同音, 弄玉已隨簫史, 笑與小音同, 小玉方在瑤池. 瞬與舜音同, 舜玉是誰. (生) 舜玉是俺玉卿. 方往京城的. 眞來麼. (蓬) 眞與秦音同. 弄玉非秦樓女麼. (生) 逃走麼. (蓬) 逃與桃音通. 小玉非桃園仙麼. (生) 詢來麼. 詢與舜音通. 非往京城的舜玉麼. (生) 呀, 來不意, 來不意. (蓬) 不意與拂衣[20]音相似. 請拂衣隨我哩. (生捉衿半肩, 着屨喪齒, 兩步作一步, 恨不得身俱羽翼, 及至北廂. 玉粧羞下庭, 道個萬福, 迎入臥房. 燈下靚粧不淡不濃. 除非畵裏瞥見崔徽. 相見不能言科. 脉脉相看科. 蓬眄光八分科.) 一言難盡. 蒙先生下顧, 夥然費鈔, 又送烏有極力周章, 得使免還. 自今後阿

20. 원래 不意로 되어 있으나 바로잡는다.

兒一身惟先生生死的.(生) 針役圖免, 有何明訂.(蓬) 這在床頭的不是麼.
阿兒呵, 將這來備先生見見哩.(見科.) 此是某判書宅奴名呈狀賜牌婢, 行
下的同婢託贖的狀題粘連文券. 這是尙衣院堂郎交踏的針婢一名移屬某功
臣賜牌婢的移關. 那是刑曹決立案掌隷院補充隊各件文蹟. 呀, 快了快了.
不住的快了.(蓬) 先生, 先生, 烏有去而女兒來, 女兒來而七夕又來. 女兒
雖非七襄機上人, 烏有不愧爲人間烏橋. 如此良宵不可虛度. 好敎你穩做
金塘水暖鴛鴦睡. 俺老人家且聽取綠楊枝上杜鵑聲.(出去科.) 先生就床
促膝, 仔細端詳. 我那可憎龐兒, 你何無一言啓脣.(玉低首弄裙科.) 生奪
其弄裙, 引他玉腕.(玉不言微笑科.) 生雙手攔腰摟在懷裡. 玉瑩瑩秋波闃
動深情. 生手探酥胸, 摘其雙桃. 玉斜倚繡枕, 花心動人, 於焉相携就床,
極其繾綣, 雲雨已濃. 玉於枕上自製新詞, 要先生聽.

【金縷衣】今夕是何日, 怪六月六日, 變天上七月七. 半夜征衫寒露濕,
今宵此懷, 誰必算到了, 神明莫質. 海棠初被東風綻, 恐池上鴛鴦春夢失.
更將鸞膠投漆.

(生) 玉卿呵, 後章俺續, 你聽.

【尾聲】自君一去作紅拂, 意王謝堂前燕子, 飛入華室. 縱令奔月成仙去,
赤繩自續斷瑟. 喜破鏡終歸合, 一携手共看牛女星, 悟佳卿語纖今宵畢, 枕
上芳萌密密.

(玉) 先生此詞, 休敎人知, 恐人忌神猜, 佳約易阻.(生) 理會得. 重就枕
席, 深情更深, 窓曙.(俱下科.)

粧病

(先生上. 蓬上.) 先生, 女兒自朝至暮委頓床, 第食飲全却, 問其症不答, 一味呻吟, 好不悶人. 渠是未經人的, 是必夜間過爲囉啤哩. (生自思假託科.) 無是事, 無是事. 渠自去夜已云不自在, 俺不無春興, 三五番挑情, 終不回頭, 連作喉間痛聲, 甚有最苦底意. 俺欲強作, 渠道豈無後日, 必欲逼人病中, 是甚道理. 俺還無聊, 待曙歸去, 是渠自痛, 非干俺事哩. (蓬) 呸老娘眼前, 說這掩目捕雀的話麼. 幾十年老於此事, 老娘是誰. 央猫兒看祭肉, 誰道肯信. 左手內楚巫鈴杵神可欺, 不可欺老娘哩. (生) 不欲信俺, 自當問渠. (蓬) 此猶閒話, 病症分外愁悶. 俺第往更視, 且傳先生來由哩. (去北廂科.) 阿兒呵, 你的病情, 執症後可以投藥, 你不瞞爲娘的. 倘或夜間被他過弄攝麼. (玉聰看, 託辭科.) 咄. 昨夕他果這般這般, 兒身不自在, 實不行房, 約以後期, 他倒挾恚去了. (蓬) 然則內外寒熱, 明言所祟, 方可訪醫命劑哩. (玉) 兒病難向外人說到, 但令媽媽知得, 切莫甚纏訪醫問症. 怪底自昨昏下馬的後, 兩屁股間無數刺痛, 有如擦了苦椒屑. 此無乃馬上驅馳的癮蟄磨傷所祟麼. (蓬) 是了是了. 爲娘的曾經數次, 此病已有經驗神效, 不必問醫, 恨不早知. 蒼耳子連莖葉滾沸, 涼洗乳香沒藥胡桐淚胡麻油, 方寸匕置磁罐內熱炒, 融化候冷, 和鷄子清塗其痛處, 經宵立效. 但塗法可憎, 此亦何嫌. 令丈夫以其那話龜頭, 蘸藥塗其痛處. 此是此病的醫治本方. 兒與西鄰雖未合宮, 盟約已定, 卽是丈夫, 依方調治何妨. 俄者他來,方坐外廂房內哩. (玉) 藥如當劑, 塗無異同, 取新綿子蘸藥, 兒自調塗, 有何不可. 假已合宮, 寧其久痛, 此事斷不可爲. 他是瓴不食的晨虎, 不顧他人緊慢, 乘其塗藥, 惡恣其慾, 此時相去, 間不容髮. 且居上流, 勢如建瓴, 沛然孰能禦之. 雖欲回避, 實不可得, 被其磕擦, 加痛可畏, 病中行勞, 且有禁忌, 不是要處. 媽媽, 傳兒病情, 今不必相見, 待病可, 自當拜請. 陪坐媽媽房內, 吸一二坮烟茶, 早早還歸, 好哩. (蓬) 人情楚越尙無間, 況他聞你病, 怎肯不見還去. 爲娘的第備藥物來哩. (出見科.) 先生, 兒病這樣, 兒言這樣. (生) 呲. 聞渠有病, 自當來見, 況已來麼. 試備藥物幷粥飮來. 吾將躬診勸的. (製藥煎粥科. 蓬) 先生旣欲相病, 切莫不言俺的不傳兒言, 且如依方用藥, 求勸一事, 切莫切莫. (生) 曉得曉得. (同往視病科. 蓬) 阿兒呵, 你的情人來了. (玉推枕强起科.) 情人不情人, 又來怎的. 媽媽, 不傳兒言麼. (蓬) 俺非不傳, 易地皆然. 先生呵, 藥倒且置, 終日勻水不哂, 先勸粥飮, 好了. 阿兒呵, 先生在勝吾在側, 你且飮飮粥, 試試藥. 吾去外廂少歇哩. (出去科. 生) 玉卿, 朝還無事, 夕何有病. (玉) 兒的朝日無事, 先生從何知的. (生) 那般病祟, 非人所知, 獨吾所知. (玉) 那般病祟都是誰的. (生) 那般病祟, 干我甚事. (玉瞪眼細語科.) 何等亂杵, 何樣捱扳, 這般磨傷, 那般剌痛, 都是誰的. (生) 病若由俺, 俺當治病. (勸粥飮科. 玉) 我將靜攝, 先生且還. (生) 藥有本方, 非俺莫治. (玉) 無先生, 人雖病, 莫治麼. (生) 人皆有治人, 如甚你的有俺. (玉) 沒廉恥, 好口舌. (生) 病無廉恥, 愈則無病. (玉) 白酒紅人面, 黃金動盜心. 以先生廉恥, 當其塗藥, 見物生心, 兒當奈何. (生) 斷不斷不. 依方不依方任你, 第看其病處. (玉) 死不得, 死不得. (生) 苟利你病, 吾何惜那話. (玉微笑科.) 不惜, 怎

275
원문

的. (生) 割的. (玉) 如割的, 千百年莫思近我身. (生) 第看第看. (玉半推不推科.) 生携其藥罐逼坐溫存. (玉闔眼依枕科.) 生引他金蓮, 扒開褲襠, 手把玉莖蘸那藥油, 玉池兩畔點點塗抹. 於焉間龜頭稜稜, 半沒池中, 只有進路, 更無退步. (玉) 病處在外, 胡爲內塗. (生) 外治不如內治. 玉朦朧的星眼轉圓, 蠟查的桃腮漸紅. 這時節, 這時節, 是可耐, 孰不可耐. (生) 怎的也好. (玉) 怎的也好. (熟視科. 生) 箭在弦上, 不得不發. (玉) 沒廉恥. 百步程已過九十步, 問我則甚那未十里, 我可止止麼. 這可憎的褲襠, 留他安用. (脫衣科. 玉) 被先生胡亂, 藥無半點兒在這裡, 何不再蘸再塗麼. (生) 怪甚. 這藥非但醫你病, 一蘸那話, 越發暴稜, 若再塗再洗, 怎的. (玉) 再塗三塗, 雖至十塗, 必以病好爲度哩.

原來婆娘已將隨身的長春屑, 暗投這藥油中的. (再蘸再塗科. 蓬上.) 夜將雞鳴, 女兒吃粥麼, 塗藥麼. 也未可知, 第到窗外, 審他一審哩. (咳嗽科. 玉) 媽媽, 夜深有何分教. (蓬) 阿兒, 粥飲也未, 藥試也未, 病減也未. (玉) 粥啜一楪, 被他勸藥, 調兩度自手塗, 病不加症. 媽媽, 勿慮安寢. (蓬) 先生睡未. (玉) 眠在北窗下床上. (蓬) 先生, 先生, 切莫切莫. (生) 渠病渠治, 干我甚事. 北窗下方夢挾飛仙, 被你攪破. (蓬) 我去. (去科. 生三塗科.) 這婆娘要籠丈夫, 假粧這樣病症, 引用那般藥物, 暗和春屑, 到好春事, 兼籠乾娘, 夜半雲雨, 日出方散. (玉) 被先生甚麼依方, 藥雖屢試, 病無少減. 病可前, 更勿來訪. (生) 雖然未然. (俱下科.)

弄春

(玉上.) 媽媽, 昨夕被他達曉苦纏, 不得已一遭依方, 他乘塗藥便賣弄那話, 勢無奈任他姿採. 藥雖三試, 盡歸虛工, 病無一減, 倒添別症. 病差前, 如若再被纏綿, 甦完無期. 待其來, 媽媽極力防遮, 勿令近兒病床. 兒亦當昏, 必以屈戌重拴門揆哩. (蓬上.) 勒肯本非人情, 拴戶便是拒絕, 不必這樣待人. 爲娘的當以好言調他. 這是并行不悖的道理. 我自教坊承官家發落, 央我教演妓樂, 今夕不得不去走一番. 待他來, 娘亦去就哩. (下科. 先生上.) 蓬姑, 日間玉病快臻勿藥麼. (蓬) 先生, 夜間不有老身申托. 畢竟做事, 兒病倒添, 是何道理. (生) 是誰的. (蓬) 如無女兒言, 老娘從誰知得. 已往付諸昧爽, 自今後, 爲渠病好, 姑勾貼身相從. 病起後, 惟先生任意. 老身今夕爲演妓樂, 將往教坊, 家中無人, 先生際來. 俗談道; 色界無蘇武, 酒鄉少屈平. 初勿去兒病側, 老身臥房亦不甚陋, 足過半宵, 待老身還來, 惟先生去留的. (生) 蓬君金石, 敢道不字. (蓬拂拭臥具科, 剔燈添油科, 往見女兒科.) 阿兒呵, 先生又來. 娘已據理調他, 他亦循理, 依娘姑留娘房以待娘還哩. (玉) 他又來, 娘又去, 今夜事未可知十的八九. (蓬) 設麼, 設麼. 娘趁早夜定還. 我去哩. (出門科.) 先生拴門者. (生) 領得. (玉自思科.) 他來倒好, 須他到此, 俺當奪其三魂的二, 九魄的八. (預備夜戰科. 生) 空房冷枕, 孤燈耿耿, 咫尺陽臺, 彩雲無心. 攬衣推窗, 月色滿庭, 不能定情. (左思右想科.) 玉兒所慎不過那症, 雖至添病, 一日間必非死祟. 聞俺來, 固當强病出迎. 設渠不迎, 幷俺不見, 亦何意味. 千里傳情, 尙非難事. 一室相思, 還覺自愧. 如其添慾, 在傍將護, 本非惡事. 倘又不添, 不見空還, 人謂我何. (轉向北廂科. 佇立窓外科.) 窓間屬眼, 琉璃瑩晃, 畫臺明燭, 房內如畫. (窺視科.) 玉暗聞跫音, 已料先生到來, 越顯標致科. 繡枕頭, 鬖鬖小髻散而不收, 雪也似瑩瑩玉肥, 堆着方錦褥上, 只以綠紗單衾, 饒在腰間, 下體全露, 芙蓉微見, 連作呻吟聲. (獨語科.) 病至此苦, 此時情人在傍, 起居相須, 可免病裡孤寂. 可可地病在難言處, 又重治方, 那樣可憎. 自經昨夕打撈, 外痛一絲不減, 倒添別般, 內痛如石介中此非自己可見, 亦非他物可治, 只有一情人可以審治. 他又不良, 如踏磨驢舊跡, 實非要處, 這一段幽愁, 向何處一洩. 仍作如縷細音, 依枕唱道.

【陽關調】水晶簾捲桂花秋, 悵望江天人依樓. 牛郎去後鵲橋斷, 却悔當年靈藥偸.

(生耐不得科.) 佳娘佳娘, 美愼香愁, 情人已盡聞知. 何愁美容難治, 香愁難洩. 這詞尾聲, 非情人誰續.

【再疊】花香浥露拂墻頭, 月掛踈梧河漢流. 玉簫吹送楚臺雨, 洩得離人無限愁.

(轉入房中科. 玉强起攬衣科.) 先生夜旣來此, 緣何佇立窓外麽. (生) 不良情人未敢深夜造次, 自爾趦趄. (玉) 先生, 別的休題. 夜來事最是不良. 兒的得病, 本由先生. 此猶外症, 差可易治, 不思前讐, 加倍撞觸, 以致內傷. 見方一塊石子, 墊在紅盆, 痛不可當. 自料在世不久, 兒若捐縷, 先生其免天字號第一張目麽. (生) 你的初病, 明是他物-癰墊, 比伏對痕, 自露形跡. 設如由俺屬纊, 要害處致命傷, 俺實無辭. 歸重如在內傷, 內傷的勿定實因明有金石, 慮他甚的. (玉斜視科.) 誠如所教, 兒的生死不關先生. 先生去也呵. (蒙被還臥科. 朝裡飲泣科. 生大驚上床科. 撫摩溫存科.) 心肝兒, 古言道: 言悖出, 亦悖入. 你言這樣, 俺言自未免那樣. (玉) 呸. 三年甕中醃的和鹽不知鹽, 何關白頭山不點頭的老石佛麼. 俺這兩夜業冤, 竟作涅槃經圓寂眞言, 引至幽明府第五位前, 怎肯干休. (生) 玉呵, 俺言假使眞的, 猶屬薄過, 況戲的麼. 雖道戲極生怒, 亦云鬪且結交. 玉呵, 你病設你自得, 俺非鐵就的肝臟, 固不暇極力調護. 況由俺作過麼. (玉不言不睬科. 生) 玉呵, 與你相思, 度日如三秋, 與你相逢, 待如千金. 你今日有病, 你病我痛, 你痛我分. (玉支頤短歎科. 生) 玉呵, 如你不在, 緊我獨存. (兩手摟懷科. 玉假意拒手科. 生交頸接腮科. 玉在懷熟視科. 細語科.) 兒病雖有當藥, 終無治方, 雖有治方, 終無治人, 是知必死. (生) 既有治方, 何無治人. (玉) 兒的初病在外, 自手與他物, 俱可塗治, 今病可惡的痛在子戶深處, 除非昨夕治方, 更無他法可試, 是所難醫. (生) 況況況, 俺醫, 俺醫. (玉) 醫醫醫, 如先生醫的, 終是死醫. (生) 何何何. (玉) 病何, 痛何, 添何. (生) 是是是, 但是點藥, 更無杵法, 是是是. (玉) 深處點藥, 異於目見. 試的十數遍, 一點當處也未可必, 休言十數遍, 只一遍, 先生其能無杵法麼. (生) 也至百數遍, 期點當處方可. 那玉杵, 這兔兒已偸入月宮, 只餘此玉臼, 桂卿放心放心. (玉) 眞麼. (生) 實眞實眞. 那藥盒安在. (玉) 在兒床下. (生解他肚帶裡衣科. 玉斜依枕頭科. 生蘸藥點視科.) 這藥油, 昨夕已和長春物, 那話一蘸暴稜, 幾至深處. (玉以手推拒, 以至六七遍蘸點, 連被推拒. 那話越蘸越狂, 那藥愈點愈深. 玉.) 先生點藥已至几遭, 想點當處. 且休且休. (生) 以俺試的, 猶未深處, 恐非當處, 更點幾點也好.

(再蘸深點科. 玉.) 痛殺兒, 痛殺兒. (雙手力拒科.) 看官聽說, 這婆娘計在迷人, 預設圈套, 隨點隨拒, 教他心蕩意亂. 這一遭深點, 婆娘精露已漏, 玉池津津. 這勉鈴連被闌動, 花心未洩, 縫稜欲裂. (玉引衾掩體科.) 兒賴良醫神手, 深試藥物, 這般隱痛, 似覺平穩, 深謝深謝. 夜已過半, 媽媽將還. 先生請去外廂, 以待少間. (生如火熱胸, 按捺不住科. 玉掀衾起坐, 雪膚半露, 芙蓉微見, 含笑入懷科.) 先生甚勞. 兒病待差, 當以深點酬勞. (促生出去科. 生) 玉呵. (不言熟視科. 玉纖手抱腰, 舌舐先生口內, 手撫玉莖根上, 越逞張致科.) 先生, 兒病今夕有間, 此恩明夜圖報哩. (仍結裙帶科. 生攬衣長嘆科.) 薄情哉. (唱科.)

【前腔】(生唱) 窓前手種一盆梅, 爲惜疎枝春早回. 暗香不聞月明夕, 還怪無情花自開.

(玉微笑科.) 先生此詞尾聲, 兒當自續.

【再疊】(玉唱.) 婆娑冷蘂玉爲腮, 自是空庭無蝶媒. 不隨桃李競春色, 留待幽人淸夜來.

(生) 幽人是誰, 淸夜何夕. 咄咄. 玉卿呵. (出外廂科. 蓬上.) 夜如此深, 先生尙不寢麼. (生) 爲待主人, 自然無眠. 鷄人唱曉, 蓬君且還, 俺去哩. (去科. 蓬) 阿兒呵, 夜來病症可好麼. (玉) 裡外牽引, 似覺平穩哩. 先生在麼, 去麼. (蓬) 鷄鳴後, 我來他去. 他去時, 色似有不樂底意, 是甚麼故. (玉) 是何難知. 安知不來夕又來麼. (蓬) 阿兒, 你病今日似好, 他來也見見. (玉) 這是自然. (自思科) 這先生心魂被俺都攝去了. 來夕不敢不來. 待他來, 當以鴛鴦拐一戰受降哩. (翌夕再會科. 看官牢記, 自這再會火熱炭熟, 打成一塊.)

13

遷謫

(李華陽上.) 少弟與老兄, 自少相善, 親若兄弟. 兄如有失, 弟又不言, 決非相信底道理. 弟有一言, 老兄聽着. (先生上.) 賢弟但說不妨. (陽) 聞舜玉針役, 老兄送人免還, 可是麼. (生) 無是云, 是假說. (陽) 老兄試思, 阿玉卽關東尤物, 兄以此鄉矜式, 年且耳順, 染這尤物, 去且忘返, 陽壽易促, 名譽易墜. 是豈不大加致慮處麼. 人孰無過, 改則爲善. 請兄自今絕跡粉樓, 斷意烟花, 視阿玉如笆籬邊物, 這豈非磊落丈夫麼. 老兄勿以愚戀見誅. (生) 賢弟言實有理. 愚兄自當深銘. (陽) 口應心不應, 實非頂天踏地男子漢所爲, 是必大加着念. (生) 理會得. (陽干科. 生自思科.) 他言亦自有理, 宜無不聽. 但阿玉乃唱院中人, 多年守紅, 已是難得. 與俺相知後, 矢志終老, 新情未濃, 實非猝乍間遽爾取捨. 寧其渠自負俺, 俺不忍捨渠哩.

【望海潮】(府使唱.) 倚伏無門, 榮悴有限, 古今幾度行人. 長沙詠鵩, 夜郎泣玦, 風波每在要津. 林下少歸輪, 只有羊裘子, 歸耕富春. 茱山釣水, 靑白何曾來入脣.

○ 自從去歲被譴, 作西來遠客, 東渡逐臣. 春山花鳥秋水雲月, 種種助人輪困. 無人見客意, 看取西嶺頭落日幾巡. 一臥滄江歲晚, 五雲入夢頻.

(上.) 下官李養眞, 世居京城. 年前中武擧乙科, 官至長湍都護府使. 白昨年秋間, 蒙恩譴東遷, 謫居花山. 潯陽地僻無音樂, 終歲難聞絲竹聲. 春江花鳥秋月夜, 往往取酒還獨傾.' 旅館冷落, 客懷蕭索, 只有樂安先生, 有時相從, 更無促膝消遣者. 正是悶人也呵. (主人上.) 令監, 原州教坊屬蓬萊仙有歌有舞, 擅名關東. 年雖四十, 色未甚衰, 言語穎悟, 兼解詞律, 能令人解頤忘廢. 近日僑居此地, 何不一兩遭招來以慰涔寂寞. (使) 如此甚好, 何不早言. 主人可, 令人爲我招來. (主人) 理會得. 園僮石二呵, 你去東街蓬萊仙家, 引他來見老爺者. (石二) 小的去哩. (去招科.) 蓬媽, 南巷金守門將家居停的李長湍老爺, 使俺招蓬媽, 請隨俺去哩. (蓬上.) 緣甚事. (石二) 俺亦不知, 但去看看. (蓬) 你先去. 娘當躡後. 女兒呵, 自李長湍令監下處送人招娘, 怪事怪事. (玉上.) 媽媽, 不問甚事. 這處見招, 誰道不去, 第走一遭. 但尊客見召, 不可以村野往見. 媽媽少治容服則個. (蓬) 說得是. (淡沫眉頰科. 稍換裙帶科. 上.) 石二呵, 老爺舍館何在. (石二) 這側陌東畔松菊軒便是. (蓬入庭, 警咳科. 使開戶問名科. 蓬問安科.) 道了萬福. 小婢蓬萊仙的便是. 塗[21]聽頤使. (使瞧看良久科.) 見面勝於聞名, 何不促席. (蓬) 村野賤品偎承徠汝, 不敢不敢. (使) 離索孤館, 得接香儀, 良慰良慰. (蓬從容近前科.) 粧去雕飾, 姿態天然, 衣不華美, 淡素稱身. (使初見留意科.) 花紅九十, 殘紅可愛. 月過三五, 餘輝多情. 蓬卿, 我從去年辭京, 謫居臥病此地, 萍鄉少知, 解顏無人. 今見蓬卿, 消得半日幽愁, 幸勿恡牙頰餘香. 雅調淸談以解遠客愁懷. (蓬) 山歌村笛, 雖徒聒耳, 今承不鄙, 焉敢藏拙. (廚役上.) 小的是縣衙下隷. 承衙上傳喝道, 下官初擬承光, 適因縣冗, 未暇合席, 治送水酒一盃, 請老兄領情. (使) 何必如是

21. 원래 茶로 되어 있으나 바로잡는다.

費情. 你去回喝, 長者情既, 珍謝珍謝, 改日叩謝. (廚役) 謹領教. (下科. 書童上.) 俄者廚官送來的蓮葉酒一壺, 菊沙蒸一榼, 薑粉麵一楪, 熟鷄一首, 蒸豚一腔哩. (蓬齊眉舉案, 抽笋引酌, 歌以侑觴科.)

【木蘭花慢】(蓬唱) 憶洛陽東陌歸來, 如夢鸞花怪隨人. 蛺蝶朝飛北舍, 暮入西家. 試將鸞鏡朝對悵, 一抹秋山帶晚霞. 只恨窓前花落, 肯愁山外日斜.

○ 請君莫惜金縷紗, 白髮易鬖髿. 嘆日月如箭, 春風桃李, 秋水蒹葭. 一聲聲杜宇夜, 正多少行人路未賒. 且訪盈疇栗里, 休看滿眼長沙.

(上.) 人本衰朽, 詞又鄙俚, 無足以供長者宴席. 但 '山中無別味, 藥艸兼魚果.' 請老爺勿以人停杯. (使) '錦江膩滑峨嵋秀, 化出文君與薛濤.' 怪底媧岳山精, 獨於花柳園毓氣, 產一蓬卿. 乍開喉嚨, 能令人忘憂. 與你相見, 恨晚恨晚. (飲科. 盃且暫停) 書童呵, 你將這宣和牙牌來. 吾與蓬卿, 猜牌消日. (點牌科. 蓬.) 請老爺先點. (點科. 蓬.) 老爺點的這雙四六間兒四, 叫做兩岸桃花挾去津. 這準紅三四并白四, 叫做杜鵑枝上月三更. 這兩扇出牌, 準紅四五, 叫做杏園惟見一枝梅. 這八扇都叫做八紅沈, 玉洞桃花萬樹春. 小婢點的這雙準六間三六, 叫做三月正當三十日. 這雙準五間三五, 叫做梅花發後在三湘. 這兩扇出牌眞兒一二, 叫做北斗七星三四點. 這八扇都叫做鶴頂紅, 萬綠叢中一點紅. 又點了三十三天二十八宿, 斗杓七點, 較諸八紅沈, 六十三點, 贏了五點. 請老爺出五行令. (使) 今日適當二十五日, 於五上加五, 必以五五二十五爲令. 吾不辭金谷酒數, 你亦休讓杜陵纏頭. (蓬) 不敢不敢. 日已沈西, 小婢請告退. (使) 蓬卿, 從此勿棄遠人. 種種來顧. (蓬) 敢不. (下科.)

賭碁

【金蕉葉】(先生唱.) 積雨初晴, 庭柯上露蟬秋聲. 雲水萍鄉歸夢驚, 故人㕭耐零丁. 兩曜無情, 且看得鬢霜千莖. 一局閒棋一壺酒, 今朝聊與解醒.

(上.) 近因窮冗, 久闕合席. 今日情景駐人, 新涼頓生. 與吾兄圍棋消日, 以遣涔寂, 好麽. (使) 如此最好. 但圍棋專爲取適, 取適看其輸贏, 輸贏不可無賭. 所以古人有賭墅賭妾賭馬者. 請老兄計物定賭則個. (生) 賭者賭其所貴, 阿賭非清中物事. 杯酒是茶飯恒有, 非所宜賭. 念到棋局往跡, 南柯閒趣, 仙樵共酣, 草屋手談, 姑婦相傳, 取南柯的南字, 草屋的草字, 湊成南草二字. 況今日賭棋專爲吾兄忘憂, 忘憂諸物南草爲最. '寒燈客館千愁散, 細雨江亭一味眞.' 假使吾兄贏的, 自不必他論, 輸的爲吾兄以他物較量稱是, 有何不可. (使) 取古人跡, 忘今日憂. 老兄定賭, 可賽金石, 以幾許爲目麽. (生) 自一至十, 五爲中數, 自十至千, 百是胸數, 以中取胸, 五百斤爲目. 這間不可無證左, 在傍的華陽蓬卿兩人作訂也好. (使) 一言旣出, 駟馬難追. 況兩訂明白, 迺不可少書. 書童呵, 取文房四美來. (取來科.) 完山苔花牋寫道. 上章困敦流火月列宿日, 右卷爲: 烟火東林, 積潦初歇, 松菊西軒, 新涼始生, 晴日亭午, 梧陰滿簾, 良朋相對, 清幽轉深, 琴樽餘興, 又謀棋局, 一枰輸贏, 聊消永日, 三局再輪, 賭納烟茶, 五百其斤. 一言千金, 朋友相信. 如渝此盟, 旁質于神, 且訟于官. 主枰金樂安, 對局李養眞, 筆執李華陽, 訂人金蓬萊. (俱押花字, 圍棋科. 第一局, 五孔桃花先置家, 養眞贏. 第二局, 十面蜂腰滿板逐, 樂安贏. 第三局, 養眞得四通魚腹, 樂安萬霸賺虎口計三家, 養眞贏. 使) 既定三局, 老兄再輪, 原枰已決, 雪恥局以明日更期好了. (生推枰應諾科. 蓬) 明日雪恥局, 賭以甚麼. (使) 原枰已勞, 老兄定賭. 明日依贏者爲主的局例, 第當定賭爲輪的設一席酒, 請知縣兄同盃也是好事. (陽) 正是知趣了. (俱下科.)

【浪淘沙】(府使唱) 蟋蟀鳴洞房, 秋宵未央起彷徨. 寒露滴疎篁, 雲水不宜夢故鄕. 孤燈伴床, 故人不相忘. 棋酒共將軒納凉, 簾前又夕陽. 麈柄唾壺淸話長, 與君倘伴.

(翌日再會科. 賭棋科. 使) 今日雪恥枰, 弟輪了七家. 書童呵, 你請主人來. (主人上.) 令監, 有何分敎. (使) 今日與故人碁, 不可無酒筵. 爲我具鷄黍來, 免得草率. 且屈知縣尊駕. (主人) 理會得. (備酒席科.) 桂糖膏二壺, 山崝酒三罈, 花山春五餅, 兒鷄二十首, 水蒸錦鱗魚三十尾, 切膾鮮支頭一部, 薄片黃肉五十斤, 煎饠靖節餅, 蕩平菜, 淸水麵, 水正果, 衆味具備. 西瓜眞瓜林檎沙果贏實并臻. (本官上.) 樂安養眞二老兄, 有何見諭. (使) 昨日與樂安兄賭棋, 庚弟冒恥, 今朝雪恥局, 弟還輪了. 玆具薄醪一席, 敢屈年兄尊駕. (官) 賭的維何. (使) 這是文劵, 一覽可燭. (看文劵科. 官) 呀, 此時南草五百斤, 不些了, 不些了. 賭既成約, 劵又足證, 何至訟官. 老兄今日此席可謂盛會, 不可居無者絲竹. 分付敎坊, 妓工三絃, 整待松菊軒東泛波亭上者. (生) 如此正是錦上添花. (移席科, 妓工俱上科. 張樂科. 進酒科. 官) 蓬卿在席, 叵無一盃見侑麼. (座中說得是. 蓬上.)

【齊天樂】(蓬唱) 畵閣東邊山簇簇, 華陽江上新秋. 殘郭雨晴, 小池荷淨, 琴棋別地清幽. 坐上儀範, 有使君清光, 節制風流, 山高水長. 況先生清風, 世事悠悠. 一樽相屬盤桓, 今夕樂淹留.

○ 請君休辭深酌, 嘆昃景桑楡, 寄世蜉蝣. 蟬曳殘聲, 雁拖秋意, 堪添遷客幽愁. 君須聽取, 彼豪絲駐人, 淸囀引喉. 花開須折, 莫待雪盈頭.

(滿座喝采科. 官) 不圖今日, 何幸諸兄合席. 淸詞洗耳, 賞心樂事, 令人忘歸. (生) 小酌仍成大酌, 棋筵翻作舞筵, 無非是兩兄騷致. (官) 今日此席, 干弟甚事. 但旣忝席末, 同參雪耻勝會. 老兄原局賭物, 自當如數. (生) 這個自然. (終日酩酊科. 俱下科. 使) 蓬卿暫留, 俺有片言. (蓬) 老爺有何分付. (使) 今日筵上, 幸得知縣貲然助以絲竹. 又得蓬卿在筵, 彌縫光彩倍增, 足令人忘却在長沙, 良喜良喜. 但客散筵空, 旅宇虛?, 愁思還覺斗切. 蓬卿少停蓮步, 以寬此懷則個. 俄見西嶺斜日, 忽到窓外黃昏. (蓬左右使令, 百伶百俐, 燈前容態, 越頭張致. 使午醉未醒科. 依蓬身, 引其素手, 秋波送情.) 蓬卿今夕, 知我深情. (蓬) 妾以衰朽賤品連蒙大人不棄, 惶感交極. 非不欲終夕侍側, 但有一件莫緊事在心, 不得不歸見. 明日當更侍按前. 敢此告退. (使) 佳卿少情. (下科.)

15

典草

（玉上.）媽媽, 今夕歸來何太遲.（蓬）被那老爺挽留故哩. 但有一件事, 放心不下.（玉）甚事.（蓬）先生昨日與老爺圍棋, 賭以南草五百斤, 先生輸了. 今日酒筵甚是豐鮮, 知縣相公同參酒席, 教坊三絃終日取樂. 這是那老爺雪恥局所輸所設. 到今賭物, 自當依約. 近日南草倍筵騰踊, 有價難貿. 這不見色叫處麼.（玉）可正是昨夕不來, 必因此故. 待先生來, 問他一問. 問亦何爲, 事已了, 事已了. 先生呵, 向何處爭了這一口不服老的氣麼.

【漁家傲】（玉唱.）月未圓靈雲且合, 船將泊颶風方颯. 八九分已料平生, 渾無處回避摺拉. 不怨郎君只怨天, 安憑勦斗一扣九門閶闔. 日黃昏寂寂掩重門, 可憐宵, 無限愁, 無人問答.

（先生上. 玉）先生昨夕緣何不來.（生）被養眞兄杯酒所困, 頹然歸臥. 正是'阿誰扶上馬, 不省下樓時.'（玉）不被所困, 正被賭棋所惱. 先生, 這五百斤南草, 何以辦得. 成約有難白賴, 貿草又是赤手. 自古道: 南靈是號忘勞艸. 在先生倒爲生憂草.（生）此時此物, 素產諸處, 埠鸞俱空, 末由貿得, 勢將待新產踐約. 方欲央及養眞, 佇待二三十日哩.（玉）吓. 先生且休者. 論其賭場舊例, 已飲雪漾酒, 一兩日延挨, 尚云無面, 況閱時月待新產麼. 不計今明日, 準物踐約, 方是朋友間講信這道理. 目今宅上旣無所儲, 兒家閒泊董汁物與如干首飾, 沒數變賣, 个足似此个些. 先生更以何策滿其胸計. 當初捐不貲錢贖妾以還, 還賣妾以償外, 更何策.（生無言科.

下.)

(華陽上.) 老兄, 這南草間已償未. (生) 未償. (陽) 然則將何以償得. 今年一斤價, 比平年倍加五六, 以時直從廉計售, 厥數不少. 非直止此, 彼鎭安靑陽三登金城等處素稱草產, 十數斤貿取, 比若龜背括毛. 少弟愚見實無下手工夫. 老兄長策料理. (下科. 翌日上.) 老兄夜來有何料理. (生) 姑未入料, 方此納悶. (陽) 親知間已成一約, 雪恥局又經四日, 他雖無言, 弟還有靦. 弟有三便的一策, 恐老兄見怪, 屢回囁嚅. (生) 此非賢弟邊事, 專爲愚兄面上, 有何見怪. (陽欲言不言科. 生) 友直友諒是爲益友. 無難無易, 但說不妨. (陽) 日前以阿玉事諫兄, 兄從不依弟言, 似有見外底幾色, 是以難言. 今旣爲老兄地, 幸勿怪少弟妄. 老兄倘捨無益的一個烟花, 換此五百斤烟茶, 於老兄斷去暮境尤物, 一便, 不費錢鈔償賭, 二便, 不失朋友信約, 三便. 這不是一擧三便麽. (生) 捨的怎麽, 換的甚麽. (陽) 南草難得, 便是緣木而求魚. 阿玉償賭, 無異藏蕉而喪鹿. 老兄試思, 以阿玉色技畢竟不免作柳妓紅拂, 寧其終不作己物, 無如乘此際, 用一爲楚非趙計, 以玉代草. 彼亦滿口承應, 沒頭拜謝. 爲今日計, 多少是好. (生不言自思科. 陽) 也有送妾遺友者, 也有以妾換馬者. 兄亦知少弟此言, 實非古文無今文有. (生良久開口科.) 賢弟此言非不謂有理. 渠有誓願終身不改所天, 毋奪貞操, 君子攸貴. 愚兄所以委決不下. (陽) 渠有是心, 果是難得. 弟有是言, 亦非欲强奪其志. 爲老兄事, 更觀其心所在, 如無難色, 兄不必更事持難. (生) 容當更商.

(陽下. 陽上. 玉上.) 甚風吹來, 有此枉臨. (陽) 俄訪養眞令監, 回路暫見玉卿. (玉) 幸得光顧, 恨作倉卒主人. (勸進烟茶科. 陽) 此時烟茶極貴,

雖一兩垱何不補添其賭艸.(玉)老丈休要取笑.(陽)不是笑話.塵刹能成
泰山,千斤百斤,起自一垱.不如是這五百斤草,何以湊得.(玉)這一兩垱
湊得五百斤,誰道個難.(陽)先生事卽玉卿事,先生難卽玉卿難.玉卿將
何以轉難爲易.(玉)草如此貴,時如此難,休道五百斤,雖一二秤尚未入
數.毋論草如錢,先生宅上今無所儲,兒亦只有此蟹殼三五間,鶉懸十數衣
而已.幷兒身斥賣,能足其半數.這怎的,這怎的與.(陽)俺老人家猶不信
玉卿的心頭不如口頭.假如有可賣處,你肯賣你身麽.(玉)老丈有所不知.
妾雖兒女,粗知恩義.心口不同,亦係非人.當初先生贖還女兒針役,捐出
許多物財,此恩已深.況又作先生家人,妾不欲分其憂,更待何人.但兒有
誓願,寧賣爲人婢,不願爲人妾.到此地頭,不待先生肯不肯,兒自願賣.
了此賭局後,無貴賤無遠近,一任其挽籠執爨,有何怨尤,有何羞耻.但若
以姬妾二字吹入耳朵,便是井底覓沈珠,架頭掃落葉.(陽)一聞玉卿言,
無愧爲裙帶中烈丈夫.(玉)姑未知先生心下如何,卽不過啞婿的指妾家,
兒意則斷斷無他,願聽老丈指敎.(陽)爲先生代解,此非惜財而故爲,亦
非輕人而樂爲.況玉卿所言,又非與先生永絕,先生自當有分曉.(下科.)

自賣

（華陽上.）老兄夜見阿玉麼.（生）夜來有事在心, 未暇閒步, 渠亦不來見.（陽）少弟昨日自此歸路, 恥過阿玉, 語及這件事. 渠言如此這般, 倒是爽理. 果如渠言, 還與老兄又不相離. 如不信弟言, 第問他一問.（生）愚兄不是這等爲心, 賢弟試聽. 因這戲謔場一睹, 以人換物, 大非人情. 且以老大年紀, 無大無小, 自不能爲謀, 典妾賽睹, 是何等羞麼. 愚兄所以屢日否且. 且如渠言, 終未免典渠, 已屬他人, 婢與妾有何分別. 尙且沾沾垂涎, 以其不相離爲僥倖麼. 此事歸竟前, 實不欲見渠面目, 亦不欲對渠長短. 如復見渠, 爲我道情.（下科. 府使上.）華陽賢友, 緣何數日惜步麼.（陽上.）因樂安老兄所懇爲質南艸, 日前作金城行, 昨夕纔還哩.（使微笑科.）南艸果貿得麼.（陽）產草各處賣買久斷, 雖十數斤草, 末由湊置, 況累百斤麼. 所以徒費行役, 正是大雄氏所謂寸草不留, 六根淸淨.（使）始雖約賭成卷, 此不過談笑間戲劇, 事本孟浪, 物且艱難, 何必爲虛言而用實心. 樂安兄近久不來, 必因此浪故, 爲我道此意, 幷完此文劵, 交周勿提, 似好似好.（陽）令監此言驟談, 外面雖似爲樂安卸擔, 推以細衷, 萬萬非待他說, 明明是羞人意, 更勿提起這等話.（使）呀, 倒覺失言.（陽）是則是. 俺有一折腰劇談, 爲令監說到.（使）此亦一消遣法. 賢友如折腰, 俺當爲捧腹.（陽）令監曾未聞原州妓舜玉名麼.（使）非直聞名, 亦已三五次見面. 其容態歌舞果是關東獨步.（陽）不寧惟是, 其琴棋詞藻亦自難得．令監如置這等別房，斷不枉了．薛濤更生，關雎不死．(使)俺亦不無若個念頭，恨無一隻青鳥．此非折腰劇談，正是朵頤風話．(陽)令監且莫忘，更聽下面分解．樂安老兄，悅其色技，月前針線婢被選，樂安費許多鈔，送貼身人，贖針役，仍點為外子．阿玉近見樂安的賭草難辦，渠自立志賣身，欲酬賭債．此非徒其人可愛，其心亦可賞．令監何不以其忘憂草換此忘憂人麼．(使瞠然默然科．陽)令監聞俺此言，不惟不捧腹而折腰，倒後此瞠目而閉舌，如不欲聞俺此言，更何不掉頭而掩耳麼．(使)賢友的忖他心，若是其甚．大較重莫如身，貴莫如人，輕莫如博奕，賤莫如雜物．一天下萬人中，寧有三分衆生七分衆死的必欲以貴易賤，以重換輕麼．此眞個折腰捧腹的不足倒嘔心血來．(陽)不必這般爲論．令監旣以輕重貴賤分晰，俺亦當以輕重貴賤爲喩．論以輕重，友重而妾輕，揆以貴賤，信貴而財賤．寧其愛輕妾·惜賤財，失其重友與貴信，曷若捨輕妾而存重友，捐賤財而全貴信，令監何居焉．且有一說，賭棋雖輕，踐約爲重，財物雖賤，爲己反貴．樂安勢如可爲，必不此爲，雖無可爲，亦非樂爲．觀此貴賤重輕爲不爲間，方知樂安的爲樂安，阿玉的爲阿玉．又方知俺言的爲可爲不可．俺爲此言，亦非別事，第察阿玉心頭，必欲爲丈夫捐其身，其情可戚，不忍見其南張北李沿門乞賣，欲使其除却蹊徑，省却節目，援用紅拂計直走太原．這不是兩便的方策麼．且阿玉有一言，寧其婢賣，不願妾換．論其利害，則賭艸時直少猶近四百金，一妾婢典贖，多不過百兩上下．此雖多少懸絕，人貴物賤，誠如所論．且令監與樂安交契素厚，妾換姑捨，有碍阿玉．渠本針婢贖還，婢買有何不可．今以婢買，令監還朝時率入京第，叫論披錦嚼玉與挽籠執爨，都在令監指使中．這後分解，非俺所知．(使)俺所欲言, 賢友纖悉盡提, 更何容贅. 但隨樂安指處, 他左俺左, 他右俺右, 來不强拒, 去不强追而已. (陽) 俺且不瞎, 阿玉來時, 第觀令監的肩山聳不聳·屐齒折不折哩. (使大笑科. 陽下.)

(先生上. 蓬上. 玉上. 蓬) 先生緣何多日不來. (生) 偶然. (玉) 偶然卽自然, 有何難知. 今亦不必來. 兒央糖婆請來哩. 先生阿, 日前兒有一言, 華陽老丈想當傳聞. (生) 聞卽聞. (玉) 與人約賭, 已經旬日, 尙此沁泄, 自反還愧. 信不可失, 他無可措. 事不疑遲, 依兒所言, 明日成券送他. 他亦計物則雖有利害, 以人則還有貴賤, 自可承應. 兒亦自明日, 已作人婢. 與先生相逢, 只此一宵. 或者天可憐見, 好風吹來, 五百年後怨家重逢, 也未可知. (生抱膝不言科. 玉) 當決卽決, 當行卽行. 先生以磊落涇渭, 反²²不如兒女子弱肚軟膽, 顧如彼猶豫囚圄麽. (生躍然起立科. 玉挽衣留坐科.) 兒的力主此事, 先生或有情外他慮, 是則斷不然. (生) 咄. 他人有心, 你未忖度. 自打吾面, 面向誰擅. (玉) 先生獨不聞韓翃柳氏事麽. 人生離合, 必自己生, 有何介懷. 先生但以兒女情深, 一味遲回, 恐惹好事者所嗤. 且睽離只隔一日, 兩副心肝, 虛擲今宵麽. (生喟然長歎科. 蓬含淚出戶科. 玉引生語心科.) 解惜春風無限意, 臨別慇懃重寄詞.

【沁園春】(玉唱.) 天何賦俺, 俺何爲人. 誰怨怨彼, 念爹娘棄世, 血肉僅存, 兄弟無人, 形影相依. 名屬敎坊, 歌舞誤人, 紅顏自古落花似. 細看來世事春夢, 人情流水.

○ 盧郞不是無情歎, 鏡中白髮已離披. 取玉壺寒水, 淡泊心神, 秋山白雲容與. 生理不改, 單瓢無愧. 輓籠富貴, 何曾入點指. 已矣乎, 任孟光如是, 碧玉如是.

成券

　(華陽上. 先生) 賢弟數日稀見. (陽) 無事豈或不來. (生) 愚兄昨因糖婢
來央去見玉兒, 他一言如賢弟所說, 仍又促成文券. 此事還將怎樣措處.
(陽) 弟非阿玉, 安知阿玉心內. 第聞其言察其心, 決非慕朝官貪富麗. 實
出無奈. 今姑如是塗抹, 因勢順處, 以渠技藝, 又安知湊得物財, 自贖[23]還
來麼. 萬事一箒掃, 盡依渠言, 成券送彼, 彼不無多少裁量. 弟亦參其保甲,
自不能不隨機竄掇哩. (生) 懋愧了. 撒潑[24]了. 券紙已就, 賢弟爲我袖傳.
(陽展看卷紙科.) 名以文券, 而四六可敵艸斤的五百. (下科. 上.) 令監今
日何不設喜酌. (使上.) 喜從何來. (陽) 這不是喜, 誰道是喜. (傳文卷科.
看科.)

　右爲百金每一擲, 曾聞樗蒲之風流; 三局輸二桮, 自慙文楸之露拙. 蛛絲
作孽, 蛾眉何嘗. 顧此舜玉, 花柳中身, 松竹高節. 憐可惜玉, 縱不合於騷
人; 眠花弄珠, 終有牽於兒女. 不圖西軒戲局, 竟成南草賭場. 十九路縱
橫, 每致失道而喪馬; 五百斤淡泊, 殆同緣木而求魚. 壏鸎皆空, 從何處得
來此物; 泉貨且渴, 恐今日有渝前盟. 玆庸存信以斷金, 終致替物以捨玉.
送花易草, 豈造化之愛憎; 投漆焚琴, 似人情之薄厚. 南柯之樵斧已爛, 恨

23. 원래 速으로 되어 있으나 贖으로 바로잡는다.
24. 원래 撥로 되어 있으나 바로잡는다.

無仙家宿緣；東山之謝屐未隨，愧乏山陰大墅．是雖出不獲已之擧，其可奈莫須有之情．每聽西園上鶯啼，柳枝已折他手；忽驚北廂裡鴛夢，蘇郎自作路人．從此鶴去帳空，烏散橋斷．只有老妻之畫紙，維摩難從；未聞少婦之手談，積薪安適．不意其中途相別，誰道是此世重逢．忘憂草不能忘新憂，可能忘笋；消日棋何以消永日，適以消魂．已矣．兩情相似，一筆句斷．三盃燒酒，洗送自取滄浪；五引烟茶，焚盡無明業火．太歲在子，是月建酉．樂安堂一紙休書，莫作千萬人話本；養眞齋兩造文券[25]，留傳八九分公徵．

(使笑科．) 此非買婢文券，卽是別妾休書．今姑依樂安兄指使，俺有何覯縷．第待數日，樂安兄如不來，俺當窮造門下，更聽備細哩．(陽) 任令監去就，但今已成券[26]，阿玉自當來謁．不意其日前病暑，見方委痛，少徐遲來．(使) 雖則無病，俺不見樂安一面前，渠不必先來哩．(陽下．)

(蓬上．玉上．) 媽媽，兒旣自願賣，身已屬他人．本出爲先生地，雖無所芥滯，但有一段隱憂，不能不着在肚裡．(蓬) 捐身報恩，自是義事難事，遡古無多，在今不見．爲娘的見你這般做事，勉挽間雖無一言，到如今左思右想，只有溘然一念．僬倖所待者，俗語所道，死傍亦有生藥，姑此時日延縷．第思到此極，更有何未盡餘業，煎你心曲麽．(玉) 今爲人婢，生死在其喜怒．兒雖有誓，人且難知，隨他入京後，如以情外事逼身，勢將不免爲綠珠分身，而先生重逢一路，從此永絕．細想來，倒不如先死無知，怎生打疊．

25. 원래 卷으로 되어 있으나 券으로 바로잡는다.
26. 원래 卷으로 되어 있으나 券으로 바로잡는다.

(蓬) 女兒所慮果是不差, 雁本喜水, 蝶不厭花. 爲娘亦不無此慮, 出入方寸亦已多日, 方思得一條計策. 此是東吳黃公覆的苦肉計, 不得不爲兒女釀出. 利在速行, 斷不可遲延. 風吹第待數日, 方見高低.

(石二上.) 蓬媽呵, 老爺有請. (蓬) '若道春風不解意, 何因吹送落花來.' 女兒呵, 際有人來, 何患吾計不成. 石二呵, 你且先去. 俺將躡後哩. (裝束科. 春山淡掃雙蛾, 小鬢斜插雛鳳, 頰施輕粉, 脣抹微硃, 白甲紗內外供祫衫, 雪花綾合紋肚帶, 第十五升練苧表裡褲襠, 半青鶴羅白絹, 內供裙子, 苴子雅襪, 細耳草鞋, 雜佩隨身, 川簧在手, 上.) 老爺近日安候. (使上.) 無言不見, 有請方來. 古人道神仙難見面. 蓬萊仙子一見, 果是不易. (蓬) 仙本無求, 不求奚來. 如若有緣, 不求自至. 張碩的蘭香, 文簫的彩鸞是已. 老爺案上, 如不看韋郎的太白經, 妾何惜冥遇一會麼. (使注視暗想科.) 吾與彼相見不啻數回, 已知其奢遮. 今日見彼, 分外眼明. 這服飾不求華美, 可貴清麗. 這容態不欲濃粧, 天然喬致, 果然是求不得. 蓬卿呵, 與卿不見, 今已近旬, 終慳一顧, 人而情薄乃至此. (蓬) 非不敢欲日夕警咳, 爭奈窮居凡百, 苦無閒步. (使) 今日天雨, 棋罇無伴, 孤館淒寂, 難以爲懷, 茲不免有請. 幸須終日在坐, 以慰孤客. (蓬) 敢不承教. 第問老爺近日有何費心, 神氣這般憔悴. (使) 愁人心事, 對景觸物, 無非起感, 安得不然. (蓬) 妾的肘後青囊中有清和解煩茶, 屬老爺何不一番嘗試. (使) 恨不早聞. 若知卿有這等香茗, 渴喉病肝, 尚不沾刀圭涓滴麼. 茶名云何. (蓬) 茶名不一, 調飲各別. 但妾處所在本非陸羽茶經上所載, 又非東坡品論黃金縷密雲龍類, 又非近世盛用黃茶栢山等品, 功效則無敵. 請老爺試服此降火滋陰茶一鍾, 幸毋視妾以鳩人的羊叔子. (使) 最好最好. 蓬卿的望問工夫着實不淺.(蓬)妾是幾十年解愁症開鬱病的妓,妓[27]通岐[28]伯麼.(洗罐生炭科.調茶濃煎科.注鍾扇凉科.手擎茶鍾.使接茶在手,一飲一語,又笑又飲.飲已盡而語笑未盡.原來此茶叫做催春玉屑,飲才下肚裡,引起春興.摻執蓬手,促膝押坐,籠眉春色,滿眶深情.比初來時越添嬝娜.蓬)老爺一飲此茶,胸次頗覺和暢麼.繼此可服調陰補陽茶一鍾,方見顯效.(使)尤好尤好.佳卿雖不至麻肺剜骨,猶能洗胃滌腸,眞不讓華陀頂門上一針地.(蓬)此皆月姥仙娥秘傳神方,妾不過隨症依方.(再煎香茶科.此時,婆娘膘膠也似貼在左右,美目巧笑,眄倩可掬.使忍不住,抱在懷裡科.)蓬卿,誰可人意.(蓬微笑就抱科.使不能定情科.蓬收髩斂袵科.)日已沈西,夕飯且至,妾將告退.這香茶滿煎在罐,老爺飯後取服這茶,神效中又有妙方.凡男女行房時,各服一鍾,溫柔香甘,妙不可言.妾曾聞風說,老爺此處有情人,何不使書童招來.第嘗試試,方知此茶妙處.妾於明朝來討茶錢,少不下一鍾百金哩.(告歸科.使)正是使不得.(攔腰置膝科.)情人情人.此處誰是俺情人.佳卿暫留,同喫妙茶.(蓬)妾非老爺情人,茶雖同飲,有何妙處.甚是無味無趣.(使)俺的情人,捨卿何人.又安知無味中有味,無趣中有趣麼.(蓬)是則斷不然.妾年謝色衰,已不合[29]尊前使令,況枕席間風流,多年謝却,妾雖欲爲老處子毛先生計,老爺必不肯歇茶合從,又欲行李瓶兒馬爬故事,老爺必不爲軟脚索所絆.這都是薄饊公姥前醜媳

---

27. 두 개의 妓자는 원래 岐로 되어 있으나 바로잡는다.

28. 원래 妓로 되어 있으나 바로잡는다.

29. 원래 合으로 되어 있으나 合으로 바로잡는다.

婦面目.(於焉問答, 已屆黃昏, 簷端細雨淙淙, 窓間孤鐙耿耿. 蓬烏雲掛髀肩上. 雪桃隱暎胸間, 肚帶自緩, 細腰微露, 秋波暗傳, 春情動人. 這時婆娘已將極巧春物, 施其風月佳處, 床頭枕畔粧喬點致, 花含殘粉, 鶯弄餘音. 就於燭前, 手引銀罐, 傾其香茶, 滿含一口, 灌入老爺喉內. 人香茶味, 一般馥郁. 使神不守宅, 魂且離廬. 佳卿呵, 奈你何. 携手就枕, 雲雨無邊. 蓬) 老爺, 今夕不意有此事, 於枕上寓其深情, 自製一詞.

【臨江仙】(蓬唱) 生來不作唐玄機, 虛老齊雲舊社. 江州一見白司馬, 一曲琵琶聲, 深情無限寫.

○ 異香不沬丹爐烟, 休道道家嬰姹. 誰知一片蓬萊雲, 化作人間雨, 重尋楚岫下.

(使) 你雖非玄機, 誰不欲修餚以求狎. (牖曙. 俱下科.)

18

市寵

(使上.) 蓬卿, 今日又雨, 你不必歸家, 更留一夕, 候情也好. (蓬) 更留一夕, 諸事不打緊, 但恐脆薄的老皮囊再遭獨眼龍, 撞破二十餘年玉門塞, 鏖戰前功竟不入凌烟閣上, 豈不可惜. (使笑科. 竟日消遣科. 重會枕席科. 使) 佳卿, 我且問你. 你年今四十, 非但年貌不相同, 卽此枕席凡節, 無異未經人二八少艾, 甚是可怪. (蓬) 妾聞陳的夏姬, 隋的蕭后, 年過五十, 房事一如少年, 是皆緣深得採取方法. 如妾荒峽賤軀, 自知不中奴才, 過蒙謬愛, 僭薦房帷, 殆同鶬鴉的陪鸞鳳. 若使他人視妾, 洞庭瀟湘虛映空, 安知不掉頭走了七百里. 但入肉雙鉗, 透心一夾, 是妾的少異他人者. 這許多懷裡風話能令人達宵忘寢. (情濃意密科. 蓬) 老爺呵, 如當樂安先生地頭, 典妾身換其賭艸麼. (使) 是則事未必. (蓬) 然則樂安這件事, 老爺謂以甚麼. (使) 他雖成券以送, 姑未與他面討. 待其合席, 方有下落. (蓬) 畢竟假如成券施行, 老爺以婢率去麼. (使) 似未必免. 但阿玉色技終不爲人婢哩. (蓬) 終不爲人婢, 老爺將何以處他. (使) 恐不免爲你的副房. (蓬摟在懷內, 不覺失笑科.) 老爺呀, 舜玉是何人也呵. (使) 是何人. 是樂安外子哩. (蓬) 樂安的外子幷幷作老爺的婢子, 婢子活活作老爺的三房子麼. 老爺但知舜玉的爲樂安外子, 不知樂安外子的爲蓬萊仙女兒. (使) 呀, 蓬萊仙是何人. 有二人麼. (蓬) 是何人. 方與老爺行此弄風月·沒廉恥的勾當. 更無他蓬萊仙. (使) 天下的無不巧事者, 十的八九. 俺的心內事, 不得不向你說明. 賭博本一戲事. 五百斤南艸成約, 亦出謔浪, 畢竟弄假成眞, 以人換物, 至有成券, 大非美事. 況取故人外子, 作己婢子, 是豈朋友間可行的道理麽. 樂安的有此舉措, 雖出妄發, 猶不失一信. 俺的不知爲怪, 恬然坐受, 人以俺爲何樣人. 非不欲卽還文券, 但欲一番見面後, 方擬討罷. 不意緣法巧湊, 你今作心肝可憎人, 阿玉仍作乾女兒. 明日見樂安, 說破爻券, 亦一好事. 俄言固戲哩. (蓬雙手抱腰, 娓娓細語.) 我的老爺, 老蓬的弊皂帒, 這般親親, 老爺胡不叫達達, 千老爺萬老爺. 當初阿玉母的得侍帷房, 已是千萬夢外, 阿玉的以婢子轉爲乾女, 是何等奇事. 事旣到此, 妾有一計, 與樂安姑勿道破. 設一圈套, 如此這般瞞他作耍, 使他僕僕受用, 好哩好哩. (使) 妙哉妙哉. 任你囉嗶. (下科.)

(玉上.) 媽媽呵, 嬰兒望慈母, 已經兩晝夜. 何處去矣, 今始還來麽. (蓬) 女兒呵, 爲娘的杜門謝客, 十年于今, 不得不爲女兒地弄出美人局手段. 這兩宵不免作赤壁江連環船, 幸以苦肉計成功, 如無大剝洞不老婆玉火鉗, 幾乎敗衂哩. 今而後始知爲人母良難. (玉笑科. 蓬) 然雖如此, 爲娘的老皂囊尚有未扣餘智, 此是激怒張儀入秦計. 如此這般, 你須依計而行, 切勿走漏風聲. (玉) 理會得. (梳粧科. 詣松菊軒科. 問候科. 使.) 玉兒, 久不見. 病情近臻勿藥麽. (玉) 雖未快痊, 尚稽一謁, 罪悚罪悚. (使) 病不由人, 俺何尤你. (終日語話科. 華陽上. 使.) 吾方掃席以待賢契, 恭喜貴然. (陽) 有何使令. (使) 樂安老兄, 久違合席, 方欲往叩, 賢友際至, 趁此偕行則個. (陽) 俺亦欲自此歷訪哩.

(俱上科. 先生上.) 年兄有勞光顧. (使) 老兄許久違晤.[30] (生) 近因病暑, 嘔泄臥數日, 今朝始得巾擲, 飯後計擬窮造, 年兄先此枉臨. (陽) 弟亦憂過松菊軒, 令監方置小酌, 爲陪老兄, 有此偕來. (使) 今日知縣兄亦似來顧, 老兄惠以好我, 携手同去也好. (三人同行科. 玉見先生不語掩淚科. 生黙然熟視科. 使內笑科. 陽) 人情似然. (蓬上.) 人情不情, 當初圍棋賭草, 老身不免作證人. 到今生芻一束, 換作玉如其人, 此非先生典玉, 還是老身賣女, 以何面皮更對關東花柳. 咱今年老赤脚無齒, 將欲替兒作婢, 但恐老爺見靳. (使) 是則斷不得. (本官上.) 余方有公事, 久不從兩老兄陪話. 有奉徠汝, 何事委敎. (使) 別無所央, 但樂安兄棋賭踐約已經多日, 爲治水酒一盃, 聊謝在席諸益. 且知縣兄旣參雪恥初席, 兼有中間委曲, 玆不免坐屈. (官) 旣踐賭約, 更甚委曲. (使) 覽此券文, 自可洞悉. 第念博奕本係雜技, 賭物亦出戲謔, 畢竟轉假成眞, 致有此以代物, 這間所不可無者, 知縣批判. (官覽券大笑科) 此雖出老兄拙計, 古人亦多有老兄今日事, 以鮑某的富豪典妾四鉉于韋生, 以東坡的貴重送妓春娘于蔣運使. 況此樂安兄處世, 如有可爲, 豈肯此爲. 一着得喪, 毋論輸贏, 比諸王介甫 '諱輸寧斷頭, 悔悟仍批頰'[30]的語, 樂安老兄還是得多少兩造. 旣請公案一言, 豈無判決. (取架上如椽筆來.) 官當從券批判.

(批判科.) 棋本消日以爲主, 初非楚女的爭桑, 玉雖代草而作婢, 何讓羿妻之奔桂. 是小諒於溝瀆, 亦自取的滄浪. 觀此舜玉爲人, 無怪薛瓊不死, 意謂楊朵終守商生的盟, 果見秦蘭未隨陶翁的轍. 豈圖老措大手段, 急變惡年少風流. 贖針的銅, 已銷百五十泉貨; 焚琴的火, 又燒半千斤烟茶. 曾聞鬪博的代姬, 今見賭艸的典妾. 棋神不解人意, 終失南靈的魂. 玉娘自無天緣，去作東山的妓．維摩[31]天女，未對鴛鴦的柸；烟草墻花，已散胡蝶的夢．旣有朋友間信約，安顧色界上勾當．賓主相酬，本非武斷而手攘．姜婢互換，自有文蹟而足徵．非但元申的自招，又有村甲的相訂．東花移植西塢，莫使舊蜂而東偸；南艸孤負北廂，可憐隻鸞的獨舞．紅樓蟬鬢，還笑張子野蒼[32]毛；碧落蛛絲，未係月姥宮赤繩．自庚子八月以往，斷牛女七夕相逢．樂安如有雜談，憑此背頌的公案；養眞今作新主，許給斜出的官題．（滿座喝采科．）絕妙好辭．（進酒科．蓬引滿大白，向樂安先生侑酌．）女兒呵，何不一詞告別．

【鷓鴣天】（玉唱）勸君休折芍藥枝，願君須贈文無草．姜有丹棘與靑堂，有情不使無情惱．一樽酒且相屬，莫向都門艸樹道．洎計終能偕母行，鶴林寧作使君好．

---

31. 원래 麻로 되어 있으나 바로잡는다.
32. 원래 肻으로 되어 있으나 바로잡는다.

完璧

(本官) 阿玉的告別詞, 意藏着無數譴語. 此必有中間奇事, 俺爲老兄逐句代解哩. 芍藥一名可離草, 勸君休折是不可離的意. 文無一名當歸草, 願君須贈, 是雖別當歸的意. 丹棘一名忘憂艸, 靑堂一名合歡草, 阿玉自言有此忘憂心合歡意, 不爲無情人所惱, 是欲使老兄留意忘憂, 終遂合歡之意. '曉日都門道, 微凉草樹秋.' 古人別離時絶唱. 今當告別, 勸人莫向, 是丁寧不別的意. 趙瑕妾泊計與其母偕, 作鶴林遊, 雖被州帥所好, 畢竟還歸趙瑕. 阿玉雖典身於使君, 與其母偕參此席, 亦作使君所好, 終歸老兄的意. 這是告別的詞, 句句字字, 少無惜別的意, 如無別般奇事, 豈有如許別章. 老兄這解何如. (生) 此別卽是奇事, 此外更有何奇. (座上拍手科.) 知縣公解? 譴, 可使韋娘宇文生不能專美於春燈謎. (使) 知縣兄猜謎, 雖賽杜家, 其如弟不作希逸何. (滿堂捧腹科. 酒盡, 俱下科. 蓬) 女兒呵, 你在老爺左右, 經宵陪侍. 爲娘的將陪老先生還家, 家有新煮綠蕈, 舊釀紅玉, 爲先生解醒哩. (玉) 媽媽呵, 莫以今時寵, 能忘舊日恩. 兒雖不在家中, 挽留先生, 干兒女臥房, 以送今夕, 萬事西風一盃酒相送罷. 先生呵, 君去試看汾水上, 白雲猶似漢時秋. 北廂小軒, 雖不見可意主人, 這是昔日相從舊地, 幸毋恪一夕遲留, 共媽媽開樽解醒. 妾旣有主人, 不能自任陪往. 從此參商各分東西, 天長地久, 此恨綿綿. (掩面偸彈科. 下庭告別科.)

(蓬引先生來到北廂科. 庭軒位置, 洞天淸拂, 宛然如舊. 楚天斜日, 彩雲何處. 獨坐空床, 嘖舌咄咄. 忽見畫屏上桃花綽約如人, 醉興中取架上筆, 淋漓飽墨, 於粉壁上寫崔護詩: 去年今日此門中, 人面桃花相映紅. 人面不知何處去, 桃花依舊笑春風. 投筆醉倒科. 三更將盡, 一醉漸醒, 朦朧開眼, 見一美人在傍, 剔鐙意謂蓬萊仙, 遽呼蓬卿. 拿酒來, 解我渴吻. 美人含笑, 抽笋於燈下, 引壺斟酒. 生定睛細看科. 是何人眼見. 阿玉方在養眞處. 俄者蓬卿引我來此, 解衣勸臥. 蓬卿何在, 這是何人. 俺在醉中, 不分老小麼. 方在夢中, 不辨人鬼麼. 近燭狌坐拭眸更看科. 看官聽說, 這都是蓬卿設的圈套. 始自松菊軒置酒請先生, 央知縣批判文劵, 令女兒告別, 引先生還家, 乘其睡熟, 自往養眞處, 送女兒還到北廂. 先生墮在術中, 但認阿玉的夜侍松軒, 安知寃家的還在眼前.) 呀, 你是何人麼. 你非龐兒麼. 你胡在此麼. 你來入夢麼. (玉笑科.) 先生不在醉中, 正在夢中. 裝誰的幌子, 養眞老爺對妾有言: 圍棋本爲客中消日, 賭草卽不過談笑謔浪. 樂安竟以信約爲重, 雖以南草來酬, 斷然不受, 況以人代物. 人又非臧獲輩流, 矧其外子. 處在朋友, 寧欲效古人往事, 裝此溫氣, 做下非爲. 非不欲卽地討罷爻劵, 他旣有意存信, 俺亦完其踐約, 故令十數日荏苒. 今則信旣立, 約旣酬, 然後爻其劵. 還其玉. 這方是處朋友無怪, 待樂安不薄. 他言如此, 兹遣妾還, 從中緩頰, 媽媽亦有力焉. 第此事本出戲謔, 終亦當以戲謔喫虧. 老爺故令媽媽設此圈套, 掇賺了先生一場. 先生明日不可無一席謝酒哩. (仍自懷中探出三張紙劵. 一是賭艸標記, 一是典玉文劵, 一是官決立案. 當中俱畫大一爻字. 生大笑科.) 養眞作事, 正是難得. 知縣猜謎, 果然不錯. 明日酒席, 斷不可草率.

【行香子】(玉唱.) 北廂小軒爭似松菊, 細看來趙璧歸櫝. 琴尋舊調,棋翻新局. 世上事黃粱再熟, 正秋夜長·秋月明·秋水綠.

　○ 自傷弱蘭一別陶穀[33], 冤家緣不期重卜. 節制風流, 不減杜牧. 鬌髻[34]女終歸舊室, 願幷蒂花·連理枝·絲蘿木.

　(翌日重會科. 進酒侑觴科. 府使上.) 樂安兄旣賣婢還贖去, 不如出贖玉錢三千貫, 俺且訟官. (本官上.) 做官的更難. 賭草也訟官, 買婢也訟官, 贖玉也訟官. 養眞兄未免浮浪健訟, 樂安兄可謂放刁把濫[35]. (蓬萊仙上.) 老婢布囊中有缺耳錢三文, 一文是洞庭龍女嫁貲錢, 一文是雲英小姐搗藥錢, 一文是老婢三十年風月錢. 這三文當不得三千貫麽. (先生上.) '誰道巴家窖, 楡錢散不收.' 俺草堂前三株楡葉, 沒數掃得, 黃鄧鄧三千金, 何患不辦, 以至訟於官, 借於人麽. (華陽上.) 三文三千貫, 都是無郭沒孔, 俱打疊了. 今日此席便是樂安老兄東床喜酒, 倒不如玉卿的雙杯傳侑. (舜玉上.) '將相功名終若何, 不堪[36]急影似奔梭. 人間萬事何須問. 且向罇前聽艷歌.' 這是樂安先生贖玉的謝酒, 願引位滿飮此杯. (竟日酒闌席散. 大家是; '華陽江水淺淸波, 孔雀山光秋氣多. 琴娥坐睡酒朋去, 月掛西南庭樹柯.')

　【前腔】 (先生唱) 月缺還圓, 絲斷復續. 誰知道更有今夕, 仔細端詳非秦非宓. 可正是阿舜阿玉. 疑畫裡看·夢裏遊·鏡裡得.

33. 원래 穀으로 되어 있으나 바로잡는다.
34. 원래 鬐로 되어 있으나 바로잡는다.
35. 원래 纜으로 되어 있으나 바로잡는다.
36. 원래 敢으로 되어 있으나 바로잡는다.

○　兩聖垂簾, 八域涵澤. 春臺上金膏玉燭, 都使有情成了眷屬. 一念念
匹夫不獲,獻山之壽 · 海之壽 · 華之祝.

　是那：

　東關妓,西隣媒,南艸賭,北廂記.

　北廂記 完

19세기 문학사를 풍요롭게 한 최고의 작품

안대회·이창숙

문학사를 바꿀 중요하고도 독특한 작품

2007년 여름 역자는 고서판매상으로부터 《북상기(北廂記)》라는 처음 보는 자료를 입수하였다. 책의 이름을 접하고서 중국 원대의 희곡인 《서상기(西廂記)》와 유사한 희곡이겠거니 직감하고 읽어 내려갔다. 아니나 다를까 희곡은 희곡인데 놀랍게도 강원도 홍천을 배경으로 18세 기생과 61세 선비가 벌인 엽기적 사랑을 극화한 것이었다. 자료를 접하고서 역자는 대단히 흥분하지 않을 수 없었다. 이유는 두 가지였다.

무엇보다 백화문(白話文)으로 쓰인, 흠잡을 데 없는 완벽한 희곡은 그 존재 자체가 당시까지 전혀 알려시지 않았다. 한국문학사 어디에서도 언급조차 되지 않은 작품이 새로 나온 것이다. 더욱이 갈래가 희곡이었다. 희곡은 1791년에 지어진 이옥(李鈺)의 《동상기(東廂記)》가 유일한 작품이었다. 문학사의 기술 자체를 일부 바꿔야 할 만큼 중요하고도 독특한 작품이었다.

희곡의 내용과 묘사를 보면, 더 놀랄 수밖에 없었다. 18세 기생과 61세 선비의 그로테스크한 사랑을 극화했다는 것도 놀랍지만 남녀 간 성행위를 노골적으로 묘사한 것은 한층 놀라웠다. 우리 고전 가운데 본격문학 작품에서 이렇게까지 노골적으로 성애를 묘사한 것은 거의 없다. 《금병매(金瓶梅)》나 《육포단(肉蒲團)》과 같은 음사(淫邪) 소설이 자연스럽게 떠올랐다. 더욱이 그런 묘사가 소설에서는 가능하나 희곡장르에서는 거의 불가능하다. 희곡이 발달한 중국에서도 이처럼 성애 장면을 묘사한 작품은 존재하지도 않고 존재할 수도 없다.

이밖에도 이 작품은 여러 측면에서 흥미를 자아냈다. 역자는 작품을 읽고서 그 의의에 고무되어 이를 분석한 〈19세기 희곡 《북상기》연구〉를 써서 그해 9월에 발표하고 곧 학술지에 실었다. 작품이 세상에 알려지면서 많은 분들이 다양한 관심을 보이며 이 책을 보고 싶어 했다. 자료를 공개하여 읽고 연구할 수 있도록 하는 것이 필요했다. 그러나 이 작품은 백화문으로 쓰인 데다가 희곡 고유의 어휘와 문장이 사용되고, 조선 후기 풍속을 반영한 독특한 문체가 구사되기 때문에 일반 독자를 비롯해 전문 연구자가 읽기에도 난해한 텍스트이다. 그에 따라 명청 희곡의 권위자인 이창숙 교수와 함께 우리말로 번역하고 주석을 상세하게 달아 출간하기로 했다.

61세 선비 낙안 18세 기생 순옥에게 빠지다

《북상기》의 내용과 가치를 설명하자면 전체 줄거리를 파악하는 것이 순서이다.

강원도 홍천 지방의 양반 사대부로서 지역의 사표(師表)로 존경받는 김낙안(金樂安)이 있었다. 여자에 전혀 무관심하던 선비는 자신의 환갑잔치가 열리던 날, 본관사또가 보낸 기생들의 춤을 구경하게 된다. 기생 순옥의 춤을 보고서 넋이 빠진 낙안선생은 순옥에게 연정을 담은 연애시를 보냈으나 그녀로부터 늙은이 멍청이라며 퇴짜를 맞는다. 말로 안 되면 완력을 쓸 수밖에 없다면서 낙안선생은 순옥의 의붓어미인 봉래선을 불러다가 협박한다. 봉래선은 순옥을 여러 가지로 구슬린다. 순옥은 낙안으로부터 자신을 끝까지 버리지 않겠다고 맹세하는 다짐을 조건으로 제시한다. 6월 초5일 낙안이 순옥의 북상(北廂)에 이르러 불망기(不忘記)의 글을 짓고 6월 6일 합방하기로 한다.

그때 마침 원주 감영에서 파발이 도착하여 순옥이 상의원(尙衣院) 침선비(針線婢)로 뽑혔으므로 다음날 아침까지 감영에서 대령하라 독촉한다. 순옥은 침선비에서 몸을 빼내기로 하고, 전체 비용 가운데 절반인 150냥을 주고 나머지 150냥은 낙안에게 부탁해 보라고 당부하며 바로 떠난다. 그 사실을 전해들은 낙안이 150냥을 서슴없이 내어준다. 김약허와 오유가 함께 한양으로 가서 상의원 관원을 만나 순옥을 빼낸다. 원주에 가서 명령을 받고 한양으로 떠난 순옥은 여자를 밝히는 아귀(餓鬼)들이 득실대는 한양에는 발을 들이지 말라는 오유의 말에 따라 양평 두물머리 여관에서 기다린다.

마침내 속신(贖身)의 문권을 받아들고서 순옥은 7월 초6일 황혼에 홍천 집으로 돌아온다. 그리고 7월 칠석날 낙안선생과 합방한다. 그때 봉래선은 기방에서 배운 비방을 가르쳐준다. 다음날 순옥은 음부에 통증이 심하다는 핑계로 알아눕고, 낙안선생이 음경에 약을 발라 음부를 치료한다는 핑계로 외설스런 정사를 벌인다.

장면이 바뀌어 절도사를 지낸 무관으로서 홍천에 유배 온 이부사(李府使)는 외로움을 달래려고 봉래선을 부른다. 그뒤 낙안선생과 이부사가 담배 500근 내기 바둑을 두게 되는데 내기에서 낙안이 진다. 마침 담배가 품귀현상을 빚어 산지에서도 담배를 구하지 못하고 돈도 없자 낙안과 순옥이 각기 고민한다. 낙안의 친구인 이화양(李華陽)이 담배 대신 순옥을 노비로 보내라고 권유한다. 뾰족한 방법을 찾지 못해 할 수 없이 순옥과 낙안, 이부사 모두 이 제안에 동의한다.

순옥이 이부사의 노비로 갈 수밖에 없게 되자 봉래선이 순옥을 구할 계략을 짜고 이부사를 유혹하기로 한다. 이부사를 매료시킨 봉래선이 순옥이 자기 딸임을 밝히고 내기를 무효화시킨다. 그러나 이번 기회를 이용하여 낙안을 골탕 먹이기로 작정한다. 많은 친지들이 모인 자리에서 순옥이 이부사의 노비가 되어 낙안에게 모욕을 준다. 봉래선이 낙담한 낙안을 북상으로 데려와 술을 먹이고 재운다. 낙안이 술에서 깨자 그 자리에는 봉래선이 아닌, 순옥이 앉아서 낙안을 바라보고 있다.

언제 누가 외설스런 희곡을 썼는가

《북상기》는 한 사람이 처음부터 끝까지 단정하게 베낀 필사본(筆寫本)이다. 전체가 63장 125쪽에 달하는 한 권 분량이고, 1쪽마다 14행 20줄로 쓰였다. 현재까지 역자가 소장하고 있는 것이 유일한 사본이고 다른 이본(異本)은 없다. 원본이 저자 친필인지를 확인하기는 어려운데 20세기 이후 필사본이라고 판단할 근거는 거의 없다.

원본의 특징이라면, 곡패(曲牌) 이름과 인물의 행동을 지시하는 과사(科詞)에 ▢형태의 줄을 그었다. 본문에는 구두점을 찍었고, 인용한 시에는 비점(批點)을 찍었으며, 본문에는 교정부호 표시가 있다. 모두 붉은 붓으로 본문과 구별하였다.

작품의 이름이 '북상기'인데 그 이유는 작품을 이해하는 데 도움을 준다. 여주인공 순옥이 머무는 장소가 북상(北廂, 우리말로는 뒤채를 뜻한다)이기에 '북상에서 벌어진 일을 기록한다'는 뜻으로 제목을 붙였을 것이다. 그런데 이 제목은 의심할 것도 없이 《서상기(西廂記)》를 계승하되 그것과는 다른 작품임을 내세운 것이다. 또 이보다 앞서 조선에서 창작된 이옥(李鈺)의 《동상기(東廂記)》와도 구별하려는 의도를 읽을 수 있다. 《동상기》를 저자가 이미 읽었거나 적어도 존재를 알고 있기 때문에 의도적으로 피하려고 《북상기》라고 했을 것이다. 저자가 이옥과 비슷한 시대 사람이고, 조선과 중국의 희곡 및 소설작품에 조예가 깊다는 점을 고려하면 가능성이 충분하나.

그렇다면 이 작품의 지은이는 누구이고, 지은 시기는 언제일까?

앞부분에 실린 서문 두 편과 제목 하단에 표시한 작가란에서 저자를 동고어초(東皐漁樵)라고 밝혔다. 어초(魚樵)는 어부와 나무꾼이란 뜻이므로 물고기 잡고 나무하는 일을 하는 동고라는 호를 가진 인물이라는 뜻이다. 또 작품 제목에 '사이당(四而堂)'이란 당호(堂號)를 사용한 걸로 보아 이것도 그의 호로 보인다. 동고가 작자의 호임은 분명하지만 이것이 그가 평소에 즐겨 사용한 호인지 아니면 이 작품에만 사용한 일종의 필명인지는 명확하게 말하기 어렵다. 1840년을 전후한 시기에 동고어초란 호를 사용한 인물이 존재하는지 찾아내기가 어렵다. 따라서 그의 본명이 누구이고, 어디에 살았던 사람인지, 작자를 둘러싼 구체적인 사실을 찾는 것도 현재로서는 어렵다.

저자의 친구인 봉곡(鳳谷)이 서문을 지어 동고어초가 홍천(洪川) 객지에 머물 때 이 책을 지었고, 또 그가 본래 책을 짓는 사람이 아니요 매봉(梅峰) 문하에서 공부한 선비라고 말했다. 또 지은이가 외진 시골에 나고 살아서 남들에게 인정을 받지 못했고, 어부와 나무꾼 행세를 하며 은둔했으며, 그를 알고 지낸 지 40년의 세월이 흘렀다고 했다. 이런 여러 가지 언급을 통해 지은이가 18·19세기의 소설 창작을 주도한 몰락한 사대부 신분의 일원이라는 정도로 추정해 볼 수 있다.

저작 시기를 밝혀줄 단서는 상장곤돈(上章困敦) 양월(陽月)이라는, 봉곡이 서문을 쓴 시기이다. 이는 경자년(庚子年) 10월이다. 따라서 희곡은 이때보다 조금 앞선 시기에 지어졌다. 경자년은 1780년과 1840년, 1900년으로 좁혀지는데 작품에 나타나는 정황과 풍속을 근

거로 판단할 때 1840년이 틀림없다. 따라서 이 희곡은 1840년 이전에 지어졌다.

19세기 조선 선비의 풍류와 사랑을 담다

《북상기》는 한국 고전문학에서는 좀체로 보이지 않는 희곡이다. 중국의 희곡양식을 가져와 한국적 현실에 적용하여 창작했다. 따라서 백화문(白話文)으로 쓰였다. 조선시대 문학에서 백화문으로 창작한 작품은 아주 특별한 경우이다. 이 작품의 내용과 가치를 이해하기 위해서 형식을 깊이 있게 살펴볼 필요가 있다.

1) 중국 희곡을 넘어서다

《북상기》는 중국 희곡 가운데 명청대에 유행한 전기(傳奇)의 체재를 따라 지은 한문 극본이다. 송원대 중국의 장강 유역과 그 이남에서 발생하고 유행한 남희(南戲)가 명대에 들어서서 새로운 면모로 발전한 연극이 전기이다. 음악은 남곡(南曲)을 사용했었는데 명 중기에 위량보(魏良輔)가 곤곡(崑曲)을 만든 뒤 전기는 곤곡을 음악으로 채용하였다. 지금 유네스코의 인류무형문화유산에 등재된 곤곡은 이 전기의 후손이다.

중국의 전통 희곡은 주요 대사를 노래로 전달하는 음악극이다. 오페라는 극본에 작곡가가 새로이 곡을 붙여 만들지만, 중국 희곡은 기존의 곡조에 가사를 새로 붙여 만든다. 중국 희곡은 송금(宋金) 시대에 형성되어 원대에 유행하고, 명청대에 새로운 변화를 일으킨다. 송금 시대에 북경을 중심으로 하는 북방에서 북방의 음악 북곡(北曲)을 이용한 희곡을 잡극(雜劇)이라고 부르고, 장강 유역과 그 이남인 남방에서 남곡을 이용한 희곡을 남희(南戲)라고 부른다. 북곡과 남곡은 여러모로 다르다. 그 가운데서도 북곡은 칠음계, 남곡은 오음계를 사용하는 점이 음악상 가장 뚜렷한 차이이다. 남곡은 유장하고 구성진 가락으로 긴 이야기를 풀어 나가기에 좋은 가락이다. 따라서 남곡을 이용하는 전기는 그 길이가 수십 척(齣)에 이르는 장편이다. 1척은 길이가 들쭉날쭉한 연극의 단위로서 무대극의 막에 해당하지만 대체로 막보다는 길이가 짧다. 《북상기》는 곡절이 있는 조금 긴 이야기로서 전기 형식을 채용하였는데 이는 매우 적절한 선택이다.

2) 우리 고유의 형식 '강'을 쓰다

《북상기》는 모두 19개의 강(腔)으로 구성되어 있다. 앞에서 밝힌 대로 전기는 각 단락을 '척(齣)'이라고 부르는데 이 형식을 《북상기》에서는 '강(腔)'이라고 하였다. '강'은 곡조 또는 가락이라는 뜻을 가지고 있는데 '강조(腔調)'나 '성강(聲腔)'이라는 어휘가 있다. 작품 안에서도 '전강(前腔)' '후강(後腔)'이라는 용어가 나오는데 곡조라는 의미로 썼다. 우리의 국악에서는 고려시대부터 '전강(前腔)' '후강(後腔)' '과편(過篇)'과 같이 '강'을 음악 형식을 세는 단위로 사용해왔다. 단락을 의미하는 척의 의미로 '강'을 쓴 예는 중국 희곡의 극본에서는 아직 본 적이 없다. 국악의 형식과 깊은 관련이 있고, 판소리가 유행했던 조선 후기의 예술과 관련이 깊을 것이다.

강마다 앞에 두 글자로 제목을 달아서 독자는 그것만으로도 내용을 대강 파악할 수 있다. 이 역시 전기의 관습으로 강의 제목은 줄거리와 중심 사건이 무엇인지를 말해준다. 예를 들어, 제2강은 여주인공 '순옥'과 기생어미 '봉래선'이 모녀 관계를 맺는 단락인데 〈천명(擅名, 이름을 날리다)〉이란 제목은 순옥이 미색과 기예로 관동에서 으뜸가는 명기로 소문났음을 알려준다. 제3강은 제목이 〈경수(慶壽, 환갑잔치)〉인데 제목 그대로 남주인공 '낙안선생'이 환갑을 맞아 잔치를 벌인다. 다른 제목도 모두 이와 같은 의미를 지니고 있다.

3) 곡패를 사용하다

중국의 전통 희곡이 음악극이듯이 《북상기》도 음악극이다. 그렇다고 해서 실제 무대에서 악기로 반주하고 노래를 부르면서 《북상기》를 연출하지는 않았다. 연출하지는 않았다고 해도 전기의 체재를 이용해 극본을 지었다는 점은 중요하다. 서양의 오페라는 작곡가에게 작곡을 의뢰하여 창작한다. 베르디나 푸치니는 모두 작곡가이다. 즉 오페라를 만든 예술가로 주로 작곡가를 지목하지 대본의 작가는 그리 주목하지 않는다. 반면에 중국 희곡의 창작자는 모두 대본의 작가, 즉 문인이다. 관한경(關漢卿), 왕실보(王實甫), 탕현조(湯顯祖), 공상임(孔尙任) 등 내로라하는 극작가는 모두 극본의 작가이다. 이 작가들의 극본에 곡을 붙인 음악가의 이름은 대부분 남아 있지 않다.

그러면 가사에 곡조는 어떻게 붙였을까? 중국에서는 이미 유행하고 있는 곡조에 새 가사를 붙이고, 새 가사에 따라서 그 곡조를 조금씩 고쳐서 가사와 곡조를 잘 어울리게 조합하는 방법으로 희곡을 창작하였다. 극작가는 극본을 지을 때 어느 가사에 어느 곡조를 사용할지를 지정한다. 이때 사용하는 부호가 곡패(曲牌)다. 곡패란 곡의 이름표, 즉 제목이다. 송원 시대에 발생하여 명청대에 널리 유행한 중국의 희곡은 당시 유행하던 수백 수천의 곡조 가운데서 수십 곡 내지 수백 곡을 골라 새로이 가사를 붙여 사용하였다. 송대 이후로 사용한 곡패는 18세기 중엽 건륭제(乾隆帝)의 명으로 편집한 《구궁대성남북사궁보(九宮大成南北詞宮譜)》에 수집되어 있다. 이 책에는 2,000개 남짓한 곡패가 실려 있다. 곡패는 그 음악적 특성에 따라 선택하였다. 슬픈 장면에서는 슬픔을 표현하는 곡패를, 기쁜 장면에서는 기쁨을 표현하는 곡패를 썼다.

여기서 주의할 점은 곡패의 문자적 의미와 그 곡패가 가진 음악적 특성과는 거의 관계가 없다. 가령 원잡극에서 널리 쓰이는 곡패 〈점강순(點絳脣)〉은 문자의 뜻으로는 붉은 입술을 찍었다는 뜻이므로 앵두 같은 입술을 지닌 미인을 비유한다. 이 곡패에 붙인 가사 가운데 남아 있는 것으로는 오대(五代) 남당(南唐)의 풍연사(馮延巳)의 사(詞) 작품이 가장 이르다. 그 사의 끝 단락에서 "말없이 찡그리고 마음은 바람 따라 버들솜처럼 님 곁으로 날아가네[顰不語, 意憑風絮, 吹向郞邊去]"라고 하여 님을 보낸 미인의 심사를 묘사하고 있다. 곡패가 처음 나왔을 때, 즉 어떤 노래를 처음 작사 작곡했을 때는 노래의 제목도

시나 문장의 제목처럼 가사의 내용을 대표했을 것이다. 그러나 가사의 새로 붙이기가 거듭될수록 곡조의 제목과 가사의 내용은 점점 멀어졌다. 결국 대부분의 곡패와 가사에서는 의미만으로는 서로 연관성을 찾기가 어려워졌다. 이것이 중국 문학에서 사와 곡, 즉 사패(詞牌)와 곡패의 실상이다.

그러나 이런 제목과 내용의 관계는 국경을 넘어 조선으로 오면 달라진다. 조선에서는 중국의 노래를 연주하지 않았다. 극본은 한문으로 썼지만 이를 한자음이나 중국어 음으로 소리내어 노래하지 않았다. 다시 말해 곡패가 음악적으로는 전혀 아무런 기능을 발휘할 수 없었다. 그 대신에 곡패는 다시 본연의 기능, 즉 문자적 의미를 회복하는 방향을 취했다. 곡패를 고를 때 음악적 요소가 아니라 문자의 의미에 따라 골랐다. 《동상기》가 이런 방식임을 역자가 이미 밝힌 바 있다. 《북상기》에서도 곡패는 문자의 의미로만 제 기능을 발휘한다.

한두 가지 예를 들어본다. 제1강에 쓴 첫 곡 〈행향자(行香子)〉는 어떤 행사의 서두로서 적합한 뜻을 가지고 있다. '행향'이란 신불(神佛)을 예배할 때 향을 피운다는 뜻이다. 옛날 불교 의식에서는 향로를 들고 도량이나 거리를 돌아다녔다. '행향자'는 그런 행위나 행위자를 말한다. 곡패 〈행향자〉는 경건하고 엄숙한 종교의식은 아니지만, 이제 연극을 시작한다는 의미를 충분히 전달한다.

제2강 〈만정방(滿庭芳)〉은 마당 가득한 꽃이라는 뜻이다. 주인공 '순옥'의 미모를 전달하기에 적합한 이름이다. 이이서 '봉래선'이 부르는 〈봉장추(鳳將雛)〉는 '〈행향자〉를 변주한 새 곡조'라는 의미의 부제를 달아 놓았다. '봉장추'는 봉새가 새끼를 거느린다는 뜻이다. 자식 없는 '봉래선'에게 '순옥'이 딸이 되기를 원하여 모녀가 되는 대목에 딱 어울리는 노래 제목이다. 뒤에 단 부제는 〈북상기〉의 작가가 중국의 노래와 희곡에 대해 정통한 지식을 지녔음을 보여준다. 〈봉장추〉라는 노래는 《악부시집》에 제목만 실려 있고 가사가 없어 그 형식을 알 수 없다. 따라서 작가는 〈봉장추〉에 가사를 채울 수 없다. 그래서 제목만 가져오고, 가사의 형식은 〈행향자〉를 빌렸다. 이를 밝히기 위해 '〈행향자〉를 변주한 새 곡조'라고 짐짓 멋을 부렸다.

제16강은 순옥이 〈심원춘(沁園春)〉을 노래한다. 순옥을 빼내기 위해 가산을 써버려 낙안은 내기 바둑에 건 담배값을 마련할 길이 없고, 순옥은 님을 곤경에서 구하기 위해 자기 자신을 팔기로 결심한다. 다시 헤어질 위기에 처한 연인의 신세는 심술궂은 시어머니 때문에 이혼해야만 했던 육유(陸游)와 당완(唐婉)의 처지와 비슷하다. 이혼한 그 둘은 훗날 남남이 되어 심원(沁園)에서 조우한다. 하지만 어쩌랴? 옛 부부는 술과 사(詞)만 주고받고 헤어졌다. 〈심원춘〉은 이런 슬픈 사연을 간직한 곡패이다. 자신을 남에게 팔고자 하는 순옥의 심정에 잘 어울리는 제목이다. 이렇게 몇 가지 사례에서 드러나듯이 곡패는 그 대목의 상황이나 인물의 정서를 문자 의미로 전달한다. 모든 곡패가 각 대목의 상황을 정확하게 표상하지는 않지만 대체로 무난하게 전달한다.

한편, 곡패는 각각이 특정한 음악적 문학적 격률을 가지고 있다. 음악적 격률이란 박자와 선율을 말하며, 문학적 격률이란 구수, 자수, 평측, 압운, 대구 따위를 말한다. 앞에서도 말했지만, 조선의 극작가가 곡패의 음악적 격률을 알기도 힘들거니와 지킬 필요도 없다. 다만 문학적 격률만 따라서 새 가사를 채워 넣으면 된다. 그 점에서 《북상기》는 문학적 격률 위주로 곡패를 사용하되 중국 전기의 근본 형식을 그대로 적용하지 않았다. 중국 극본에는 잘 쓰이지 않는 곡패를 자주 사용하거나 어휘 구사에서도 다른 면이 많이 보인다. 그같은 차이가 《북상기》 창작의 비밀을 밝히는 실마리가 될지도 모른다. 이 점은 흥미로운 사실인데 별도의 논문으로 밝히고자 한다.

4) 극과 소설의 경계를 넘나들다

《북상기》에는 극본의 양식에 어울리지 않는 데가 여럿 있다. 제1강 〈첫대목〉의 노래 〈행향자〉에서 "간관이 노래한다(看官唱)"고 지시한 부분이 우선 눈에 뜨인다. '간관'이란 일반적으로 화본(話本) 같은 소설에서 청중이나 독자를 높여 부르는 말이다. 연극의 관객도 간관이라고 부를 수 있다. 그래서 이 노래는 배우가 아닌 구경꾼이 부른다는 뜻이다. 이야기꾼이나 배우가 청중이나 관객을 작품 속에서 '간관'이라고 부르는 경우는 있지만, 간관이 등장인물로 등장하는 예는 중국 희곡에는 없다. 관객이 노래를 하다니!

간관을 등장인물로 설정한 것도 특이하지만, 작품 전반부에서 등장·퇴장 지시가 무대극 또는 중국 희곡의 관례와는 여러 군데 다르다. 중국 전통극의 극본에서는 '오른다(上)'와 '내려간다(下)'로 등장과 퇴장을 지시한다. 그 무대인 희대(戲臺)는 전대(前臺)와 후대(後

臺)로 구분하고, 전대는 상연 공간, 후대는 배우들의 분장 및 대기 공간으로 이용한다. 전대와 후대 사이에는 휘장을 치고 좌우에 등장문과 퇴장문을 설치한다. 이 문을 통하여 배우들이 등장하고 퇴장한다. 등장은 '오른다', 퇴장은 '내려간다'로 지시한다.

《북상기》는 중국 희곡의 형식을 채용하여 등장·퇴장을 '오른다'와 '내려간다'로 지시하지만, 중국 희곡의 관습에 부합하지 않는 경우가 많다. 아마 조선에서는 희대 없이 마당이나 대청, 누마루 등에서 탈춤과 판소리 등의 극예술을 공연하였기 때문에 이 조건이《북상기》의 창작에 암암리에 작용한 듯하다.

배우들은 마루 아래와 위에서 연기할 수 있다. 마루 위에 올라 연기하라는 지시는 '오른다', 내려가라는 지시는 '내려간다'로 할 수 있으며, 마루 아래서 연기하는 경우는 별도의 지시가 없을 수 있다. 마루 아래는 객석이기도 하다. 배우와 관객이 엇섞일 수도 있다. 구경꾼 속에 배우가 섞여서 함께 노래할 수도 있다. 따라서《북상기》의 등장과 퇴장을 무대극의 등장·퇴장 관습과는 다르게 무대가 아닌 마루로 설정하여 이해할 수도 있다. 다시 말해 원문의 '상(上)'은 마루에 '오른다'는 지시로, '하(下)'는 마루를 '내려간다'는 지시로 볼 수 있다. 그러면 첫 장면은 마루 아래에 구경꾼, 즉 간관이 자리잡고, 그들이 마루 아래에서 노래하는 상황이 만들어진다. 물론 여기에는 몇몇 배우가 구경꾼 속에 섞여 들어가 노래를 유도할 수도 있다.

또 극본의 3요소라고 하는 해설, 대사, 지문 가운데서 해설과 지문은 소설적 기법에 해당한다. 다만 시제를 현재진행형으로 쓸 뿐이다.

지금 무대에서 어떻게 하라고 지시해야 하기 때문이다. 《북상기》에는 지문으로 보기에는 매우 길고 상세한 문장이 몇 군데 있다. 아래는 제9강 〈꿈에서 만나다〉 가운데 낙안의 꿈에 순옥이 등장하여 사랑을 나누는 대목이다. 그런데 이 대목은 지문과 대사를 어떻게 나누어야 할지, 언뜻 판단하기가 쉽지 않다.

선생이 등장하여 혼자 생각한다. // 엿새날 좋은 때를 헛되이 날리고 오늘 벌써 삼오야 달이 밝았구나. 오유가 간 지 앞뒤로 아흐레째인데 소식이 영영 깜깜하니 순옥을 빼내는 일은 강물에 돌 던지기로다. 시름겨운 사람의 마음을 누구에게 말할까? 성근 자리, 찬 베개라 눈을 붙이지 못하겠네. // 밝은 달은 하늘에 떠 그윽하게 창에 비치건만 겹문은 꼭꼭 걸었네. 마당 풀에 이슬이 자고, 반딧불이 몇 점은 성근 발에 깜박깜박 나타났다 사라진다. 발소리 멀리서 점점 가까워지니 쓸쓸히 개는 달을 보고 짖다 만다. 문소리 삐거덕 울리며 바람 따라 들어온다. '주렴 너머에도 귀가 있기 마련이니 창문 엿보는 이 왜 없으리.' 궁혜(弓鞋)는 이끼에 미끄럽고, 눈썹에는 꽃이 스치네. 살금살금 머뭇머뭇 교태가 똑똑 떨어진다, 문득 창 앞에 이른 사람, 그대인가 보구나. // 아, 내 마음속에는 오로지 티 없는 옥 하나만 있는데 지금 서울에 있어 돌아오지 않았도다. '푸른 바다를 보고 나면 더 큰 물이 없고, 무산(巫山)을 빼면 구름이 아니라네.' 누구인가. 문을 열고 살펴보니, 아, 이게 누군가. 너는 남전(藍田)에서 왔느냐, 낙포(洛浦)에서 왔느냐. 어디서 와서 여기 있느냐. 한 걸음에 마당으로 내려가 두 손으로 허리를 안고, 너는 선녀냐 귀신이냐, 우리 순옥이 아니면 누구냐. 왜 복숭앗빛 입술을 오무린 채 네 심간(心肝)을 부르지 않느냐.

첫 문장 "선생이 등장하여 혼자 생각한다"는 지문이다. 그 다음 "엿새날 좋은 때를 헛되이 날리고…… 성근 자리, 찬 베개라 눈을 붙이지 못하겠네"는 지금 이 순간 '낙안'의 심정을 밝히는 문장이니 독백으로 보아도 좋은 부분이다. 그러나 계속 지문으로 처리하였다. 다음 문장과의 연결을 고려하였기 때문이다. "밝은 달은 하늘에 떠 그윽하게 창에 비치건만 겹문은 꼭꼭 걸었네. …… 왜 복숭앗빛 입술을 오무린 채 네 심간(心肝)을 부르지 않느냐"에는 낙안과 해설자의 목소리가 섞여 있다. 양자를 굳이 구분하자면 못할 것도 없지만, 이대로 한 덩어리로 두는 것이 작품 감상에 더 좋아 보인다. 한국의 판소리나 중국의 강창(講唱)에 이런 문장이 많다. 판소리나 강창의 연행자는 등장인물과 해설자의 경계를 자유로이 넘나들면서 이야기를 재미있게 효과적으로 전달한다. 위 단락은 바로 그런 대목이다. 이어지는 문장에서는 순옥과 낙안의 목소리가 교차한다.

선생님, 선생님! 제 침선비 일은 선생님께서 마음 써주신 덕분에 이미 몸을 빼내 이제야 돌아왔습니다. 선생님께서 오직 저만을 그리워하실 줄 생각하니 시각을 지체할 수 없어 이 행혜(行鞋, 먼 길 갈 때 신는 신발)를 벗을 겨를도 없이 심야에 달려왔으니 선생님은 저를 따라가셔요. // 옥경아! 잠시만 기다려라. 여기서 동쪽 집까지는 수백 보 먼 거리라네 연약한 발을 어이 고생시키겠느냐. 내가 업으마, 안으마. // 선생님! 우스개 말씀 하지 마시고 저를 따라오서요.

그 다음은 해설자가 두 사람을 묘사한다.

성큼 한 걸음, 사뿐 한 걸음. 두 걸음을 한 걸음에 닫지 못해 한이로구나. 푸른 버들 아래 작은 각문에 막 닿아 사랑을 돌아 섬돌을 돌아 그 다정한 북상 작은 방이로다. 마당가 화초는 옛 친구를 맞이하는 듯, 방 안에 놓인 물건은 전에 본 바와 꼭 같고나. 양손을 부여잡고 깊은 데로 들어간다. 이부자리에는 서늘한 자리, 베개 옆에는 가벼운 이불. 달빛은 사창으로 들어오고 향로는 향 뿜어 방 안에 가득하다. 껴안고 이부자리에 드니 두 사람의 정이 막 깊어간다. 저고리는 요 옆에 벗어놓고, 비녀는 이부자리 아래 던진다. 흠치르르한 얹은머리는 베갯머리에 흩어지고, 푸른 비단창 안에 옥 같은 피부가 반지르르하다. …… 어언간 구름 걷히고 비가 짙어진다. 부끄럽구나. 맑고 깨끗한 순옥을 더럽혔구나. 입을 맞추고 얼굴을 맞대니 봉새는 떨고 난새는 길을 잃었네. 꼬끼요 창밖에서 닭이 우니 이 아니 악성(惡聲)이냐. 봄날의 호접몽을 놀래 깨우다니. 일어나니 몸은 남가(南柯) 위 차가운 자리 위에 누웠구나. 베개를 밀고 문을 열자 그곳이 보이지 않네. '화서(華胥)의 꿈을 깨니 그 사람은 어디로 갔나, 구름 흐르는 가을빛 가운데에 있구나.' 망연히 홀로 앉으니 상상 속의 만남이라. 팔에는 화장 흔적이 찍혀 있고, 코에는 향기가 남았어라. // 옥경(순옥)아! 옥경아! 이리 훌쩍 왔다가 그리 번쩍 가느냐. 꿈인 듯 아닌 듯하구나. // 자탄하며 혼잣말을 한다.

꿈에서 만나 사랑을 이루는 이 대목에는 낙안, 순옥, 해설자의 목소리가 섞여서 두 주인공의 사랑을 여실히 묘사하고 있다. 분명 극적 재현은 아니다. 이 장면을 극적으로 재현한다면 현대의 관객들도 당혹스러울 것이다. 구름과 비가 걷히고 낙안의 독백과 지문으로 끝을 맺는다. 세 개의 목소리가 때로는 뚜렷한 경계를 이루고, 때로는 구렁이 담 넘어가듯 스멀스멀 흔적 없이 경계를 넘나든다. 고전소설이나 판소리에는 이런 대목이 자주 나온다. 위 문장의 어투만 약간 고치면 훌륭한 판소리 한 대목이 되지 않을까. 춘향과 이도령의 사랑놀음도 여기에는 비교할 수 없을 만큼. 하지만 극본에서는 이래저래 낯선 풍경이다. 《북상기》의 작가는 무대 상연을 전제하지 않았다. 그리하여 익숙한 소설과 판소리의 관습이 저절로 극작에 스며나온 듯하다. 이런 데가 길거나 짧거나 여럿 나온다.

조선 사회의 주류에 반기를 들다

《북상기》는 19세기 중반에 출현한 아주 독특하고도 흥미로운 작품이다. 그 문학적 가치와 특징을 간단하게 살펴본다.

먼저 조선시대 문학의 영역을 크게 확장시킨 획기적인 작품이라는 점이다. 조선시대 문학 또는 문화 전반에서 상대적으로 초라한 분야가 극문학과 극예술이다. 《북상기》의 존재는 이 초라함을 단숨에 만회한다. 《북상기》는 최초의 한문 극본 《동상기》 이후에 창작된 희곡으로서 세상에 두 번째로 출현한 극문학이다. 이 희곡의 발굴에 뒤이어 《백상루기(百祥樓記)》가 발굴됨으로써 조선후기 문학사는 세 편의 극본을 소유하게 되었다. 극예술이 미약하여 극본이 발달할 여건이 마련되지 못한 상황에서 장편희곡을 창작한 것 자체만으로도 문학사적 가치는 대단하다. 중국의 극본에 견주어 전혀 손색없는 문장으로 뚜렷한 성격과 주제를 창조하였다. 백화문과 문언문(文言文)을 혼합한 문체는 조선 한문의 특색을 풍기면서도 자연스럽고 세련된 문장을 이룩하였다. 풍부한 전고(典故)와 시문(詩文)의 인용은 작가가 고전문학에 폭넓은 소양을 지녔고, 명청대 전기의 작법을 높은 수준으로 터득하였음을 알려준다. 《북상기》는 문장과 주제 양면에서 유례가 없는 고봉(高峰)이라고 평가할 수 있다.

두 번째로 이 극본은 허구적 문학이면서도 기녀의 생활상을 비롯하여 19세기 전반 사회상과 사회제도, 인정물태를 생생하게 전해준다. 특히 사회의 음지에서 벌어지는 생활을 잘 드러내고 있다. 예컨대, 향촌사회에서 지역유지 사대부와 기생들의 성관계, 상의원의 침선비 선발과 속신의 구체적 방법, 사회생활을 유지하는 다양한 문권, 내기의 대상으로 이용된 담배 등등 당시의 사회상을 세밀히 전해준다.

세 번째로 보기 드물게 대담한 음란성에 놀라지 않을 수 없다. 저자 스스로 이야기 사이사이에 '천박한 쑹화'를 끼워 넣었나고 밝혔는데, 실제로 읽어보면 과장이 아니다. 조선 후기의 소설작품이나 중국의 문학작품과 견주어 봐도 비교할 대상이 많지 않을 만큼 노골적 성행위 장면과 관능적 대사가 다수 나온다. 중국 희곡은 상연을 전제로 하기에 성적인 장면이 제한적일 수밖에 없는 반면,《북상기》는 완벽한 희곡이라 하더라도 상연으로 인한 물의를 고려할 필요가 없었기 때문에 그것이 가능하였다. 그렇다고 해도 성행위 노출장면이나 음란한 대사 및 관능적 표현은 작자 스스로 자기검열로 걸러내는 당시의 소설계에서《북상기》의 색정적 장면 묘사는 파격을 넘어 경악스럽다. 아무리 상연이 전제되지 않았다 해도 극장에 앉은 관객의 시선을 예상하는 희곡임을 감안하면 파격적이다.《북상기》의 음란성은 《변강쇠가》를 비롯하여《춘향전》의 일부 사설, 음담패설집이 해학과 결부되어 음란성을 약화시킨 것과는 차이가 있다.

네 번째로 이 작품은 조선왕조의 이념과 문체가 해체되는 과정을 보여준다. 정통의 시문과 소설이 충효열(忠孝烈)을 비롯한 유교적 이념을 전면에 내세우거나 내면화한 데 반하여, 이 희곡은 그와 같은 이념적 속박으로부터 벗어난다. 정(情)에서 색(色)으로, 색에서 음(淫)으로 나아가는 욕망을 긍정하고 이를 작품화하였다. 천리(天理)를 보존하고 인욕(人慾)을 없애라는 성리학의 이념 통치가 한순간도 느슨하지 않았던 조선 사회에서《북상기》의 출현은 기적적이다. 장르와 언어에서도 조선왕조 문학의 근간으로부터 멀리 떨어져 있는 희곡과 백화문을 채택함으로써 사대부 문학범주를 과감하게 벗어났다. 표현과 묘사의 음란성 면에서는 조선시대 한문문학, 국문문학 가운데 가장 파격적이다. 내용과 형식에서 조선 사회의 주류를 정면으로 부정하는 작품이다.

19세기 문학의 새로운 이정표

《북상기》가 발굴됨으로써 조선후기 문학은 독특한 작품 하나를 첨가하게 되었다. 이 작품은 독서와 무대 연출용 희곡문학의 전통이 빈약했던 조선후기의 문단에서 간헐적으로 실험이 진행되었음을 보여준다. 이 작품과 바로 뒤에 발굴된 《백상루기》는 19세기 문학의 지형에서 독서를 위한 희곡 창작이라는 새로운 항목을 첨가하도록 요구할 것이다.

또 단순히 희곡장르만이 아니라 이 작품은 당시 서사문학의 전개와도 밀접한 관련을 맺고 있다. 뿐만 아니라 19세기 시대상을 다양한 측면에서 흥미롭게 반영하고 있다. 19세기 문학사의 전개에서 작지 않은 의미를 가지고 있다.

한편으로는 중국의 희곡이 조선에서 널리 향유되고, 조선의 실정에 맞게 창작된 정황이 이 작품을 통해 명확하게 입증된 사실은 비교문학의 관점에서도 흥미롭다. 한국 문학의 입장에서 지닌 가치도 크지만 명청 희곡문학이 외국으로 확산되어 변용되었다는 측면에서도 흥밋거리이다.

역자는 공동으로 몇 년에 걸쳐 《북싱기》를 번역하고 상세한 주석을 달았다. 이 작품이 지닌 가치를 현대의 독자와 연구자들에게 충실하게 전달하기 위해 노력을 기울였다. 그러나 여전히 미흡한 부분이 있을 것으로 판단한다. 독자 제현의 질정을 바라면서 조선후기 문학의 다양한 모습을 보여주는 작품으로 읽히기 바란다.